왕녀전하는 화가 나셨나 봅니다
5. 해후, 그리고
Royal Highness Princess
seems to be angry
저자
야츠하시 코우
일러스트
나기시로 미토

왼쪽 눈이 열기를 띠고,
나이프에 찔리기라도 한 것 같은 격통이 내달렸다.
그래도 한 걸음 한 걸음 더듬듯이,
레티시엘은 착실하게
두 개의 식을 융합시켰다.

"널 만나는 걸
줄곧 기다렸다. 레티시엘."
이 세계에서는 누구도 알지 못할 터인 이름을,
가면의 소년은 소리 내어 말했다.

왕녀 전하는 화가 나셨나 봅니다

5.

해후, 그리고

Royal Highness Princess
seems to be angry

저자
야츠하시 코우

일러스트
나기시로 미토

옮긴이
이진주

Royal Highness Princess
seems to be angry

5.

해후, 그리고

CONTENTS

서 장 붉은 별 009

1 장 심판의 행방 019

막 간 변경의 숲에서 055

2 장 무능영애의 귀환 061

막 간 제3왕자의 근심 111

3 장 인간의 역사와 정령의 사정 121

막 간 이름을 내려준 자 189

4 장 어둠에 젖은 보옥 201

5 장 해후, 그리고 265

종 장 태양의 유산 313

후기 320

CHARACTER

Royal Highness Princess
seems to be angry

서장 붉은 별

회색의 암벽이 엄청난 압박감을 자아내고 하늘의 색도 회색인 탓인지 마치 공기 그 자체가 무겁게 어깨를 짓누르는 것 같았다.

두 명의 소년소녀가 오랜 세월에 걸쳐 자연이 깎아낸 광대한 암석의 미궁을 신중하게 나아가고 있었다.

아직 나이도 차지 않은 어린아이들이었다. 여기저기 올이 풀린 너덜너덜한 로브자락을 힘껏 그러모아 바람에 날아가지 않도록 억누르고 있었다.

신발이 다 닳고 헤져서 발가락이 들여다보이는 것으로 보건대, 상당히 오랫동안 걸어왔음을 알 수 있었다.

『　』

소년 쪽에서 무슨 말인가를 했다.

『　』

소녀 쪽도 뭔가 대꾸를 했다.

두 사람의 대화 내용까지는 들리지 않았다. 그러나 소년은 불안한 것 같은, 그리고 소녀는 진지한 표정을 띠고 있었다.

소녀가 앞장서고, 소년이 반걸음 뒤에서 따라갔다. 소년의 오른쪽 눈은 하얀 붕대에 감춰져있었다.

소년은 걸으면서 소녀에게 뭔가를 말했다. 그에 대해, 뒤를 돌아본 소녀는 언짢다는 듯이 눈썹을 찌푸렸다.

『 』

소녀는 소년의 어깨를 붙잡고는 눈을 맞추며 뭔가를 말하며 소년을 설득했다.

그러나 소년은 그다지 내키지 않아 하는 모습의 보이며, 두 사람 사이에 의견의 차이가 존재하는 것처럼 보였다.

소녀가 붕대에 덮인 소년의 오른쪽 눈을 살그머니 매만졌다.

그러자 스르륵 붕대가 풀리고 그 밑에서 불타는 화염과도 같은 붉은 눈동자가 모습을 드러냈다.

『 』

소녀는 여전히 무엇인가를 이야기했다. 이번에는 꽤 길었다.

소년은 그 이야기를 들으면서 재빨리 오른쪽 눈을 손으로 감추며 쭈뼛쭈뼛 고개를 끄덕였다.

납득했는지 어떤지는 알 수 없었으나 어쨌든 반론은 하지 않게 된 소년의 모습에 소녀는 두 손을 허리에 대고 득의양양하게 웃었다.

왜 어린 아이들이 이런 곳에 있는 것인가.

어째서 미로의 건너편에 다다르려고 하는 것인가.

두 사람은 변함없이 앞으로 나아갔다. 때때로 불어오는 모래먼지가 섞인 바람이, 두 사람이 입은 로브를 감아올렸다.

무수하게 갈라지는 미로를 신중히 나아간 끝에 거의 다 무너진 신전과도 같은 유적이 보였다.

『!』

그 순간, 소녀의 얼굴이 환하게 빛났다. 그리고 소년의 손을 잡더니 그대로 일직선으로 유적의 입구로 뛰어갔다.

그리고 돌로 된 아치는 순식간에 두 사람을 집어삼켰다. 그 뒤에는 거칠고 메마른 땅과 투박한 유적만이 남겨졌다.

***

"있지, 미르 군."

"그 이름으로 친한 척 하지 마라."

"자자. 그런 딱딱한 소리 하지 말고."

"조용히 해."

자쿠도와 밀그레인이 시답잖은 대화를 나누고 있는 소리가 들려왔다.

그 대화소리에 가벼운 잠에서 끌어올려져 소년은 귀찮다는 듯이 천천히 눈을 떴다.

부옇던 초점은 몇 번인가 눈을 깜빡이자 점차 또렷해졌다.

아무래도 옛날 꿈을 꾼 모양이었다.

소년은 옆에 놓아둔 가면을 집으며 불쾌하다는 듯이 얼굴을 일그러뜨렸다.

꽤나 오랫동안, 과거의 기억 따위 꿈에서 보는 일은 없었건만…….

"……."

소년이 앉은 돌 의자의 정면에는 무수하게 금이 간 커다란 창문이 있었다.

그 건너편에는 온 하늘에 별들이 반짝이고 있었고, 그 별들에 섞여 한층 더 형형하게 빛나는 붉은 별이 보였다.

"……어라? 깨셨나요? 어르신."

소년이 의자에서 일어나 창가까지 이동하자, 그것을 발견한 자쿠도가 말을 걸어왔다.

소년은 기분이 썩 좋지 않았기에 딱히 대답을 하지 않았다.

"좋은 아침입니다, 마스터."

"아침이라고 할 시간은 아니지."

"예. 그 말씀 대로입니다."

밀그레인이 고개를 숙이는 기척이 느껴졌지만, 소년은 뒤돌아보지 않았다. 일일이 그들의 행동을 살필 필요는 없었다.

"오? 웬일로 뭔가를 보고 있네요~."

자쿠도가 헤실헤실 웃으면서 익살스러운 동작으로 가까이 다가왔다. 소년의 어깨 너머로 창밖을 내다보는 모양이었다.

"호호? 혹시 별을 보고 있는 건가요? 어르신도 정취에 잠기는 일이 있군요?"

"시끄럽다. 내버려 둬."

"괜찮잖습니까. 나도 별을 보는 건 싫어하지 않는다고요~."

이쪽이 노려봐도 자쿠도는 마이동풍, 게다가 히죽히죽 웃고 있기까지 했다.

이 남자의 이런, 사람을 조롱하는 것 같은 언동과 성격이 소년은 옛날부터 마음에 들지 않았다.

"그치만, 시간 진짜 빠르게 흐르네요~. 그 뒤로 벌써 13년이나 흘렀으니까요."

"……."

"어이, 자쿠도. 마스터에게 경망스러운 말을 하지 마라."

"아얏! 잠깐 미르 군. 그렇게 온힘을 다해 때리지 않아도 되잖아."

자쿠도는 털을 곤두세우고 있는 것 같을 정도로 살기를 품은 밀그레인을 이리저리 피했다.

소년은 남쪽하늘에서 빛나는 별을 올려다보았다. 지금의 저 별이 하늘에 걸리게 된 것은 13년 전부터라고 들었다.

저 별이 자기 자신이라는 것을 언제부터인지 소년은 자각하고 있었다.

이 몸의 수명은 18년 정도였지만, 소년의 자아가 그 정신과 육체를 탈취하고 난 뒤로는 아직 13년밖에 되지 않았다.

소년이 자아를 유지하는 동안, 하늘에는 꼭 저 불길한 붉은 별이 걸렸다. 천문학자들은 그런 일 따위 알 도리도 없으리라.

앞으로 조금이었다. 앞으로 조금만 있으면, 오랜 세월 품어왔던 비원을 달성할 수 있었다.

그렇게 된다면 분명, 앞으로 저 별이 하늘에 떠오르는 일은 없어지리라.

"너희. 서로 장난 칠거라면 밖에서 해라."

"자, 장난 같은 건 치고 있지 않습니다! 마스터."

"예이예~이."

소년은 밀그레인을 관찰하며 재미있어하던 자쿠도가 한 순간 관자놀이를 감싸는 행동을 한 것을 놓치지 않았다.

"……."

"응? 왜 그러나요? 어르신."

"……."

"그렇게 빤히 쳐다보셔도 아직 죽을 예정은 없어요."

자쿠도는 탄식하는 기색으로 두 손을 들어 항복하는 자세를 취해 보였다.

이 세 사람 중, 붉은 눈을 갖고 있으며 서른 살에 가장 가까운 사람은 자쿠도였다. 마음에 들지 않는 녀석이었으나 지금 그가 빠져서는 곤란했다.

"당연하지. 계획은 이미 최종단계에 들어섰다. 이 타이밍에 네놈을 타고난 수명 때문에 픽 가게 할 거라고 생각하는 거냐?"

"아하하. 어르신도 참 인정머리가 없는 사람이네요~."

수명은 어떻게도 할 수 없잖아요. 그렇게 말하면서도 자쿠도는 진심으로 즐거워보였다. 변함없이 이 남자는 말주변이 좋았다.

“하지만…… 괜찮을까요?”

“뭐가 말이냐?”

“정령 측이 이미 그 소녀와 접촉했습니다. 양자는 높은 확률로 서로 손을 잡지 않을까요……?”

“설령 그렇게 됐다고 해도, 우리는 신속하게 계획을 진행시킬 뿐이다.”

게다가, 어차피 계획은 이미 최종단계에 들어서 있기에 이제 와서 아무도 진행을 막을 수는 없었다.

“그러고 보니, 마스터. 예의 물품은 언제 회수하실 생각이십니까?”

밀그레인이 장갑을 낀 두 손을 번갈아 어루만지며 그렇게 물었다.

“아직 당분간은 그대로 둘 거다.”

“주술에 관한 단서를 적에게 건네주게 되는 것은 아닐까요?”

“오히려 그럴 목적으로 일부러 성 레티시엘 교회에 놓고 온 것이다. 미끼를 뿌려야 사냥감도 낚일 테지.”

“과연…… 그런 의도가 있으셨다고는 미처 알지 못했습니다. 주제넘은 소리를 했습니다.”

“적당한 때를 봐서 네가 회수해 와라. 타이밍은 네게 맡기겠다.”

“알았습니다. 맡겨주십시오.”

밀그레인은 일체의 망설임 없이 고개를 끄덕였다. 자쿠도와 달리 이 남자는 어떤 명령일지라도 무조건적으로 복종했다.

곁에 두어도 절대로 자신을 배반하는 일이 없었다.

“있죠, 어르신.”

입술 끝에 미소를 띠면서 자쿠도가 입을 열었다. 하지만 그 눈은 전혀 웃고 있지 않았다.

“……뭐냐.”

“어르신은, 이 싸움에서 내게 뭘 보여줄 겁니까?”

“…….”

또인가. 소년은 저도 모르게 혀를 차고 싶어졌다.

요즘 자쿠도는 무슨 일이 있을 때마다 이쪽의 의도를 살피려는 것 같은 질문을 해왔다.

아마도 공작령에서의 일로, 소년이 그 소녀에게 필요 없는 접촉을 꾀했다고 생각하는 것이리라.

그것들은 모두 계획을 진행하는데 필요한 일이었다고, 대체 몇 번을 설명해야 직성이 풀리는 것일까.

실로 그런 시시시한 걱정을 하고 있었다.

“그렇게 몇 번이나 묻지 않아도 네놈이 바란 것은 반드시 보여주겠다. 그렇지 않다면 이렇게까지 네놈에게 일을 시키지는 않아.”

정면에서 자쿠도를 노려보며 소년은 그렇게 내뱉었다. 그와의 계약은 한 번도 잊은 적이 없었다.

"시시한 억측을 할 시간이 있다면, 네놈은 네놈이 해야 할 일을 처리해라."

"……예예. 그럼 기대를 걸고 기다리도록 하지요. 변함없이 엄격하시네."

"흥."

자쿠도는 방금 전까지의 눈초리는 어디다 팔아먹었는지 눈매를 날카롭게 올리며 웃었다. 소년은 다시 한 번 자쿠도를 노려보고는 성큼성큼 걷기 시작했다.

"어르신. 나를 실망시키지 말아주세요~."

등 뒤에서 작게 중얼거리는 목소리가 들려왔지만, 소년은 그 목소리를 무시하고 자리를 떠났다.

1장 심판의 행방

레티시엘이 왕도 니르반의 교외에 있는 저택에 돌아온 것은 피리아레기스 공작령의 반란 진압이 끝나고 여드레가 지난 뒤였다.

레티시엘은 복수의 기병에게 호위를 받으며 마차의 창문에 턱을 괸 채로 창문 밖을 멍하니 바라보았다.

현지에 주재하던 군사의 일부도 함께 철수했는데, 나머지 병사들은 지금도 에델하르트와 함께 영지에 남아 있었다.

솔직히 말하자면 레티시엘도 영지에 남아 조사하고 싶은 일이 산더미처럼 많았다. 그러나 자신의 미묘한 처지와 몸 상태가 좋지 못하다는 점을 들어 에델하르트가 무리한 행동을 삼가도록 그녀를 설득했다.

그래도 출발하기 전에 에델하르트는 만약 뭔가 알게 되면 돌아가서 반드시 알려주겠다고 약속을 했다.

때문에 레티시엘도 일단은 얌전하게 왕도로 돌아가기로 한 것이었다.

"도착했습니다."

"고마워요."

마차는 저택의 정면현관 바로 앞에 정차했다. 레티시엘은 말을 걸어준 마부에게 인사를 하고 마차에서 내렸다.

이 마차는 레티시엘 일행을 위해 에델하르트가 준비해 준 것으로, 당연히 레티시엘이 모는 것은 허락되지 않았다.

"요전날 전해드린 재판에 대해서입니다만, 자세한 일정은 추후에 다시 알려드리겠습니다."

"알았어요. 그때까지는 외출은 삼가야 할까요?"

"그렇군요…… 생활하는데 있어 반드시 외출해야만 하는 경우를 제외하고는 되도록 자숙해 주신다면 감사하겠습니다……."

예상대로의 대답에 레티시엘은 고개를 끄덕였다.

좋은 의미로든 나쁜 의미로든, 레티시엘은 이번 반란에서 중요 인물라고 해도 좋은 관계자였다. 제멋대로 행동하거나, 만에 하나 도망치는 것을 방지하고 싶은 것이리라.

그 뒤, 자질구레한 연락사항을 남기고 위병들은 마차와 함께 떠나갔다.

레티시엘은 루빅, 니콜과 함께 집으로 돌아갔다. 이곳을 뛰쳐나간 것이 바로 어제 일인 것 같은 기분이었다.

하지만 공작령에 간 날부터 세면 2주일 정도는 저택을 비웠을까. 어쨌든 오랜만에 돌아온 집은 변함없이 아름답게 정돈돼 있었다.

"아, 아가씨?!"

레티시엘이 현관홀에 들어서자, 마침 홀의 화병에 꽂힌

꽃을 갈고 있던 클라우드가 놀란 나머지 들고 있던 물뿌리개를 떨어뜨렸다.

그 탓에 물뿌리개에 들어있던 물이 모두 홀 바닥에 쏟아져 바닥에 깔아놓은 카펫에 스며들었다.

"죄, 죄송합니다…… 아, 어서 오십시오."

"그냥 물이니 신경 쓰지 말아요. 다녀왔어요, 클라우드."

서둘러 물뿌리개를 줍고 늘 갖고 다니는 걸레를 꺼내며 분주하게 인사를 하는 클라우드를 보며, 레티시엘은 자신도 모르게 쓴웃음을 지었다.

2주일 이라는 짧은 시간에 꽤나 많은 일에 휘둘렸기 때문에, 겨우 일상으로 돌아왔다고 안도했다.

"내가 저택을 비운 사이에 무슨 일이 있었나요?"

"딱히 아무 일도 없었습니다…… 하지만, 학우 분에게서 몇 통인가 편지가 왔습니다."

"어머."

레티시엘은 저도 모르게 눈을 깜박였다. 학우라는 말만으로는 누군지는 알 수 없었으나, 지크 일행 중 누군가라는 것은 틀림없었다.

"죄송하지만 편지는 제가 임의로 아가씨 방 책상 위에 놓아두었습니다."

"고마워요. 나중에 읽을게요. 줄곧 부재중의 저택을 맡아줬던 만큼, 클라우드에게는 휴가를 줘야겠네요."

"그럴 수는 없습니다. 정원 정비 일도 아직 한참 남았으니까 말입니다."

클라우드는 그렇게 말했으나 레티시엘 안에서 그에게 휴가를 주는 일은 이미 기정사실이 되어 있었다.

세 사람밖에 없는 고용인 중 둘이 일시적으로 근무지를 이탈하여 세 사람분의 업무를 혼자 떠맡아주었으니 제대로 된 휴식이 필요할 것이리라.

그렇다고는 하나 지금은 관계자 일동, 허가받지 않은 행동은 자숙하라는 말을 들었으니 휴가를 주는 것은 재판이 끝난 뒤가 될지도 모르겠지만.

"저, 클라우드 씨. 걸레를 가지고 올게요."

"아냐아냐. 막 돌아와서 피곤하잖아."

"괜찮아요! 여기까지 마차로 태워다 주셨기 때문에 전혀 피곤하지 않아요!"

"이, 이봐!"

오랜만에 클라우드를 만나서 니콜도 기쁜 것일까, 클라우드의 제지도 듣지 않고 탁탁탁탁 안쪽 복도로 달려갔다.

"기운이 넘치는구만……."

"기쁜 것이 아닐까요? 니콜, 클라우드를 꽤 잘 따랐잖아요."

"뭐, 분명히 니콜을 보고 있으면 딸이 있다면 이런 느낌일까. 하고 생각하긴 합니다만."

레티시엘은 니콜이 청소 같은 것을 하는 틈틈이 클라우드에게 정원에서 식물에 관해 강의를 받는 장면을 몇 번인가 창문으로 본 적이 있었다.

클라우드에게 아들은 있었지만, 딸은 없었다. 클라우드는 식물이나 꽃에 흥미를 갖고 진지하게 이야기를 들어주는 니콜을 친자식처럼 마음을 써주고 있었다.

언젠가 정원사로서의 기술을 전수하는 것도 괜찮을지도 모른다고 매우 좋은 기분으로 이야기한 적도 있을 정도였다.

"이 카펫, 어떻게 할까요?"

"물을 흘린 것뿐이니 짜서 말리면 문제없을 거예요. 루빅, 도와줄 수 있나요?"

"……."

"루빅?"

"아, 예. 알겠습니다."

레티시엘이 뒤에 있던 루빅에게 말을 걸었지만, 루빅은 멍하니 어딘가를 보고 있어서 그것을 알아차리지 못했다.

다시 한 번 이름을 부르자 반응을 했지만, 시선이 허공을 헤매고 있어 마음이 어디 다른 곳에 가 있다는 느낌이었다.

"……? 루빅. 왜 그러나요?"

"아뇨……."

"혹시, 피곤한가요?"

"아, 음…… 뭐, 그런지도 모르겠습니다."

영지에서 이곳까지 이동하느라 지친 것일까. 그렇지 않으면 영지에서 사건이 벌어지는 사이에 무슨 일이 있던 것일까 루빅에게 물어보았으나, 대답은 모호할 뿐이었다.

흐리터분한 루빅의 태도에 레티시엘은 무엇을 물어보면 좋을지 알 수 없어서 입을 다물고 말았다.

"그렇다면, 이 뒤에 차를 마시며 잠시 쉬는 것은 어떻겠습니까? 마침 버터쿠키가 잔뜩 있답니다."

클라우드는 두 사람 사이에 떠도는 기묘한 공기를 알아차리지 못하고 젖은 카펫을 둘둘 말면서 그렇게 제안해왔다.

"버터쿠키요?"

"예. 장을 보러 나갔을 때 가게에서 싸게 팔아서 말입니다."

"……그럼 저는 차를 준비하겠습니다."

그러자 레티시엘이 아직 승낙도 하지 않았건만 루빅은 그렇게 말하고 빠른 걸음으로 홀을 가로질러갔다.

갑작스러운 일이라 말릴 틈도 없었다지만, 역시 상태가 좀 이상했다. 평소의 루빅이었다면 이런 행동은 절대로 하지 않을 터였다.

게다가, 뭐랄까, 이 자리에서 빨리 벗어나고 싶어 하는 것처럼도 보였다.

"……루빅 녀석, 무슨 일이 있었습니까?"

"글쎄요……?"

클라우드가 의아하다는 듯이 그렇게 물었지만, 레티시엘도 뭐가 뭔지 전혀 알 수 없었다.

정말로 어떻게 된 걸까?

총총히 자리를 뜨는 루빅의 뒷모습을 지켜보며, 레티시엘은 가슴 속에서 일말의 불안감을 느끼고 고개를 갸우뚱했다.

***

그로부터 며칠 뒤. 재판의 개최 일정이 정식으로 결정되어 레티시엘에게도 통달이 왔다.

재판이라는 것은 원고와 피고가 있어야 비로소 성립하는 것인데, 이번에는 왕가가 원고가 되어 공작가를 고소하는 형태로 진행된다는 것 같았다.

실제로 공작가의 반란을 진압한 것과 그 뒤처리, 조사를 진행한 것도 왕실이었으니 재판의 명분으로서는 적격인 것 같았다.

이런 재판은 공개로 진행하는 경우도 있다는 것 같지만, 피리아레기스 가는 일단 5대 공작가로 꼽히는 가문이었다. 때문에 주요귀족이나 중앙관료들만으로 진행하기로 했다.

'……그때까지는 변함없이 한가하네.'

자숙하고 있었기 때문에 딱히 할 일도 없는 채 재판 당일을 맞이하여 레티시엘은 왕성에서 파견한 마차에 올라 성으로 가게 되었다.

참고로, 영지에 체류하던 니콜과 루빅은 재판의 관계자가 아니라 하여 자택에서 대기하게 되었다.

루빅과는 다른 면식이 없는 마부가 모는 마차에 탑승한 레티시엘은 낯선 시녀와 함께 마차의 움직임에 따라 흔들리면서 물끄러미 창밖을 바라보았다.

행선지는 왕성 안에 있는 정법원. 플라티나 왕국에서 일어나는 사법처리를 도맡고 있는 장소였다.

옅은 회색의 벽과 기둥으로 지어진 원주형의 4층 건물은 무기질적이고 거친 인상을 주었으나, 동시에 보는 자를 압도하는 박력이 있었다.

서민이나 하급귀족의 안건을 처리할 때에는 시내에 설치된 지원을 이용하지만, 이번처럼 상급귀족이나 왕족 등을 재판할 때에는 이곳을 사용하는 것이 일반적이라든가 뭐라든가.

"기다리고 있었습니다, 도로셀 양."

마차에서 내려 현관홀에 들어서자 마부와 교대하듯이 라이오넬이 그녀를 기다리고 있었다.

"일부러 마중을 나와 주셔서 고맙습니다, 라이오넬 전하."

"아뇨. 이 시간에 손이 비는 것은 저뿐인지라."

라이오넬은 힐끗 복도 쪽으로 시선을 주며 쓴웃음과 함께 그렇게 말했다.

재판 준비가 있기 때문일까 복도를 오가는 직원들은 한 손에 자료를 들고 지시를 내리고 있었다.

분명히 정법원은 소수정예형의 기관이라고 들은 적이 있는 것 같기도 하고, 아닌 것 같기도 하고…….

"사실은 에델하르트가 당신을 안내하고 싶다고 말했습니다만, 재판에 제출할 자료정리에 손을 뗄 수가 없는 것 같아서 말입니다."

"그런가요."

그 왕자, 어느새 영지에서 돌아왔던 것일까.

"이곳에서 서서 이야기하는 것도 그러니, 바로 자리로 안내하겠습니다."

"부탁드리겠어요."

라이오넬은 그렇게 말하고 중앙계단을 오르기 시작했다. 레티시엘도 그 뒤를 따랐다.

정법원은 1층에는 홀과 응접실이 있었고, 2층부터 법원으로 운영되고 있었다.

2층에는 피고석과 재판관석, 방청석이 있고, 3층은 2층부터 뻥 뚫린 구조로 좌석이 벽면을 따라 한 바퀴 돌고 있었다.

그리고 4층에는 특별한 손님이 재판을 방청하기 위해 사용하는 박스석이 5개 정도 늘어서 있었다. 레티시엘은 그 중 한가운데 자리로 안내되었다.

"……."

독실 안에는 편안히 앉아 쉴 수 있는 의자가 놓여 있었고, 그 정면에 뚫린 아치형의 공간 좌우에는 심홍색의 커튼이 묶여 있었다.

아치에서 내려다보니 법정 안이 한 눈에 들어왔다.

이 자리는 마침 재판관석의 정면인 듯, 왕의 자리 뒤쪽으로 천장까지 닿을 것 같은 거대한 스테인드글라스가 보였다.

검과 천칭을 든 천사와도 같은 인물이 밖에서 들어온 빛을 받아 떠올라 있었다. 혹시 재판을 관장하는 신이라든가 뭐 그런 것일까.

"왜 그러시죠?"

"아뇨. 이곳에서 재판을 방청하는 것이구나 싶어서요."

"죄송합니다. 일반적인 자리로 안내할 수 있었다면 좋았겠습니다만……."

"신경 쓰지 마세요. 자신의 처지는 잘 이해하고 있습니다."

일반방청석으로 안내받지 않은 이유는 레티시엘이 이번 재판에서 매우 성가신 위치에 놓여 있기 때문이었다.

재판에서 처벌을 받아야 하는 쪽인 동시에, 이번 사건을 수습한 제1의 공로자. 경솔하게 방청객에게 모습을 드러내면, 의심이나 쓸데없는 억측이 난무할 수 있으리라.

"그럼 저는 이만 실례하겠습니다."

"예. 감사합니다. 전하."

라이오넬이 퇴실하자 레티시엘은 의자에 앉아 재판이 개시되기를 기다렸다. 어차피 달리 할 일도 없었다.

잠시 앉아서 기다리자, 아래쪽에서 점차 웅성거리는 소리

가 들리기 시작했다. 상황을 살펴보니 방청석이 조금씩 채워지고 있었다.

이번 재판은 청중이 한정돼있기 때문에, 3층의 방청석은 아무래도 사용하지 않는 것 같았다.

댕— 댕…….

이윽고 2층의 자리가 다 찼을 무렵, 장내에 종소리가 울리고 2층 안쪽…… 왕의 자리로 연결되는 문이 열리며 오스왈드와 재판관들이 들어왔다.

장내는 순식간에 조용해지고, 오스왈드와 재판관들이 착석할 때까지 모두들 말없이 그 모습을 지켜보았다.

"그럼, 지금부터 재판을 개정하겠습니다."

백발이 두드러지는 초로의 재판관의 목소리가 천장이 높은 법정 안에 울려 퍼졌다.

"피고인을 이쪽으로."

재판관이 그렇게 말을 잇자 문이 열리는 중후한 소리가 박스석 밑에서 들려왔다.

레티시엘의 자리에서 보이지 않는다는 것은 아마도 바로 아래에 있는 문인 것이리라.

병사들에게 전후좌우를 빈틈없이 둘러싸인 채 스컬로와 디안느가 차례로 입정했다. 그 뒤에는 크리스타도 있었다.

레티시엘의 모습이 없다는 점에는 누구도 웅성거리지 않았다.

이곳에 모인 자들은 국가의 상층부에 위치한 인물들이었으니 어쩌면 대략적인 사정을 알고 있는지도 몰랐다.

"……?"

문이 닫히고, 레티시엘은 피고인석에 선 얼굴들을 보고 저도 모르게 고개를 갸웃했다.

세리냐의 모습이 보이지 않았던 것이다. 프리드가 이곳에 없는 것은 어쩔 수 없는 일이라고 쳐도, 어째서 그녀까지 없는 것일까.

병석에 누워있거나, 의식이 없어 피고인석에 설 수 없는 경우를 제외하고 재판의 결석은 인정되지 않건만…….

"또한, 피고인 프리드는 피고인석에 오르는 것이 불가능한 상태이기 때문에 이 자리에 결석했습니다."

자세한 용태는 밝혀지지 않았지만, 아마도 그는 지금도 정신이 붕괴한 상태인 것이리라.

그런 일을 생각하면서, 레티시엘은 재판관의 다음 말을 기다렸다.

세리냐가 이곳에 없는 이유가 신경 쓰이는 것은 레티시엘만이 아닌 모양이었다. 방청석에서 청중들도 의아하다는 듯이 서로 속삭였다.

"더욱이, 피고인 세리냐는 현재 행방불명되었기 때문에 진위를 물을 수 없다는 점에 의거하여 판결을 보류함을 사전에 명언해두는 바입니다."

"!"

레티시엘이 숨을 삼킨 것은 물론, 회장 안의 공기가 술렁거렸다.

다만, 공작가의 사람들은 사전에 사정을 들은 것인지 다소의 동요를 내보이면서도 주위의 웅성거림에 당황하지 않았다.

"……무슨 일이 있던 거지?"

레티시엘은 영지에서 있었던 일을 돌이켜보았다. 분명히 세리냐는 레티시엘이 영지를 떠났을 때에는 아직 영지에 남아 있었다.

레티시엘이 떠난 뒤에 무슨 일이 있던 것일까. 그것이 아니면 귀환 시에 무슨 충격적인 일이라도 당한 것일까…….

"우선 공작령에서 공작가와 흑강 기사단의 유착 및 주류의 불법제조 죄에 대해 심의하겠습니다."

재판장은 가까이에 몇 개인가 쌓여있던 두루마리 중 하나를 손에 들고, 그것을 펼쳐 내용을 소리 내어 읽었다.

"스컬로 조안 피리아레기스 및 디안느 마리 피리아레기스. 금번의 공작령에서 일어난 폭동에 대한 책임 및 그것들에 부수된 죄상에 대해 뭔가 변명할 것이 있습니까?"

재판장의 말에 스컬로는 파랗게 질린 얼굴로 와들와들 입술을 떨었다. 디안느에 이르러서는 아예 정신이 나간 듯, 그 자리에 멍청히 서 있었다.

"저, 저는 그런 사실은 알지 못합니다!"

"자신의 친족들의 소행을 파악하는 것도 당주로서 필요한 책무입니다. 그것은 우리나라의 법률에 귀족가 당주의 책무라고 규정되어 있습니다."

"……으."

스컬로는 떨리는 목소리로 반론을 시도했으나, 재판장의 대답에 찍소리도 할 수 없는 것 같았다.

"게다가, 당신들은 이것 이외에도 복수의 여죄가 있습니다."

"저, 저희에게 달리 무슨 죄가 있다는 겁니까……."

"우선, 디안느 마리 피리아레기스가 보유한 장미원에서 장미에 섞여 위법약물의 원재료인 식물이 재배되고 있다는 것이 조사로 밝혀졌습니다."

"아니!"

재판장의 그 말에 눈을 부릅뜬 것은 그때까지 빈껍데기처럼 있던 디안느였다.

"무슨 말도 안 되는 소리를 하시는 건가요?! 내 장미원이 무슨 관계가 있다는 거죠?! 사실을 날조하려고 해도 그렇게 놔두지는 않겠어요!"

"디, 디안느!"

"저 분통 터지는 계집애와 결탁해 나를 궁지로 몰려는 거죠?! 알고 있어요! 그런 식물 따위 난 알지 못해요! 그녀석이 내게 죄를 뒤집어씌우기 위해 몰래 섞어놓은 걸 거예요!

사죄하세요! 도로셀! 사죄하세요! 사죄하라고요!!"

아무래도 그녀는 『도로셀』에게 모든 책임을 전가하고 있는 것 같았다.

스컬로는 당장에라도 날뛸 것 같은 처를 어떻게든 달래려고 했으나, 거꾸로 얻어맞았다.

"사죄할 필요는 없습니다. 이것은 틀림없는 사실입니다. 실제로 예의 장미원을 수색한 바, 이와 같은 식물과 그것에서 유래한 약물이 발견되었습니다."

재판장의 말을 뒷받침하듯 등 뒤에 서 있던 관료가 손에 들고 있던 쟁반을 높이 들어올렸다.

쟁반에는 각각 다른 종류의 잎과 뿌리가 담겨 있었고, 또 자루에 든 기묘한 하얀 분말이 있었다.

물론 육안으로는 멀어서 잘 안 보였기 때문에, 레티시엘은 자신에게 원시마술을 걸어서 보고 있었다.

"이것들은 재배·저장된 것들 중 극히 일부입니다만, 어느 것이나 나라에서 재배를 규제하고 있습니다. 건설신청서도 이미 입수했습니다. 그것에는 프리드 토마스 피리아레기스와 디안느 마리 피리아레기스의 사인이 명기돼 있습니다."

"그러니까 그건 도로셀이 쓴 것이 틀림없다고요! 그 계집애는 어디 있나요?! 당장 나와서 자백하세요!!"

"감정 결과, 사인의 필적은 틀림없이 귀하의 것이라고 특정되었습니다. 가령 장미원의 용도를 몰랐다 하더라도 그 악

행의 일단을 떠맡아 이와 같은 사태를 일으킨 원인을 만들어낸 것에는 변함이 없습니다. 틀립니까?"

"힉!"

재판장이 억양 없이 사실을 명시하며 차갑고 날카로운 시선을 보내오자 디안느는 뱀 앞에 선 개구리처럼 작게 비명을 지르고는 그대로 조용해졌다.

"또한, 피리아레기스령에 존재하는 흑강 기사단의 본거지에서 프리드 토마스 피리아레기스와 단장의 직필로 쓰인 계약서도 발견되었습니다. 재배된 식물은 가공 후, 기사단과의 거래에 이용되었습니다."

"……! 트, 틀림없이, 뭔가, 잘못된 것이 아닐까요……."

"필적에 대해서는 사법성의 필적감정관이 조사하여 프리드 토마스 피리아레기스의 것이라고 단정하였습니다. 귀하는 감정관을 의심하는 겁니까?"

"……끅."

나중에 들은 이야기였지만, 나라의 재판을 관할하는 사법성에는 전문적으로 필적을 분석하는 관료가 있다는 것 같았다.

필적감정에는 마법을 사용하지 않고 업무에 높은 정확성이 요구되었기 때문에 취임하기 위해서는 다수의 시험을 통과할 필요가 있다든가 뭐라든가.

사인이나 압인 등으로 계약이나 거래가 이루어지는 플라

티나 왕국에서는 글쓴이를 특정하는 데에는 필적이 필요한 것이리라.

「천 년 전에는 문자에 의한 전달은 최소한으로 해서 그런 직업은 없었지.」하고 왕국의 법률 체계에 밝지 않은 레티시엘은 재판 중임에도 저도 모르게 그런 생각을 하고 말았다.

"…… 프, 프리드도 속은 겁니다! 트, 틀림없이 그럴 겁니다!"

스컬로는 필사적으로 큰 목소리로 대꾸했다. 프리드의 결백을 믿고 싶은 것인가, 그렇지 않으면 사실을 받아들이지 못하는 것인가.

"아니요. 프리드 토마스 피리아레기스는 자신의 의지로 흑강 기사단과 내통했다고 생각됩니다."

그러나 재판장은 담담한 어조로 그렇게 고하고 또 한 장의 서류를 자신의 앞으로 끌어와서는 그것을 들어보였다.

서류를 응시하자, 서류의 가장 처음과 마지막에 이름과 서명이 보였다. 아무래도 프리드가 누군가 앞으로 보낸 편지인 것 같았다.

"이것은 흑강 기사단 본부를 수색했을 때 발견한 편지 중 하나입니다."

그것을 방청석을 향해 전 방위로 내보인 뒤, 재판장은 다시 그것을 손 근처에 내려놓았다.

"이것에는 흑강 기사단을 자경단으로서 품는 대신, 영내에서 제조하는 물품의 극비운반을 맡기고 싶다는 취지의 거래를 제시하는 내용이 프리드 토마스 피리아레기스의 필적으로 적혀 있습니다."

"그, 그것은……!"

"다른 편지의 내용과도 대조한 결과, 흑강 기사단과 접촉하기 전부터 위법제조 및 판매에 손을 대고 있던 것은 틀림없을 겁니다."

재판장은 말하지 않았지만 편지에는 거기에 더해, 이 계약을 받아들여주면 매상의 일부를 기사단에게 지급하겠다는 내용도 쓰여 있었다.

증거가 될 수 있는 편지를 처분하지 않았던 것은 기사단 측이 계약을 맺으면서도 마음 속 어딘가에서는 프리드를 의심하고 있었기 때문일까.

폭로되는 수많은 죄상에 스컬로는 고개를 숙이며 어깨를 떨었고, 디안느는 바닥에 주저앉았다. 그리고, 크리스타는…… 딱히 이렇다 할 반응을 보이지 않았다.

"……그, 그런 것! 나, 날조된 것일지도, 모르잖습니까!"

스컬로는 깨끗하게 단념하지 못하고 필사적으로 그렇게 떠들어댔다. 그러나, 청중에게서 차가운 시선이 날아와 박힐 뿐이었다.

스컬로도 그 시선을 알아차린 듯, 잠시 시끄럽게 소란을 피웠으나 이윽고 힘없이 고개를 떨어뜨렸다.

"그럼 다음으로, 제1 왕자 전하에게 독단으로 약물을 투여한 건에 대해 크리스타 아마리리스 피리아레기스, 뭔가 변명할 말은 없습니까?"

장내가 또다시 조용해지자, 재판장은 피고인석에 선 마지막 한 사람에게 시선을 향했다. 그녀는 고개를 살짝 숙이고, 마치 선고를 기다리는 것처럼 입을 다물고 있었다.

"……."

레티시엘의 자리에서는 크리스타의 등밖에 보이지 않았기 때문에 그녀가 어떤 표정을 하고 있는지 확인할 길이 없었다.

"아니오. 변명할 것은 아무 것도 없습니다."

하지만 크리스타의 목소리에서는 아무런 동요도 느낄 수 없었다. 재판장을 포함해 법정에 있던 많은 사람들은 예상 외로 냉정한 크리스타의 모습에 놀란 것 같았다.

그들은 틀림없이 스컬로나 디안느와 마찬가지로 크리스타의 건 역시 어느 정도 말이 오갈 것이라고 생각했던 것이리라.

"……죄를 인정하는 것입니까?"

"예. 인정합니다."

몹시 당당한 그녀의 모습에는 레티시엘도 적잖이 놀랐다.

레티시엘은 크리스타에 대해 상당히 감정적인 부분이 있는 것 같다고 생각했었다. 그렇게 생각했었는데, 영지에서 주고받은 말로 마음의 응어리가 풀어진 것일까.

"……알았습니다. 당신의 자백을 수리하겠습니다."

그렇다고는 하나, 크리스타가 죄를 인정했다고 해서 그것으로 재판이 종료되는 것은 아니었다. 재판장은 마음을 가다듬고 말을 이었다.

"당신은 영지에서 행해지던 일을 알면서도, 그것을 막으려 하지 않고 보고도 못 본 척 했지요."

"예. 보고도 못 본 척 했습니다."

"그리고 당신은 그런 한편으로 제1왕자 로시포드에게 위법적으로 손에 넣은 약물을 주위에는 알리지 않은 채 독단으로 복용시켰습니다. 틀립니까?"

"아니요. 그 말씀대로입니다. 무엇 하나 틀린 점은 없습니다."

잠시 동안, 크리스타와 재판장의 문답이 담담하게 이어졌다.

대화가 약간 심문처럼 들리는 것일까, 재판장은 생각이 복잡한 것 같은 표정을 하고 있었다.

그러나, 크리스타가 모든 죄상을 망설임 없이 인정하고 받아들였기 때문에 아무 말도 할 수 없는 것 같았다.

"저는 빈민가에서 입수한 약품을 제1왕자 전하에게 몰래 먹였습니다. 전하의 현재증상에 효과가 있다고 들어, 지푸라기라도 잡는 심정으로 계속 사용했습니다. 모두, 제 독단으로 한 행동입니다."

실내가 미묘하게 술렁거리는 가운데, 크리스타는 그렇게 고백했다.

그녀는 무슨 생각으로 그 말을 하고 있는 것일까. 여동생의 뒷모습을 바라보며 레티시엘은 생각했다.

그 미련 없이 깔끔한 발언에 회장은 침묵하고 말았다.

재판장은 장내의 분위기를 되돌리려는 것처럼 헛기침을 하고 손 안에 있는 자료를 소리 내어 읽었다.

"……어흠. 크리스타 아마리리스 피리아레기스가 거래한 약물에 대해서는 이쪽에서 분석하고 있습니다. 플라티나 왕국 내에서는 유통되지 않는 것으로, 미지의 성분이 포함돼 있는 것을 확인할 수 있었습니다."

정적 속에 그저 재판장이 종이를 넘기는 소리만이 작게 법정 안에 울려 퍼졌다.

"제2왕자 전하께서 그 거래처 및 판매원에 대해 조사하신 결과, 약물을 취급하던 자들은 백의 결사라 불리는 조직에 속해있다는 것이 판명되었습니다."

백의 결사라고 하면, 공작령에서의 소동에도 하얀 망토를 걸친 정체불명의 인물이 관여하고 있었다.

소동과 약물거래, 두 개의 사건이 같은 장소에 다다랐다.

"백의 결사는 최근 우리나라 북부에서 활동하는 조직으로, 금번의 소동에서도 프리드 토마스 피리아레기스의 협력자로서 성유물을 제공한 사실이 관계자의 목격정보로 특정되었습니다."

그 관계자라는 것은 레티시엘을 말하는 것이었으나, 그 점을 언급하는 사람은 없었다.

재판장의 말은 그 뒤로도 잠시 이어지고, 이윽고 수중에서 종이가 없어졌다. 모든 증거를 다 제시한 것이었다.

"이것으로 법아래, 모든 죄가 명백해졌습니다. 그럼 지금부터 피고인들에 대한 판결을 내리겠습니다."

그리고 재판은 최종국면으로 향했다.

"피고인들은 귀족의 책무를 내버렸으며, 뿐만 아니라 자신의 권한을 이용해 국가와 백성에게 불리한 공작을 하고 있었다는 것은 의심할 여지가 없습니다. 재판 결과, 이것은 왕국에 대한 반역으로 받아들여도 지장이 없다고 판단합니다."

거기서 재판장은 일단 말을 끊고 한 호흡 쉬고 난 뒤, 다시 이야기를 시작했다.

"그리고 동기가 무엇이 됐든 정체불명의 약물을 왕족에게 허가도 얻지 않고 투여한 것은 용서받을 수 있는 일이 아닙니다."

"……."

그것은 대체 누구의 침묵이었던가.

왠지 모르게 이 뒤에 나올 판결과 결말을 예측할 수 있었으나, 그래도 레티시엘은 잠자코 재판장의 판결을 기다렸다.

"따라서 스컬로 조안 피리아레기스, 디안느 마리 피리아레기스, 크리스타 아마리리스 피리아레기스 및 이 자리에 없는 프리드 토마스 피리아레기스의 작위박탈 및 왕도추방의 형에 처합니다."

그 판결에, 그때까지 간신히 두 다리로 서 있던 스컬로가 그 자리에 주저앉는 소리가 매우 크게 법정 안에 울려 퍼졌다.

이만큼 많은 죄상이 갖춰졌다면, 본래라면 국외추방을 당해도 이상하지 않았다.

그러나 맹인왕의 시대부터 이어진 왕국 최고의 공작가였다는 이름값 덕분에 가까스로 이 정도 형별에 그친 것 같은 느낌은 들었다.

"구 공작령에 대해서는 국왕의 직할지로서 후일 왕이 파견한 통치관이 통치를 맡을 것입니다. 다만, 본 소동에 관여하지 않은 자 혹은 해결에 공헌한 자도 있기에 그 자들은 신분을 박탈한 뒤, 일부 감찰처분에 처합니다."

재판장이 최종통달을 하자, 청중은 각각의 반응을 보였다.

납득하는 것처럼 고개를 끄덕이는 사람, 약간 곤혹스러움을 내보이는 사람, 다른 사람과 서로 속삭이는 사람.

그래도 이 판결 내용에 대해 반론을 제기할 사람은 없는 것 같았다.

"정법원의 판결은 왕의 이름으로 승인되었다. 이것으로 이번 재판은 폐정한다."

오스왈드의 말과 함께 재판은 종료했다. 들어왔을 때와 마찬가지로, 병사들이 스컬로와 다른 사람들을 데리고 갔다.

디안느는 이미 기절한 듯, 몇 명의 병사들이 짊어지고 나갔다.

스컬로도 병사들이 양팔을 붙잡고 있지 않았더라면 쓰러

질 것처럼 휘청거리고 있었다.

잔물결처럼 퍼져나가는 시선과 속삭임이 과거 피리아레기스 공작가라 불렸던 사람들에게 향했다.

단 한 사람, 크리스타만큼은 누구의 손도 빌리지 않고 등줄기를 똑바로 펴고 의연한 발걸음으로 법정을 떠났다.

그 뒷모습에 비장함이라고는 일절 없었다.

혹시 그녀는 처음부터 모두 각오했던 것일까.

한순간, 레티시엘의 눈이 크리스타의 표정을 포착했다. 그녀는 씌었던 귀신이 떨어져나간 것 같은, 의외로 평온한 미소를 띠고 있었다.

***

피고인들에 이어 오스왈드가 퇴실하자 청중들도 줄줄이 자리를 뜨기 시작했다.

재판이 끝난 이상 더 이상 이곳에 있을 의미는 없었으나, 레티시엘은 조금 더 이 방에 머무르기로 했다.

지금 밑으로 내려가면 틀림없이 재판의 방청을 마치고 돌아가는 사람들과 맞닥뜨릴 터였다. 그렇게 된다면 일부러 레티시엘을 다른 사람의 시야에서 격리한 의미가 없어졌다.

15분 정도 지났을까. 그 무렵이 되자, 바로 밑의 방청석에서는 이제 아무 소리도 들리지 않게 되어 장내에는 정적이 돌아왔다.

그제야 레티시엘은 앉아있던 의자에서 일어나 문을 열고 계단 쪽으로 향했다.

도중에 거의 누구와도 엇갈리지 사실에 그녀는 내심 안도했다.

"응? 도로셀이 아니냐."

1층까지 내려왔을 때, 마침 왼쪽복도에서 나온 루카스와 딱 마주쳤다.

영지에서 반란이니 전투니 하는 것 때문에 정신없이 지냈기 때문에, 그와 만나는 것도 실로 몇 주만이 아니었을까.

루카스는 늘 학원에서 보던 것 같은 가벼운 차림이 아니라 빈틈없는 디자인과 장식이 갖춰진 귀족다운 예복차림이었다. 그 모습이 꽤나 낯설어 레티시엘은 당황했다.

왜 이곳에 있는 것일까. 레티시엘은 한 순간 그렇게 생각했지만, 생각해보니 루카스도 후작이었다. 재판에 소집되었어도 이상하지 않으리라.

"안녕하세요, 학원장님. 안 돌아가셨나요?"

"아니, 이제부터 돌아갈 거다. 방금 전까지 국왕폐하와 이야기를 하고 있었어."

"국왕폐하와요?"

"그래. 하아……."

"호출이라도 받으신 건가요?"

"뭐, 비슷한거다. 말해두지만, 너도 관계가 없는 것은 아니니까 말이다."

"?"

레티시엘은 고개를 갸우뚱했다. 그렇지만, 루카스는 그 이상은 이야기를 하지 않았다.

그 대신에 말없이 레티시엘의 얼굴을 물끄러미 바라보았다.

"……."

"……? 왜 그러시죠?"

"무슨 일이라도 있었냐?"

"왜 그렇게 생각하시는 건가요?"

"그런 분위기를 하고 있어. 너."

"……어떤 분위기인가요, 그게."

"얼굴에 신경 쓰이는 일이 있습니다. 라고 쓰여 있다."

"……그렇게 얼굴에 나타났나요?"

"1년 가까이 돌보다보면, 왠지 모르게 분위기로 알 수 있다."

대수로운 일도 아니라는 것처럼 태연하게 말하는 루카스의 말에 레티시엘은 저도 모르게 자신의 뺨을 잡아당겨보았다. 아픈 것 외에는 딱히 아무 것도 없었다.

"……크리스타의 일을 조금 생각하고 있던 것뿐이에요."

"크리스타? 별일이구나."

지금까지 친족을 화제에 올리는 일이 일절 없었던 레티시엘의 입에서 크리스타의 이름이 나왔다는 사실에 루카스는 의외라는 표정을 지었다.

"예. 판결을 선고받았을 때, 웃고 있던 것처럼 보여서 말이죠."

"과연."

그 말을 듣자, 루카스는 턱에 손을 갖다 대고 어딘가 납득한 것처럼 고개를 끄덕거렸다.

"재판 중에도 그 아이만 이상할 정도로 침착했지."

"학원장님도 그렇게 생각하시나요?"

"아아. 그래서 청중 중에는 일련의 사건을 모두 크리스타가 뒤에서 꾸민 것이 아니냐고 억측하는 녀석도 있었다."

하지만 말이지. 그렇게 길게 한숨을 토해내며 루카스는 발밑의 타일바닥에 시선을 떨어뜨리고는 훗 하고 웃으며 옆얼굴에 그늘을 드리웠다.

"크리스타는 크리스타 나름대로 모든 것을 각오하고 있었다. 라는 것뿐이겠지."

"……."

"그렇지 않다면 그렇게나 위험한 다리를 건너려고 하지 않았을 테고, 자진해서 죄를 인정해 판결을 받아들이지도 않았을 거다."

"그것도 그렇군요."

크리스타와는 영지에서 직접 대화를 나누었다. 그랬기에, 재판에 임하는 그녀의 속마음을 적잖이 알고 있다고 생각했다.

가령 크리스타가 흑막이었다면, 스컬로나 디안느처럼 좀 더 변명을 했을 것이다.

하지만 그녀는 오히려 모든 죄를 인정했다. 그래서는 스스로 단죄받기 위해 행동한 것과 마찬가지였다.

게다가, 나라의 제1왕자에게 정체불명의 약을 제멋대로 먹이는 것이 발각된다면 어떻게 될지 상상하지 못할 정도로 그녀는 어리석지 않았다.

그래도 그녀는 실행에 옮겼다. 자신을 아낌없이 내던져서라도 로시포드를 구하고 싶었던 것이리라.

"그럼 난 이만 가보마."

홀 벽에 걸린 대시계를 확인하고 루카스가 그렇게 말했다.

오늘은 휴일이 아니었다. 학원은 분명히 정상수업을 하고 있을 터였으니 학원장이기도 한 루카스는 달리 또 일이 있는 것이리라.

"나중에 학원에서 다시 뵙죠. 갈 수 있을지 어떨지는 모르겠습니다만."

"그래. 너도 조심해서 돌아가라."

손을 흔들고 루카스는 그대로 정면출구로 향했다.

"아, 잊어버릴 뻔했다."

현관에서 나가려던 루카스는 문득 뭔가가 떠오른 것처럼 발을 멈추고 휙 하고 레티시엘을 돌아보았다.

"왜 그러시죠?"

"폐하로부터의 전언이다. 할 이야기가 있으니 응접실로 와 주었으면 한다, 라고 하시는구나."

"……알았습니다. 고맙습니다."

오스왈드의 전언을 전하자, 이번에야말로 루카스는 정법원을 나갔다.

그런데 오스왈드가 레티시엘에게 무슨 용건이 있는 것일까.

일단 응접실에 가지 않으면 혼자 고민해봤자 소용이 없을 것이라고 생각해 레티시엘은 응접실로 이동하기 시작했다.

'……그것보다, 응접실이라는 곳은 어디에 있지?'

곧바로 문제에 봉착했다.

응접실을 찾아 1층 복도를 걷고 있으니, 앞쪽에서 크리스타가 걸어왔다. 양쪽에는 두 명의 병사가 따르고 있었다.

상대방도 이쪽을 알아차리고 그 자리에 정지, 두 사람 사이에 잠시 침묵이 흘렀다. 병사들도 딱히 제지하는 기색 없이 가만히 대기했다.

"……안녕하세요, 언니."

먼저 입을 연 것은 크리스타 쪽이었다. 뜻밖에도 그녀의 표정은 평온했다.

"안녕."

"돌아가지 않으시는 건가요? 구경거리는 이제 끝이 났답니다."

크리스타가 자학적으로 말했다. 밉살스러운 성격은 변함없는 것 같았다.

그러나, 이번 재판이 구경거리……라는 말은 정말 절묘한 표현일지도 몰랐다.

법정에서 논의를 거쳐 판결을 내리는 일반적인 재판과는 달리, 이번 재판은 처음부터 판결이 정해져 있던 재판……이른바 익살극이었다.

어떻게 반응을 하면 좋을지, 레티시엘은 갈피를 잡지 못했다.

"아직 끝나지 않은 용건이 있어서 말이죠."

"그런가요."

잠시 생각을 해봤지만, 결국 평범하게 평소처럼 행동하기로 했다.

"그런데, 응접실은 어디에 있을까요?"

"네?"

"미아가 된 것뿐이에요."

"…… 저기 있는 문이에요."

"그래요. 고마워요."

"……."

"……."

변함없이 대화는 이어지지 않았다. 길을 물어본 뒤, 서로 한마디도 하지 않은 채 레티시엘은 크리스타와 서로를 마주보았다.

"당신은 이번 판결을 어떻게 생각하나요?"

아마도 지금이 레티시엘과 크리스타가 만나는 마지막 날일 테니 아무 말도 하지 않고 헤어지는 것은 그다지 기분 좋은 일이 아니었다.

레티시엘은 일단 머릿속에 떠오른 것을 물어보기로 했다.

"어떻게 생각하느냐니, 그게 무슨 말이죠?"

"재판을 받을 때 몹시 침착해서 말이죠."

"의외인가요?"

"아뇨. 솔직히 그렇게까지는."

"……그렇다면 왜 그런 아무 의미 없는 질문을 하시는 건가요? 아무래도 좋잖아요?"

"……."

그다지 친하지 않은 크리스타와 무슨 이야기를 하면 좋을지 알지 못했기 때문이었지만, 그 말은 굳이 하지 않아도 될까.

"단순한 흥미에요. 영지에서도 말했다고 생각하지만, 당신이 생각하는 것만큼 나는 당신을 싫어하지 않는 것 같으니까……."

"……그래서 언니가 싫은 거예요."

"?"

크리스타가 뭔가를 중얼거린 것 같았지만, 목소리가 너무 작아 전혀 들리지 않았다.

"딱히 어떻게도 생각하지 않아요. 객관적으로 보면 당연한 수준의 처벌인걸요."

"그래요."

"게다가, 저는 제가 한 행위가 그른 일이었다고 생각하지 않아요. 설령 법적으로는 악이라도 제게는 선이니 처벌같은 건 아무래도 좋은걸요."

크리스타는 씌어 있던 것이 떨어져서 개운해진 표정으로 망설임 없이 그렇게 잘라 말했다.

호오. 레티시엘은 저도 모르게 크리스타의 얼굴을 말끄러미 바라보아서 크리스타에게 의아한 표정을 짓게 했다.

"뭔가요, 그 얼굴은. 원래는 언니가 한 말이잖아요."

"그러고 보니 그랬네요."

분명히『당신이 바란 결과라면, 그건 그것대로 해피엔드』라고, 레티시엘은 영지에서 크리스타에게 말했다.

영지에서 조금 이야기를 나눈 것도 있어서, 크리스타에게서 예전의 그 가시가 없어졌다.

관계를 어느 정도는 수복할 수 있었던 것일까, 하고 레티시엘은 긍정적으로 생각해 보았다.

"안심하세요. 저는 반드시 **행복**해져 보이겠어요."

"그건 나에 대한 복수를 위해서인가요?"

"예. 당연하죠. 그럼 실례하겠어요. 정말로 싫어하는 언니."

"여전하군요."

"당연하죠. 그렇게 쉽게 용서할 것이라고 생각하셨나요?"

말과 달리 크리스타의 표정은 험악하지 않았다. 오히려 지기 싫어하는 것 같은 오기어린 미소마저 떠올라 있었다.

"그것도 그렇군요."

레티시엘은 어깨를 움츠리면서 대답했다.

그 후, 크리스타는 레티시엘에게 인사를 하고는 병사들이 옆을 따르는 채로 그대로 걸어갔다. 레티시엘은 그 뒷모습을 물끄러미 지켜보았다.

레티시엘은 크리스타가 알려준 방의 문에 손을 대고 안으로 들어갔다. 문이 닫히는 소리가 복도에 작게 울렸다.

막간 변경의 숲에서

시간을 거슬러 올라가길 며칠 전. 도로셀이 왕도에 도착하고 이틀 뒤의 일이었다.

한 대의 마차가 울창한 숲속을 달려나갔다.

주위에는 십 수 명의 기병들이 열을 이루어 마차와 나란히 달리면서 경비에 임하고 있었다.

전 방향으로 단단하게 둘러싸인 마차 안에는 세리냐가 혼자 타고 있었다. 커튼을 친 데에다가 숲속이라는 점도 있어 한낮인데도 마차 안은 어두웠다.

"……."

도로셀과 달리 재판에서 피고인석에 서야 할 세리냐는 본래 프리드나 크리스타 일당들과 함께 좀 더 빨리 왕도로 이송될 터였다.

그렇지만, 세리냐는 왕국군 총대장인 제3왕자 에델하르트에게 부탁했던 것이다.

아직 머릿속이 혼란스럽다. 기분이 진정될 때까지 좀 더 영지에 있고 싶다. 그러니까 이송은 마지막으로 해줬으면 한다.

세리냐는 그렇게 말하며 집중적인 치료가 필요한 프리드가 처음으로 이송된 그날 중에 에델하르트와 직접 담판을 지었다.

당시 군은 아직 영민에 대한 지원에 쫓기고 있어서 한꺼번에 많은 인원을 호송할 여유가 없었다.

때문에 이번 반란의 관계자 및 반란군 리더를 포함한 인원의 이송절차는 한 사람씩 진행하기로 했고, 마지막 순서는 도로셀이 될 예정이었다.

처음에는 의아해하던 에델하르트도 순번이 다소 바뀌어 봤자 어차피 이송하는 것은 변함이 없다고 판단하여 허가해 주었다.

사흘 정도 계속 그의 텐트에 부탁하러 갔던 것이 주효했던 것일지도 몰랐다.

"……."

세리냐는 왕도로 돌아가면 머지않아 공작가가 재판에 넘겨지리라는 것을 물론 알고 있었다.

현재 프리드는 아직 혼이 빠져나간 빈 껍질과도 같은 상태로, 재판의 자리에 서서 심판을 받을 수 있는 것은 그녀와 도로셀을 제외한 그 이외의 공작가 일원.

11년 전 영지에서 제1왕녀 알렉시아를 죽게 한 화재가 세리냐의 머릿속을 스쳤다.

세리냐는 어두운 마차 안에서 입가를 손으로 가리며 고개를 숙였다. 피고인석에 서게 되면, 그 화재의 진상이 폭로될지도 몰랐다.

그렇게 된다면, 이번에야말로 집안도 자신도 끝장이리라. 그것만큼은 절대로 막아야 했다.

어떻게 해서든, 말이다.

그때, 마차가 갑자기 정지했다.

세리냐는 하마터면 앞쪽으로 내던져질 뻔했지만, 아슬아슬하게 창틀을 붙잡고 자세를 바로잡았다.

일부러 무슨 일인지 밖을 확인할 것까지도 없이, 급정지하고 난 직후 바로 바깥이 소란스러워졌다.

"뭐, 뭐냐, 네놈들은…… 끄억!"

"어디서 솟아난 거냐!"

"크, 도, 돌파당한…… 컥!"

"태세를 정비해라! 상대는 겨우 몇 명이다!"

어지러이 날아다니는 병사들의 목소리에 뒤섞여 창칼이 부딪치는 소리나 말의 비명이 들려왔다.

아무래도 마차 밖에서는 병사들이 어딘가의 습격자와 싸우고 있는 모양이었다. 병사들의 말로 짐작해 보건대, 습격자의 인원수는 적은 것 같았다.

"아, 안 됩니다! 이 이상 후퇴하면 마차가……!"

"겁먹지 마라!"

"이봐! 지금 즉시 전하에게 전령을…… 끄아악!"

"……."

세리냐는 때때로 터져 오르는 병사들의 비명을 조용히 듣고 있었다.

이 장소는 영지에서도 왕도에서도 어중간한 거리에 있었다. 전령을 보낸다고 해도, 그것이 도착할 무렵에는 모든 것이 끝났을 터였다.

마차의 벽 하나를 사이에 둔 그 건너편에서 정체를 알 수 없는 인간들이 사람을 죽이고 있건만, 세리나는 스스로도 신기할 정도로 냉정했다.

"……."

입을 틀어막고 있던 손을 떼고, 세리나는 조용히 창가에 얼굴을 가까이 갖다 댔다.

꼭 닫고 있던 커튼을 살짝 열자 마차를 호위하고 있던 병사들이 온통 시커먼 것을 뒤집어 쓴 정체불명의 인물들과 교전하고 있는 것이 보였다.

그들은 정말로 머리부터 발끝까지 모든 것이 검은색 일색이었다. 몸에 딱 달라붙는 검은 상의와 바지를 입고, 구두도 쉽게 벗겨지지 않는 것을 신고 있었다.

병사들도 필사적으로 싸우고 있었지만, 실력이 너무 차이 나는 것인지 검은색 일색인 자들에게 한 사람 또 한 사람 쓰러져갔다.

"……."

마차 밖에 완전한 침묵이 내려앉는 것에는 그렇게 긴 시간은 걸리지 않았다.

검은색 일색인 자들은 지면에 굴러다니는 시체를 치우려고도 하지 않고 한 장소에 모여 뭔가 논의를 하는 듯했다.

그 논의는 금방 끝이 났지만, 검은색 일색인 자들은 그 뒤에도 자리를 떠나지 않고 오히려 마차 쪽으로 걸어왔다.

손에 여전히 피가 묻은 단검이 들려 있어서 그들이 움직일 때마다 칼끝에서 붉은 핏방울이 떨어졌다.

보통이라면 말도 못 할 정도로 공포스러운 상황일 터였다. 다음에 살해당하는 것은 자신일지도 모른다고, 어디로 도망가야 할지도 모르고 울부짖을지도 몰랐다.

하지만, 마차 쪽으로 점차 가까이 다가오는 검은색 일색의 남자들의 모습에도 세리냐는 이성을 흐트러지지 않았다.

"……후후."

오히려 그녀의 입가에는 의기양양한 미소마저 떠올라 있었다.

2장 무능영애의 귀환

응접실에 들어서자 오스왈드가 먼저 와 레티시엘을 기다리고 있었다. 만나는 것은 오랜만이었는데, 이전보다 조금 야윈 것 같은 느낌이 들었다.

"오랜만이로구나, 도로셀."

"오랜만에 뵙습니다, 폐하."

레티시엘은 말을 걸어온 오스왈드에게 머리 숙여 인사했다.

실내에는 오스왈드 이외에 또 한 사람, 정법원의 관료로 보이는 청년이 있었다. 그는 레티시엘이 들어오자 그녀와 엇갈려 퇴실했다.

"뭘 그리 서있느냐. 거기 앉거라."

"고맙습니다."

오스왈드가 가리킨 것은 원형 테이블을 사이에 두고 그와 마주한 위치에 있는 자리였다.

이전에 로스포드의 일로 불려 갔을 때에도 그 위치에 앉아야 했던 것 같기도 하고, 하면서 레티시엘은 그런 그리운 일을 생각해 보았다.

"그래서, 제게 용건이 있으시다고 들었습니다만."

"그래. 너의 처우에 대해서는 네게 직접 전해야 한다고 생각해서 말이다."

레티시엘은 그 말에 등줄기가 절로 펴졌다.

재판에서 공작가 면면들의 작위박탈과 왕도추방은 결정되었으나, 레티시엘에 대해서는 에둘러서 일부 처벌내용이 다르다고 했다.

"그렇게 경계하지 않아도 된다. 대단한 이야기는 아니니 말이다."

"예에……."

자신도 피리아레기스 가의 일원이니 똑같은 벌이 주어질 것이라고 생각했는데, 의외로 영지에서의 행동을 상층부는 높게 쳐주는 모양이었다.

"단적으로 말하면, 신분박탈은 네게도 적용될 게다."

"예."

"허나, 왕도에서 추방하지는 않을 것이다. 저택도 빼앗지 않을 것이고 학원에도 지금까지처럼 계속 출입해도 문제없느니라."

그렇기 때문일까, 형벌은 생각했던 것 이상으로 가벼운 것이었다. 그런 정도로 괜찮을까. 레티시엘은 한순간 의아해졌다.

"……."

"왜 그러느냐. 뭔가 신경 쓰이는 일이라도 있는 게냐?"

"아뇨. 예상했던 것보다 훨씬 가벼운 형인지라……."

"당연하지 않느냐. 이번 사태가 이렇게 빨리 수습된 것은 전적으로 네 활약이 있었기 때문이니 말이다."

"그런, 가요."

분명히 레티시엘은 반란을 해결한 유공자일지도 몰랐다. 그러나, 크리스타나 다른 가족들과 마찬가지로 그때까지 사태를 못 본 체하고 있던 것은 변함이 없었다.

그에 대해서는 작위박탈로 이미 벌을 내렸다. 라는 인식인 것일까.

"무엇보다, 네 힘은 아직 우리나라에 없어서는 안 되는 것이다. 섣불리 왕도에서 추방할 수는 없는 노릇이지 않으냐."

"하아. 그러신가요……."

이쪽이 본심인 것일까.

하하하 웃는 그 나름대로 기분이 좋아 보이는 오스왈드의 표정을 뚫어져라 쳐다보며 레티시엘은 머릿속에서 그런 고찰을 했다.

"다만, 형벌은 가벼워졌으나 몇 개월 동안은 감시관이 붙기로 됐다."

"감시관, 이라고요?"

"그러하다. 후견이라 바꿔 말해도 좋을지도 모르겠군."

과연. 이어진 오스왈드의 말에 레티시엘은 납득했다.

레티시엘도 관계자인 이상, 이대로 서민사회로 내던져버릴 수는 없는 것이리라.

게다가, 레티시엘에게 그럴 생각은 없었지만 왕국 측으로서는 레티시엘이 뭔가 이상한 마음을 품을 가능성에 대해 고려할 필요도 있을 터였다.

"그래서, 어떤 분이 제 감시를 담당하시는 것인가요?"

"오라시오 가에 맡겼다."

"그러셨나요…… 응?"

딱히 어디의 누가 감시역을 맡더라도 상관없으니 그렇게 신경 쓰지 않고 무시하려던 레티시엘은 꽤나 귀에 익은 그 이름이 나오는 순간 얼어붙었다.

오라시오…… 오라시오 가…… 오라시오 후작가…… 어라? 그건 루카스의 집안이 아니었던가.

"혹시…… 학원장님이신가요?"

"그렇다. 네 감시역을 맡을 수 있는 인물은 그 녀석 이외에 없을 거다."

"……그건, 그럴지도 모르겠네요."

오스왈드가 후견이라고 말한 것으로 보건대, 감시역은 평민이 된 레티시엘의 뒷배로서의 역할도 있는 것 같았다.

분명히 잘 모르는 사람이 갑자기 뒷배가 되는 것보다 전부터 알고 지내던 루카스 쪽이 더 안심이 될지도 몰랐다.

"게다가, 루카스라면 너도 만에 하나 반란을 모의하려고는 생각지 않겠지."

"……? 그럴 예정은 죽을 때까지 없습니다만?"

"안다. 허나, 이렇게라도 설명하지 않으면 우리의 거래를 모르는 자들은 수긍하지 않을 테니까 말이다."

"아아……."

잘 알지는 못해도 감시대상이 미성년인 경우, 대상자가 뭔가 처벌을 받을 만한 언동을 취하면 그 벌은 감시인이 대신 받는다고 했다.

루카스에게 폐를 끼칠 생각은 털끝만큼도 없었지만, 만에 하나 현재의 레티시엘이 참수형에 상당하는 죄를 저지른다면, 루카스의 목이 대신 날아간다는 뜻이었다.

이야기가 어디에서 살이 붙어 과장될지 알 수 없으니, 신중하게 행동하는 편이 좋을지도 몰랐다.

"그런데, 시시한 질문을 하나 해도 되겠느냐?"

"……? 무슨 질문이신가요?"

"만약 이 자리에서 네게 귀족작위를 내린다고 말한다면, 너는 어쩌겠느냐?"

"……예?"

갑자기 그런 말을 꺼내기에 무슨 얘기를 하나 싶었더니, 오스왈드의 입에서 튀어나온 질문에 레티시엘은 저도 모르게 얼빠진 소리를 내고 말았다.

오스왈드가 느닷없이 그런 이야기를 꺼낸 의도를 알 수가 없었다. 설마 뭔가를 획책하고 있는 것일까. 레티시엘은 강하게 경계를 했다. 그런 레티시엘의 모습에 오스왈드가 훗 하고 작게 웃었다.

"아니, 예를 든다면 그렇다는 거다. 솔직히 대답해도 상관없다.

"그러시군요…… 삼가 거절했을 것이라 생각합니다."

"……."

쓸데없이 적당히 얼버무리는 것도 이상했기 때문에 레티시엘은 생각한 바를 그대로 오스왈드에게 말했다.

실제로 레티시엘은 귀족이라는 신분에 전혀 흥미가 없었다. 신분이 있는 것만으로 여러 가지 속박이 생기기에 이번에 작위를 박탈당한 것이 오히려 홀가분하다고까지 생각하고 있었다.

"제게 귀족의 세계는 아무리 해도 맞지 않는 것 같습니다. 오히려 평민이 되었다면 그만큼 기쁜 일은 없습니다."

오스왈드는 레티시엘의 그 말을 잠자코 듣고 있었다. 그러나, 갑자기 왜인지 배를 끌어안고 웃기 시작했다.

"……후, 후하하하!"

"?"

"아니. 신경 쓰지 않아도 된다. 역시 너는 그렇게 나와야지."

"……?"

그러니까, 그건 대체 무슨 뜻인가.

계속 웃기만 할 뿐 그 이유를 가르쳐주려고 하지 않는 오스왈드를 레티시엘은 눈을 반쯤 내리깐 채 노려보았다. 그러나 오스왈드는 신경 쓰는 기색이 전혀 없었다.

"이상한 질문을 해서 미안했다. 내 이야기는 이상이다."
"알았습니다. 그럼, 저는 이만 실례하겠습니다."
"벌써 돌아가는 것이냐?"
"예. 고용인들이 기다리고 있어서 말입니다."
"그러하냐. 마차는 정문 앞에 세워놓았으니 그것을 이용하거라."
"감사합니다."
고개 숙여 인사를 하고 레티시엘은 응접실을 나오고자 문에 손을 갖다 대었다.
"……그리고, 이것은 명령은 아니다만."
그 등 뒤를 오스왈드의 목소리가 쫓아왔다. 레티시엘은 문을 열려던 손을 내리고 돌아보았다.
"마술을 좀 더 사람 눈에 띄지 않게 사용할 수는 없느냐?"
"이유를 여쭤도 되겠습니까?"
"너도 이유 정도는 알고 있겠지. 이 힘의 존재가 필요 이상으로 널리 퍼지게 되면 너에게도 여러모로 좋지 않을 거다."
"……"
그것은 레티시엘도 잘 아는 일이었다.
도로셀은 본래 마력이 없는 자일 터인데도 마법을 사용할 수 있다는 사실이 일부 귀족들의 귀에도 들어간 것 같았다.
나라를 관리하는 자로서는 소문이 널리 퍼지는 것을 막고 싶은 것이리라.

게다가, 이 힘을 둘러싸고 귀족들의 분쟁에 휘말리는 것은 이쪽으로서도 사양하고 싶었다.

'……폐하께서도 그것을 내다보고 계신 것이겠지.'

그랬기에 『너에게도 여러모로 좋지 않을 것』이라고 일부러 못을 박은 것이리라.

"알고 있습니다, 폐하."

오스왈드의 의도를 알아차리고 이 왕도 꽤나 교활한 구석이 있구나, 하고 인식을 새롭게 하면서 레티시엘은 고개를 끄덕였다.

"그러하냐. 그렇다면 됐다."

이번에야말로 용건은 끝난 것 같았기 때문에 레티시엘은 응접실을 뒤로 했다.

시간이 그럭저럭 경과했기 때문에 문밖에는 사람 그림자가 거의 보이지 않고 복도는 쥐 죽은 듯이 조용했다.

"……자."

정법원에서 해야 할 일은 모두 끝난 것이리라. 레티시엘은 마차에 올라타 이번에야말로 집으로 돌아갔다.

***

재판이 끝나고 정법원을 나선 오스왈드는 곧바로 비아트리스 왕성으로 돌아왔다.

방금 전의 재판에서 정법원이 내린 판결은 서면으로 오스왈드에게 정식으로 제출될 터였다. 작위박탈이나 왕도추방 내용도 포함해, 정리해야 하는 서류가 산처럼 많았다.

"어서 오십시오, 폐하. 고생이 많으셨습니다."

시리우스가 싱으로 돌아와 곧바로 집무실로 향한 오스왈드를 맞이했다.

이번 소동의 여러 가지 뒤처리에 쫓기느라 그도 많이 지친 것 같았다. 눈 밑에 짙은 다크서클이 생겨 있었다.

"시리우스인가. 벌써 와 있었나."

"예. 폐하께서 돌아오시는 사이, 일부 서류를 정리해 두었습니다."

"음. 일처리가 빠르군."

오스왈드가 집무책상 위를 보자 그새 재판과 관련된 일부 서류가 제출되어 늘어놓아져 있었다.

서류 내용에 따라 빈틈없이 분류되어 있는 점이, 시리우스가 한 번 훑어보고 나눠놓은 것 같았다.

"재판은 어떠셨습니까?"

자리에 앉은 시리우스에게 시리우스가 물었다.

이번 재판은 중앙관료나 주요귀족들을 소환해 진행했으나 시리우스는 출석하지 않았다.

많은 관료가 재판 출석으로 자리를 비우게 되는 중앙정부의 지휘를 재상인 그에게 일시적으로 맡겼던 것이다.

"딱히 아무 일도 없이 끝났네. 공작가 면면에게는 작위박탈과 왕도추방의 형을 내렸네. 근신처의 수배는 이제부터 해야지."

"그러셨습니까."

감출 필요도 없었기 때문에 오스왈드는 간결하게 설명을 덧붙였다. 시리우스가 놀라지 않는 것은 아마도 예상은 하고 있던 조치였기 때문이리라.

"허나, 일부에게는 특별조치를 취했네. 전원이 똑같이 중죄에 해당하는 것은 아니니까 말이야."

"도로셀 양 말씀이십니까?"

"엄밀하게는 그 아이만은 아니지만, 뭐 그러하네."

오스왈드는 그 이름을 입 밖에 내지 않았으나, 시리우스는 누구를 가리키는지를 알아차렸다.

공작가…… 지금은 전 공작가라고 불러야 할 자들에게 선고된 작위박탈과 왕도추방. 도로셀은 그 중에서 왕도추방의 형을 받을 일이 없었다.

공작으로서 그녀를 독립시킬 수는 없었기 때문에 작위는 박탈했지만, 그녀의 힘과 지식은 아직 이 나라에 있어 중요한 것이었다.

왕도에서 추방해버리면 아마도 왕명을 내리지 않는 한 오스왈드가 그녀의 능력을 빌리는 일은 불가능해진다.

그렇지 않아도 국경 부근에서 일어난 이번 소란으로 도로셀의 존재가 점차 두드러지고 있었는데, 이 이상 이리스 제국을 자극하고 싶지는 않았다.

물론, 만에 하나 묘한 움직임을 보이지 않으리라는 보장도 없었기 때문에 한동안은 감시역을 붙일 생각이지만.

"과연, 역시 그러셨습니까."

그러나 예상과 달리 시리우스는 얼굴을 찡그리지도, 이견을 말하지도 않았다. 오스왈드는 저도 모르게 물끄러미 시리우스의 표정을 관찰했다.

"왜 그러십니까?"

"아니, 자네라면 틀림없이 불평 한 마디라도 할 것이라고 생각해서 말일세."

"……분별력이 없는 어린아이가 아니니, 폐하의 이번 판단에 대해서는 필요한 것이었다고 이해하고 있습니다."

깊고 깊은 한숨을 내쉬면서 시리우스는 말을 이었다.

"도로셀 양이 없었다면 이번 소동의 진압에는 더 많은 시간을 필요로 했을 것입니다. 그렇게 되었다면 피해도 이 정도로는 끝나지 않았겠지요. 응당 특례를 베풀어야 합니다."

이전부터 겨우 10대의 어린 여자아이를 중용하는 일을 좋지 않게 생각했던 그였으나, 이번 건에 대해서는 도로셀의 공헌을 인정하는 것 같았다.

"……속내가 복잡하긴 합니다만."

"그런가. 역시 자네도 그렇게 나와야지."

마음속으로는 옳은 일이라고 이해하고 있어도, 그가 도로셀을 마음에 들어하지 않는 것은 변함이 없는 모양이었다.

"그런데, 특례가 적용된 것은 도로셀 양만이 아니라고 말씀하셨습니다만……."

"아아. 그랬지."

"그건 대체 무슨 뜻입니까?"

"……그 아이의 쌍둥이 여동생이네. 무엇보다, 그쪽은 특례라고 해도 작위박탈과 왕도추방을 면할 수는 없지만 말이야."

또 하나, 오스왈드는 도로셀에게 말하지 않은 것이 있었다. 그것은 크리스타에 대한 특별조치였다.

그렇다고는 해도 그녀의 여동생은 도로셀처럼 일부의 형벌이 면제되는 것이 아니라, 형벌의 집행까지 잠시 유예기간을 준다는 것이었다.

"자네도 알고 있겠지. 로시포드에 대한 일이네."

"제1왕자전하…… 며칠 전에 요양처에서 보고서가 제출되었지요."

"그래."

학원에서 사건을 일으킨 뒤, 왕도 교외의 별궁에서 오랫동안 요양하던 로시포드가 눈을 떴다는 사실을 알게 된 것은 얼마 전의 일이었다.

처음에 그 소식을 들었을 때는 믿을 수가 없어서 보고하러 온 관료에게 끈질기게 재확인을 했을 정도였다.

지금까지 무엇을 해도 효과가 없었건만, 어째서 이 타이밍에 갑자기 용태가 회복된 것인가.

곧바로 조사를 명한 바, 로시포드가 눈을 뜬 시기는 크리스타가 영지로 떠나기 직전이었다는 사실을 알 수 있었다.

거기에, 이쪽에서 허가를 내리지도 않았음에도 크리스타가 빈번히 별궁에 출입하며 로시포드를 간병하고 있었다는 사실도 판명되었다.

허가 없이 멋대로 별궁에 드나든 일은 벌을 받아야 하겠으나, 어쨌든 이번 로시포드의 회복에는 크리스타의 공적이 컸다.

"로시포드가 눈을 뜨게 된 계기가 된 그 약에 대해서는, 그 아이 외에 아는 사람이 없네."

"자세한 정보를 알아낼 때까지 크리스타 양의 형벌집행을 연기할 필요가 있다는 말씀이십니까?"

"그런 것이지."

재판을 치르기 전에 실시한 사정 청취에서 그녀는 제1왕자에게 비밀리에 정체불명의 약을 먹였다는 사실을 고백했다.

그 약은 왕실에서 이미 압수했으나 핵심적인 성분은 아직 판명되지 않았다.

입수한 약의 일부는 성분을 밝히기 위한 연구에 사용했고, 남은 것은 고민거리였던 예의 집단실종의 생존병에게 복용시켰다.

그 결과 지금까지 모든 의사가 포기했었던 증상이 완화되고 간신히 이야기를 들을 수 있을 정도로 회복될 가망이 보이기 시작했다.

육군 제11소대의 실종은 아직도 수수께끼가 많았다. 유일한 귀환자에게서 이야기를 들을 수 있게 된다면 사태해결의 실마리가 될 수 있으리라.

다만, 크리스타의 말에 따르면 이 약으로 눈을 뜬 로시포드는 대부분의 기억을 잃어버렸다는 것 같았다.

정체불명의 약의 투여가 증상을 완화시키는 계기가 됐다면 그것만큼 좋은 일은 없었지만, 과다섭취가 기억장애를 일으키는지는 몰랐다.

또, 그녀는 이 약과 병행해 밑져야 본전이라는 생각에 치유마법도 사용했다고 하니 그 점도 뭔가 관여했을 가능성이 있었다.

그런 사정이 있어 귀중한 정보원으로서 크리스타를 왕도 주변에서 멀리 떼어놓을 수는 없었기 때문에 그녀는 현재 왕도 교외의 어떤 장소에 유폐되어 있었다.

"……나도 의외로 무르군."

"폐하? 뭔가 말씀하셨습니까?"

"아니. 신경 쓸 것 없네."

그 유폐처에 대해 정말로 괜찮은 것인지, 안전한 것인지 시리우스가 몹시 걱정을 했지만.

물론 크리스타가 약의 내용물을 알고 있다고는 단정할 수 없었다. 그러나 입수경로를 알 수 있으면 거기서부터 뭔가 새로운 정보가 나올 가능성도 있었다.

그리고 어쩌면 근래 여기저기에서 암약하고 있는 그 결사에 대해서도 뭔가 실마리를 얻을 수 있을지도 몰랐다.

에델하르트가 모아온 정보에 따르면 백의 결사가 역사에 등장한 것은 11년 전의 스피리아 전쟁이었으나, 그 존재는 13년 전부터 확인할 수 있었다.

다만 당시에는 하얀 로브의 인물이라는 목격 증언만이 있었을 뿐으로 지금과 같은 호칭으로 불리는 일도, 요주의 인물로서 나라에서 주시하는 일도 없었다.

그리고 스피리아 전쟁에서 적군의 세력에 가담했다는 점에서 결성지는 라피스 국일 가능성이 컸다.

하얀 결사의 내부구조가 어떻게 구성되어 있는지는 불명이었다.

그러나 에델하르트에 보고서에 따르면, 그들의 트레이드마크인 하얀로브를 착용하는 것은 겨우 세 사람뿐이라는 것 같았다.

간부가 세 사람뿐이라고 생각한다면 구성원은 결코 많지 않을 것이리라.

루크레치아 학원의 과외활동에서 압수한 무기 등을 지금도 해석하고 있으나 그들이 특기로 삼고 있는 예의 힘에 대해서도 정체를 파악하는 것이 신통치 않았다.

아마도 마법의 지식으로는 해명할 수 없는 힘일 것이라고 오스왈드는 생각하고 있었다.

"시리우스. 이쪽의 산은 다 처리한 것이네. 각 부서로 돌려 보내주게."

"알겠습니다."

오스왈드는 이야기를 하면서도 업무를 처리하는 손을 멈추지 않았다.

집무책상 위에 쌓여있던 서류의 절반 정도를 다 훑어본 오스왈드는 서명을 끝낸 서류의 산을 가리켰다.

시리우스는 지시받은 대로 자료 다발을 손에 들고 고개를 끄덕였다.

"그리고 이것은 재판의 건과는 직접적인 관계는 없습니다만, 라이오넬 전하께서 보고서를 제출하셨습니다."

"보고서?"

"예. 이전 회의에서도 보고하신 이리스 제국에 관한 정보 수집 건이라고 들었습니다."

급한 것은 아니라고 들었기에 끝에 분류해 놓았습니다. 라며 시리우스는 책상 한켠에 시선을 주었다.

그곳에는 끈으로 철을 한 보고서가 놓여 있었다. 첫 장에는 꼼꼼한 글씨체로 『이리스 제국의 내부정보 조사기록』이라고 쓰여 있었다.

"알았네. 이건 확인해두지."

"알았습니다. 그럼 실례합니다."

시리우스는 고개 숙여 인사를 하고는 서류를 손에 들고 집무실을 나갔다. 혼자가 되자, 오스왈드는 바로 라이오넬의 보고서를 읽었다.

시정정보는 이전의 보고와 달라지지 않았으나 아무래도 제국의 상층부에서 다소 불온한 움직임이 관측된다 라는 문장에는 눈썹을 찌푸렸다.

최근, 제국의 정세가 불안정했으나 이번 반란이 국경에 가까운 변경에서 일어났기 때문에 이미 그 일을 냄새 맡고 왕국에 대해 한층 더 불온한 움직임을 보이고 있다는 것이었다.

이리스 제국과는 형식적인 우호관계는 유지해 왔으나 솔직히 처음부터 신용하지는 않았다.

양국 사이에 맺어진 동맹도 라피스 국이라는 공통의 외적이 없었다면 성립하지 않았을 것으로, 지금도 계속해서 서로의 속을 떠보고 있는 상태였다.

"……."

오스왈드는 저도 모르게 복잡한 표정으로 침묵했다.

지금 왕국의 힘으로는 만에 하나 제국과 적대하게 되었을 때 승산은 전무하다는 것을 오스왈드는 충분히 잘 알고 있었다.

귀국 직후의 보고에서 라이오넬이 말했던 제국의 아르마·

리액터에도, 그것에 기초한 군사병기에도 아마도 왕국 측에서 대처할 도리가 없을 터였다.

총의 정밀도조차 아직 제국의 발끝에도 미치지 못하니 당연하리라.

적어도 아르마·리액터의 구조를 알 수 있다면 좀 더 대책다운 대책을 세울 수 있을지도 모르지만…….

제국의 기술이 얼마나 발전했는지는 오스왈드도 알고 있었다. 때문에 가능하다면 적대하고 싶지는 않다는 것이 본심이었다.

'……이대로 아무 일도 없다면 좋겠는데 말이지.'

그러나 지금 이 상황에서는 사태가 어떻게 굴러갈지 전혀 예상할 수 없었다.

최악의 사태에 대비해 이쪽에서 할 수 있는 만큼의 손은 써놓아야 할 것이다. 오스왈드는 일단 내려놓았던 펜을 다시 들었다.

"……콜록."

목에서 불쾌한 감각이 밀려 올라와서 오스왈드는 왼손으로 입을 막고 작게 기침을 했다.

요즘 이런 기침을 하는 일이 늘었다. 의사에게 들키면 야단법석을 떨 것이 분명하니 아직은 계속 감추고 있었다.

그러고 보니, 나도 곧 마흔이 되는군. 그렇게 생각하면서 오스왈드는 등 뒤의 창문을 돌아보았다.

창밖에는 밝은 하늘이 펼쳐져 있었으나 자신의 붉은 눈동자는 창밖의 밝은 풍경에 지지 않고 창문의 표면에 비치고 있었다.

이 나라에 붉은 눈동자를 가진 인간은 적었다. 가령 붉은 눈동자를 가지고 있어도 재앙을 불러오는 자로 여겨져 기이한 시선을 받았고, 어딜 가든 차별과 편견이 따라붙었다.

그리고 대체로 이 눈을 갖고 태어나는 자는 수명이 길지 않았다. 성의 금서고에 엄중히 보관되어있는 기록을 읽고 알았다.

선천적으로 붉은 눈을 갖고 태어난 인간은 절반 이상이 열여섯 살을 넘기기 전에 사망했다. 가장 오래 산 자도 30세 정도였다는 것 같았다.

"……그리 생각하면 꽤 오래 버텼군."

오스왈드는 왼손바닥에 묻은 피를 손수건으로 닦았다.

우연히 굴러 들어온 왕위를 이어 받았을 때에는 이렇게까지 오래 살 생각은 없었는데 말이지. 하고 오스왈드는 과거를 돌아보며 작게 웃었다.

***

재판이 끝나고 며칠이 지난 날. 레티시엘은 겨우 학원에 복귀할 수 있었다.

왜냐하면, 재판이 끝난 것은 좋았으나 그 뒤로도 한동안은 근신기간이라 하여 오스왈드가 수배한 기사의 감시가 있던 것이다.

그것이 어제 겨우 끝났기 때문에 레티시엘은 바로 학원으로 향했다.

반란소식을 듣고 뛰쳐나간 지 3주일 이상…… 실로 1개월 만에 다시 돌아온 루크레치아 학원이었다.

레티시엘이 자택에 틀어박혀 남아도는 시간을 주체하지 못하는 사이, 피리아레기스 가의 사람들은 오스왈드의 신속한 대응으로 왕도를 뒤로 했다.

그들이 어디로 보내졌는지, 이제부터 어떻게 될지는 알 수 없었으나 두 번 다시 만나는 일은 없으리라.

관계가 깊었던 것도 아니었고 정이 있던 것도 아니었으나 그렇게 생각하자 조금은 쓸쓸한 감정이 이는 것 같기도 하고 아닌 것 같기도 하고.

그리고, 재판 때 행방불명되었다고만 알려졌던 세리냐는 아무래도 살해당했다는 것 같았다.

왕도로 향하던 마차가 누군가의 습격을 받아 호위병과 함께 살해당했다고 들었다. 현장에는 세리냐의 피에 젖은 머리카락과 숄이 떨어져 있었다는 것 같았다.

"……."

성의 사자에게 처음 그 이야기를 들었을 때에는 무슨 농

담인가 싶어서 저도 모르게 되묻고 말았다.

재판 때에도 충격을 받았지만, 세리냐가 살해당했다는 정보는 레티시엘도 놀라움을 감출 수 없었다.

그녀의 성격으로 볼 때, 행방불명으로 인한 생사불명 혹은 자살일 것이라고 생각하고 있었다. 죽여도 죽지 않을 것 같은 강단을 느끼고 있었기 때문일지도 몰랐다.

다른 가족들과 마찬가지로 세리냐에게도 그다지 깊은 감정이 없었기 때문에 슬프거나 하지는 않았다.

하지만 접점이 있던 만큼, 살해당했다고 하자 마음이 복잡했다. 그리고 타이밍이 타이밍인 만큼 정말로 단순한 습격사건인 것인가 하고 억측을 하게 되었다.

레티시엘은 정차한 마차에서 내려 주위를 한바퀴 둘러보았다.

"……?"

오랜만에 찾은 루크레치아 학원은 묘하게 들뜬 분위기에 싸여 있었다.

뭔가 행사라도 있는 것일까 싶어서 레티시엘은 연간일정을 더듬어 보았다. 그랬더니, 그러고 보니 슬슬 동계 휴가가 가깝다는 사실이 떠올랐다.

술렁!

레티시엘이 루크레치아 학원 본관 홀에 발을 들여놓자, 순간 커다란 술렁거림이 일었다.

레티시엘에게 홀에 있던 전원의 주목이 일제히 쏠리면서 구멍이 뚫릴 것 같을 정도로 대량의 시선이 느껴졌다. 상상 이상으로 유명인이 된 모양이었다.

“저, 저분이에요. 정말로 학원으로 돌아오다니…….”

“예의 소문, 들으셨나요? 잘은 몰라도 반란을 선동한 악당의 대군을 혼자서 쓸어버렸다든가…….”

“그…… 그런 건 소문인 게 당연하잖아. 그게, 저 가녀린 몸 어디에 그런 당치도 않은 힘이…….”

“이…… 이제부터 저 사람을 어떻게 불러야 하지? 이제 귀족이 아니지만, 이름을 막 부를 수 있겠어……?”

주위에서 다양한 형태의 곤혹스러운 목소리가 들려왔다.

……뒤에서 숙덕거리는 일에는 익숙했지만, 이제까지의 나쁜 소문과는 내용이 달랐기 때문에 진정이 되질 않았다.

그 재판에서도 레티시엘이 반란 진압에 개입한 일도 공공연하게 알려지지는 않았을 터였으나, 귀족의 정보망은 얕볼 수가 없었다.

“꺄…….”

레티시엘이 시선의 압력에 눌려서 눈을 내리깔고 걷고 있던 중, 전방에서 달려온 영애와 어깨가 부딪치고 말았다.

“아, 실례했습니다. 괜찮은가요?”

“예예예! 이, 이쪽이야말로 알아차리는 것이 늦어서, 죄, 죄송했습니다! 아, 저기…… 도, 도로셀 노아 님?!”

"……아뇨. 저야말로 부딪쳐서 미안해요."

풀네임으로 부르다니, 어지간히 동요한 것일까.

그렇지 않으면, 학원의 모두가 기피하던 자신을 신분이 바뀌자 뭐라 불러야 할지조차도 곤란해할 정도로 경원시 당하고 있는 것일까.

예의바르게 꾸벅꾸벅 고개를 숙이는 영애의 모습에 레티시엘은 뭐라고 말할 수 없는 미묘한 표정을 지었다.

어느 쪽이든 마음속이 복잡했다. 애초에, 왜 호칭이 의문형이란 말인가…….

공작영애가 아니게 된 레티시엘의 이름은 도로셀 노아 피리아레기스에서 도로셀 노아가 되었다.

그러나 학원에서 레티시엘은 얕보는 사람은 없는 것 같았다.

오히려 공포와 동시에 약간 존경의 시선을 보내오는 사람도 있는 탓에, 이전보다 더 마음이 불편해졌다.

"여. 변함없이 있는 대로 튀고 있구나."

모두가 적절히 거리를 유지하고 있는 가운데, 가볍게 손을 흔들며 이쪽으로 가까이 다가온 사람은 루카스였다.

레티시엘이 할 말은 아니었으나, 루카스에게도 레티시엘에게 뒤지지 않을 정도로 집어삼킬 것 같은 시선이 꽂히고 있었다.

"그건 피차 마찬가지가 아닐까요. 학원장님."

"……."

레티시엘이 그렇게 지적을 하자, 루카스는 곤란하다는 듯이 눈썹을 찌푸리며 머리카락을 난폭하게 긁적였다.

이번 재판으로 피리아레기스 가의 작위가 몰수되었기 때문에 5대공 작위에 빈자리가 하나 생겼다.

새로운 공작의 후보로 몇 명인가 후보자는 있던 것 같았지만, 거의 만장일치로 루카스가 그 자리가 어울린다고 뽑았다는 것 같았다.

루카스는 11년 전의 스피리아 전쟁에서 감벽의 사자라고 찬양받을 정도의 용맹한 전공을 세웠다.

그럼에도 그 공훈에 어울리는 지위를 오랫동안 내려주지 못했던 사실에 상층부는 줄곧 부담감을 느끼고 있었다든가 뭐라든가.

그러나 루카스는 11년 전에 공작 작위 수여를 거절한 과거가 있어서 이번 승격에 대해서도 어쩔 수 없다고는 하나 심정이 복잡한 것 같았다.

"……뭐 솔직히 책임이 무겁지만 왕명으로 받아들인 이상 그에 응할 수 있도록 책무를 다하는 수밖에 없겠지."

"저는 귀족신분에서 해방되었기 때문에 오히려 어깨의 짐이 가벼워졌지만요."

"남의 일이라고……."

여전히 홀에 머물고 있는 학생들의 모습을 힐끗 보고는 루카스는 탄식했다.

공작 작위 승격 이외에도, 그는 레티시엘의 감시역으로도 임명되었다. 이제부터 여러 가지로 폐를 끼치게 되겠지. 하고 레티시엘은 남의 일처럼 생각했다.

"뭐 됐다. 일단 난 그만 가보마."

"예. 힘내세요."

"뭐어…… 아, 그리고, 가능한 빨리 대도서실에 얼굴을 비쳐줘라. 애타게 기다리는 녀석들이 있으니까."

"……?"

루카스는 성대하게 한숨을 쉬면서 그 자리를 떠났다. 공작이 된 것이 그렇게나 마음이 내키지 않는 것일까.

그리고, 대도서실에서 애타게 기다리는 녀석들이 있다는 건 무슨 말일까. 그곳에 상주하는 사람은 사서인 데이비드 정도인데.

"……아."

"아아!"

대도서실의 문을 연 순간, 레티시엘은 안에서 들려온 외침에 무슨 일인가 해서 한순간 경계태세를 취했다.

그러나 목소리의 주인들을 발견하고는 곧장 경계를 풀었다.

"여러분?"

"오랜만이에요. 도로셀 님!"

실내의 테이블 하나를 차지하고 있던 것은 미란다레트와 지크를 비롯한 레티시엘의 친구들이었다.

"안녕하세요, 미라 님. 그건 그렇다 치고 이런 이른 아침에 이곳엔 어쩐 일이시죠?"

"도로셀 님이 오늘부터 학원에 복귀하신다고 학원장님께 들었어요."

가장 먼저 달려온 미란다레트는 진심으로 기쁘다는 듯이 생글생글 웃고 있었다. 그에 이끌려서 레티시엘의 얼굴에도 미소가 번졌다.

"아, 안녕하세요. 무사하셔서 다행이에요."

"그게. 모처럼 도로셀 님이 돌아오시니 우리가 다 같이 맞아주자, 라는 얘기가 됐어요. 그래서 홀에서 기다리는 것보다 여기서 기다리는 편이 마주칠 확률이 높을 것 같아서 말이죠!"

"과연. 그래서 여러분 모두 이곳에 모여 계셨던 거군요."

거기에, 조금 늦게 히르메스와 베로니카도 가까이 와서 레티시엘의 주변은 순식간에 인산인해를 이루었다.

"게다가 도로셀 님은 수업에는 거의 얼굴을 보이지 않으시잖아요. 그래서 여기서 기다리는 편이 빠를 거라고 생각했죠."

"후후. 그거 분명히 좋은 방법이네요."

평소에는 연구실 이외에서는 거의 만나지 않는 츠바루도 오늘은 그 무리 속에 섞여 있었다.

지크는 그 무리에 섞이지 않고 조금 바깥쪽에서 즐거운

듯이 이쪽에 손을 흔들고 있었다. 레티시엘도 미소를 지으며 손을 흔들어 주었다.

"응? 왜 그렇게 떨어져 있는 겁니까."

"예? 아뇨, 저는……."

"왠지 따돌리는 것 같잖아요! 말을 꺼낸 장본인이 새삼스럽게 무슨 말을 하는 검까?"

"그래요. 방금 전까지 자꾸 시계를 신경 쓰고 있었잖아요."

"아, 저기……."

놀랍게도 이번 계획의 입안자는 지크라는 것 같았다. 이런 걸 계획할 사람은 어느 쪽이냐고 한다면 히르메스 등이 할 법한 이미지가 있었기 때문에 좀 의외였다.

지크는 미란다레트와 친구들에게 둘러싸여 있는 어딘가 쑥스러워하는 것 같았다. 그 모습이, 기억 속에 있는 누군가의 모습과 겹쳐졌다.

지크와 똑같은 흑발에 꼭 닮은 용모의, 하지만 눈의 색은 좌우가 다르지 않은 누군가와…….

"!"

나오의 이름이 한 순간 떠오르지 않았다는 사실에 레티시엘은 충격을 받았다.

이 시대에 전생해서도, 그 이름만큼은 한 번도 잊은 적이 없었건만.

혹시, 이것도 영지에서 『도로셀』의 기억을 떠올린 것에 유

래한 부작용인 것일까.

그렇다면, 이대로 도로셀의 기억이 계속 돌아온다면 『레티시엘』은 어떻게 되는 거지?

"…… 도로셀 양?"

"아, 아뇨. 아무것도 아니에요. 다녀왔어요. 지크."

"어서 오세요. 무사하셔서 다행입니다."

동요가 얼굴에 드러났던 것일까, 지크가 걱정을 하자 레티시엘은 곧바로 고개를 저었다.

그래도 학원에 돌아오자마자 그가 레티시엘을 맞이해주려고 한 일이, 왠지 나오와 비슷해서 기뻤다.

"있지있지. 도로셀 님의 귀환을 기념해서 오늘 점심때 화려하게 축하파티를 열자. 화려하게!"

"히르메스도 참…… 늘 가는 식당에서 어떻게 그런 파티 같은 걸 해."

"음. 그러면 일단 식당의 메뉴를 전부 주문한다든가."

"그러면 식당사람들이 곤란해지잖아! 그것보다, 그렇게 주문하면 다 먹을 수 있을 리 없지 않니!"

"미, 미안……."

"후후."

너무 들뜬 나머지 미란다레트에게 야단맞은 히르메스가 어깨를 축 늘어뜨리고, 그것을 보고 베로니카가 웃었다.

"아, 맞다. 도로셀 님이 안 계신 동안에 화단의 꽃이 피었어요. 그…… 시간이 있으시면, 다음에 한 번 보러 오실 수 있나요?"

"그렇군요. 꼭 보여주세요. 몸은…… 괜찮은가요?"

"예, 예. 최근에는 아무렇지도 않아요."

레티시엘은 마력포화증을 앓는 베로니카의 몸 상태가 걱정되었지만 즐거운 듯이 웃고 있는 그녀의 모습을 볼 때 괜찮은 것 같았다.

"실은 그 뒤로, 예의 노래를 가끔 부르고 있어요."

"예의…… 음유시인의 노래 말인가요?"

"네! 그게, 그 노래를 부르고 있으면 그리운 것만이 아니라 몸이 가벼워지곤 해요."

"어머. 혹시 노래를 부르는 동안에는 몸에 쌓인 마력이 방출되는 것일까요?"

"그럴지도, 모르겠어요."

다만, 마법을 사용하려도 해도 여전히 잘 발동되지 않는다는 것 같았다.

마력을 배출하는 것과 마법의 연료로 삼는 것은 반드시 연동하는 것은 아닌 것 같았다.

'……단순히 배출하는 것뿐이라면…….'

레티시엘은 전에 비서고에서 알게 된 연금술의 원리를 떠올렸다.

그것은 분명히 방출한 마력을 특수한 마법진을 매개로 하여 마소와 융합시키는 힘이었다. 그것을 사용하면 좀 더 마력의 순환이 개선되지 않을까.

무엇보다, 아직 제대로 사용하는 방법을 알지 못하기 때문에 어떻게도 할 수 없었지만.

전에 행상인 에디가 학원의 도서실에 책을 맡겨놓고 가겠다고 말했는데, 찾으면 발견할 수 있을까.

"왜 그러시죠? 도로셀 양."

"응? 아뇨. 즐거워서요."

공작가의 사정이 모두 해결되고 난 뒤, 레티시엘은 겨우 일상이 돌아왔다는 것을 실감했다.

"그건 그렇다 치고, 여러분. 모두 기운이 넘치네요……."

"예. 정말로요."

"줄곧 이런 상태였나요?"

"아뇨. 다들 기운이 넘치게 된 것은 불과 며칠 전부터입니다."

"며칠 전……."

"도로셀 양 집안의 재판이 끝났다고 학원 안에 소문이 돌기 시작한 뒤입니다."

"후후. 그랬나요."

지크와 그런 대화를 하고 있으니, 문득 별관 안에 종소리가 울려 퍼졌다. 이것은 아마도 1교시가 시작하는 종소리였던 것 같은 느낌이 들었다.

"으악! 안 돼, 지각하겠다!"

“도, 도로셀 님, 점심때 또 만나요! 아, 히르메스는 제가 저지할 테니까 그 점은 안심하세요!”

“알았어요.”

종소리에 재촉당하는 것처럼, 미란다레트와 다른 사람들은 대도서실을 빠르게 뛰어나갔다. 방안은 순식간에 조용해졌다.

“포, 폭풍과도 같은 사람들이었네요…….”

“주로 히르메스 님이, 말이지만요. 그런데 츠바루 님은 수업에 가지 않으셔도 괜찮은가요?”

“아뇨. 저도 갈 겁니다만, 도로셀 님에게 전해드리고 싶은 것이 있어서 말이죠.”

“……?”

“……아, 정작 중요한 책을 안 갖고 왔다. 죄, 죄송합니다. 다음에 연구실에 오셨을 때 얘기하겠습니다.”

시계를 확인하고 나서, 츠바루는 고개를 연신 숙이며 대도서실을 떠났다. 실내에는 레티시엘과 지크만이 남겨졌다.

“왠지 죄송합니다. 묘하게 소란스러워서…….”

“어머. 그렇지 않아요. 오히려 모두들 이 정도로 떠들썩해줘야지 진정이 돼요.”

“하하. 그건 분명히 그러네요.”

만약 히르메스가 얌전했다면, 거꾸로 무슨 일이 있는 것인지 걱정이 되었을 것이다. 지크는 레티시엘의 말에작게 웃었다.

이 한 달 가까이, 지크는 자신의 연구실에 있는 일이 많아서 대도서실에는 그렇게까지 빈번하게 드나들지 않았다는 것 같았다.

지크가 말하길, 이곳에 보관되어있는 서적들은 대강 다 조사가 끝났기 때문에 이 이상 같은 방향성으로 조사해도 유의미한 결과는 나오지 않을 것이라고 예상했기 때문이라고 했다.

"그러네요. 저도 그 말이 맞는 것 같아요."

"게다가 도로셀 님이 계셔 주시는 편이 정보수집도 원활하게 진행되고 말이죠."

"그건 과대평가예요. 그런데 데이비드 씨의 모습이 보이지 않네요. 평소라면 카운터에 있을 텐데……."

"아아……. 그러고 보니 최근 별로 보질 못했네요. 어딘가 외출하신 것이라고 생각합니다만……."

레티시엘이 사람이 없는 카운터에 시선을 보내자, 지크가 그렇게 말했다.

분명히 이전에 행상인에게서 책을 양도받은 적도 있으니, 책을 수집하러 가기라도 한 것일지도 몰랐다.

"…… 왜 그러시죠?"

"……? 갑자기 무슨 말이죠?"

"아뇨. 조금, 표정이 어두우신 것처럼 보여서……."

어이쿠. 얼굴에 드러났나.

망설이면서 지적하는 지크의 말에 레티시엘은 혹시 최근에 얼굴에 생각하는 바가 잘 드러나게 된 것일까, 하고 묘한 부분이 신경 쓰였다.

"아아. 대단한 일은 아니에요. 충동적으로 영지로 향한 것은 좋았지만, 가보니 간대로 여러모로 기억이 난 것뿐이니까요."

"……저라도 괜찮으시다면, 이야기를 들어드리겠습니다만."

"후후. 고마워요, 지크. 하지만 정말로 괜찮아요. 걱정하지 말아요."

지크의 호의는 무척 기뻤지만, 레티시엘은 고개를 저었다.

영지에서 되살아난 도로셀의 기억은 분명히 레티시엘이 스스로 마주하고 받아들여야 할 문제이니까.

"그래서, 제가 없는 사이에 무슨 일이 있었나요?"

"예. 큰 사건은 일어나지 않았습니다만, 조금 신경이 쓰이는 정보를 얻었습니다."

"……신경이 쓰이는 정보?"

지크는 교복주머니에서 수첩 같은 것을 꺼냈다. 아무래도 모은 정보는 정리하고 있는 것 같았다.

"도로셀 양은 육군 제11소대사건을 기억하십니까?"

"육군 제11소대…… 이전 국경부근에서 일어난 집단실종 사건 말인가요?"

한때 국내를 떠들썩하게 했던 사건으로, 신문에서도 연일 1면을 장식하고 있었다고 신문을 구독하는 루빅에게서 들은 적이 있었다.

"예. 요르드 마을에서 일어난 그 사건입니다."

"그게 어떻다는 거죠?"

"마침 도로셀 양이 영지에 가신 사흘 정도 뒤에, 제국과의 국경선 근처에서 산적의 소동이 있었습니다."

"산적?"

레티시엘은 고개를 갸우뚱했다. 산적이 나오는 일은 별로 이상하다고는 생각되지 않았다.

애초에 지금의 이리스 제국은 국내의 정세가 그다지 평온하지 못하다고 들었다. 그런 타이밍에 도적들이 멋대로 날뛰는 것은 이상한 일이 아니었다.

"딱히 보기 드문 일은 아니지 않나요?"

"분명히 산적 그 자체는 어느 시대, 어느 나라에나 있습니다만…… 그 산적들은 플라티나 왕국 육군의 갑옷을 입고 있었다고 합니다."

"……예?"

다만, 그 정보는 드물지 않다. 라는 한마디로 정리할 수 없었다.

플라티나 왕국군의 갑옷을 입은 산적들. 군의 갑옷은 소속된 병사들의 인원수만큼만 생산되는 특수한 갑옷이었다.

때문에 그것을 산적이 입고 있었다는 것은, 잘 만들어진 가짜이거나 혹은 진짜 중 하나. 그리고 만약 후자라면…….

"산적의 정체가 실종된 제11소대였다는 건가요……?"

"아직 제 가설에 지나지 않습니다만, 신문기사에서는 상당히 질이 좋은 무기를 갖고 있었다. 실력이 뛰어난 산적이었다. 라고 적혀 있었습니다. 가능성으로서는 충분히 있을 수 있지 않을까요."

"……백의 결사가 얽혀 있는 것일까요."

분명히 무기나 무술까지 언급되었다면, 적어도 단순한 무뢰한들이 모인 산적이 아니라는 것은 분명하리라.

"하지만 백의 결사가 그 사건의 배후에 관련돼있다고 해도, 대체 뭐가 목적인 걸까요?"

"이리스 제국에 대해서도 조사해보시겠습니까? 뭔가 알 수 있을지도 모릅니다."

"그러네요. 그렇게 하죠."

두 사람은 곧바로 분담해서 책을 찾기 시작했다.

지금까지 마법이라든가 라피스 국에 대해서도 자료를 열심히 찾았는데, 역시 동맹관계에 있고 대륙 최대의 나라인 이리스 제국에 대한 책은 산처럼 많았다.

덕분에 레티시엘과 지크가 자리를 차지한 테이블 위는 눈 깜짝할 사이에 대량의 책들로 넘쳐나게 되었다.

그때, 대도서실의 문이 열리고 루카스가 성큼성큼 안으로 들어왔다.

"어—이, 데이비드…… 어이쿠, 너희도 있었냐."

"안녕하세요, 학원장님. 데이비드 씨라면 아침부터 부재중이십니다."

"또인가. 어쩔 수 없지, 나중에 다시 올까……."

지크의 대답에 루카스는 한순간 떨떠름한 얼굴을 했다. 하지만 곧 한숨을 내쉬더니 레티시엘과 지크가 앉아있는 테이블까지 걸어왔다.

"도로셀. 넌 오늘 막 학원에 복귀한 참이잖아. 오늘 정도는 느긋하게 쉬어도 괜찮지 않으냐?"

"시간은 유한하니 그럴 수도 없습니다. 게다가 아마 달리 할 일도 없을 거예요."

"너는 머릿속에 오로지 연구밖에 없으니까 말이지……."

"고맙습니다."

"칭찬하는 게 아니다만…… 응? 이 녀석은……."

테이블 위에 대충 펼쳐놓은 책 중 한 장의 삽화에 루카스가 시선을 빼앗겼다.

악기를 손에 든 젊은 남자를 중심으로 그의 발치에 어린 아이들이 앉아있었다. 레티시엘이 무슨 책인가 싶어서 표지를 보았더니, 음유시인에 대한 책이었다.

"학원장님. 혹시 이 그림의 인물을 아시나요?"

"아니, 아는 사람인 것은 아니다. 다만……."

"다만?"

"내게 이 팔을 준 녀석과 닮았다고 생각해서 말이다. 왜, 전에도 말했지? 내가 잠자리를 제공해줬던 남자 얘기."

"아아……."

레티시엘은 얼마 전에 루카스에게 그런 이야기를 들은 사실을 기억해냈다. 구조와 동력이 불명인 의수를 연구할 수 없을까 하고 생각했으나 루카스가 단연코 거부했던 바로 그것이었다.

"학원장님, 역시 그 의수……."

"분해는 안 된다."

"아직 아무 말도 하지 않았습니다만."

"그런 말을 할 거라는 게 뻔하다고!"

두 번째 물어본다면 연구할 수 있게 해주지 않을까 싶어서 물어보려고 했지만, 역시나 안되는 모양이다.

"다만, 나도 그 뒤로 신경이 쓰여서 말이다. 지장이 없는 범위 내에서 알아봤다. 시간은 걸렸지만."

그러나 루카스는 그렇게 말을 하고는 깊은 한숨을 내쉬었다. 이번에는 조금, 아니 꽤 예상외였다.

"……너, 지금 뭔가 실례되는 생각을 했지."

"아뇨?"

"……뭐, 상관없다. 우선 알게 된 건, 이 팔이 내 마력을 멋대로 빨아들여서 반영구적으로 움직인다는 것뿐이다."

"마력을요?"

"그래. 어쩐지 의수를 장착한 뒤로 마력을 쓰는 것이 영 신통치 않아졌더라니……."

하지만 지금 왕국의 기술 수준으로는 도저히 만들 수 없는 물건이라는 점은 변함없는 것 같았다. 애초에 이 나라에는 마력을 연료로 한다는 발상조차 없었으니까.

"그럼, 나는 일단 업무로 돌아가마. 만약 데이비드가 오면 불러다오."

"알겠습니다."

레티시엘은 고개를 끄덕였다. 루카스는 손을 살랑살랑 흔들면서 대도서실을 떠났다.

"하지만…… 세상도 의외로 좁네요."

"……? 뭐가 말이죠?"

"아뇨. 이 음유시인, 두닉스입니다. 악보 때도 그렇고 학원장님의 의수도 그렇고 최근 그 이름을 자주 발견해서 말이죠."

지크가 그림이 있는 책을 가까이로 끌어당겨 삽화를 바라보면서 말했다.

"게다가, 조금 아버지와 닮은 것 같은 느낌이 듭니다."

"지크의 아버님과요?"

"그렇다고는 해도 만나지 않은지도 오래 되었으니, 잘못 생각한 것일지도 모르겠지만요."

"……혹시, 본인?"

“설마요. 분위기는 비슷하지만, 아버지는 노래를 잘 못 부르셨고 애초에 아버지의 이름은 롤랜드입니다.”

지크는 레티시엘의 질문에 재미있다는 듯이 웃었다. 분위기가 닮았을지도 모르니까 본인이 아니냐는 것은 너무 비약이 심했다.

“하지만 음유시인이란 그렇게 간단하게 국경을 넘나들 수 있는 건가요?”

“어떨까요? 세계적으로 유명한 시인들이 국경을 넘나들었다던 기록은 있습니다만…….”

두닉스도 별난 음유시인으로서 어떤 의미로는 유명인이었으니까, 국경을 넘는 일이 가능했던 것일지도 몰랐다.

‘……생각했던 것보다 이야기가 훨씬 커지고 있어.’

처음에 두닉스의 존재에 다다랐던 것은 베로니카에게 마술을 쓸 수 있게 한 그 악보.

그것이 돌고 돌아 이리스 제국까지 맞물렸다고 한다면, 역시나 우연이라고 하기에는 너무 잘 맞아 떨어졌다.

백의 결사와 얽힌 일련의 사건들은 플라티나 왕국과 라피스 국만의 문제인 것은 아닌 것일까.

그들은 대륙 전역을 끌어들여 대체 무엇을 하려는 것일까……?

“도로셀 양?”

“……으으응. 아무것도 아니에요.”

새로운 정보가 계속해서 솟아났지만, 그래도 조금씩 백의 결사나 그 정체불명의 힘에 가까이 다가가고 있었다.

반드시 모든 진실을 규명해 보이겠다. 레티시엘은 주먹을 꽉 쥐며 속으로 굳게 다짐했다.

***

책장에서 뽑은 책을 들고 도로셀은 당연하다는 듯이 지크 옆자리의 의자를 뺐다.

지크는 일단 자신의 독서를 중단하고 옆에 앉은 그녀를 곁눈으로 몰래 쳐다보았다.

살짝 눈을 내리깔고 조용히 독서의 세계에 잠긴 도로셀의 옆얼굴은 마치 단정한 조각 같았다.

창을 통해 도서실로 쏟아져 들어오는 아침 햇살에 비친 그녀의 백은색 긴 머리카락이 빛을 반사해 희미하게 빛나고 있었다.

머리카락을 귀에 걸면서 책장을 넘기는 우아한 모습에 지크는 독서도 잊고 그만 그 모습을 넋을 잃고 쳐다보았다.

도로셀이 자신의 옆에 앉게 된 것도, 지크가 그녀를 눈으로 좇게 된 것도 언제부터일까?

"그 책, 무슨 내용인가요?"

"응? 아아, 이 책 말인가요? 연금술 책이에요."

지크가 신경이 쓰여 물어보자, 도로셀은 한 번 이쪽에 시선을 주었으나 금방 책표지를 그에게 보여주었다.

"연금술…… 왕립도서관에서 발견했다고 하셨던 그것인가요?"

"그래요. 예전에 지인이 관련서적을 도서실에 맡겨놓는다고 말했던 것이 기억나서 그래서 찾아봤어요."

"혹시, 그 세 권 전부 다인가요?"

"그래요. 하지만, 지금은 연금술의 자료도 귀중한 것 같으니 세 권을 모은 것만으로도 상당한 수확이라고 생각해요."

그렇게 말하면서 책에 쓰인 문장을 손가락으로 훑는 도로셀의 옆얼굴은 매우 만족스러운 것 같았다.

"흥미가 있으시군요."

"베로니카 님에게 도움이 되지 않을까 싶어서요."

"베로니카 님에게요?"

"예. 그녀는 마력포화증이잖아요? 연금술은 마력을 배출하는 것으로 발동할 수 있는 힘이니까 부담이 적을 수도 있겠다고 생각해서 말이죠."

"그건 생각도 못했습니다. ……그저 도로셀 양 자신이 사용하시려는 줄 알았습니다."

"애초에 나는 내보낼 수 있는 마력도 없잖아요?"

"그 말씀 대로입니다.

지크는 저도 모르게 쓴웃음을 흘렸다. 그녀와 이야기를

하고 있으면 늘 즐거웠다.

이런 말을 하면 자랑으로 들릴지도 몰랐지만, 학원에 들어오기 이전부터 지크와 이야기가 통하는 사람은 한 사람도 없었다.

정확하게는 이야기를 따라올 수 있는 사람이 없어서 지크가 상대의 지식수준에 맞추었기 때문에 이야기가 활기를 띠는 일이 없었던 것이다.

때문에 루크레치아 학원에 입학한 뒤에도 학생들과 이야기하는 것보다 교사들과 대화를 나누는 것이 더 즐거웠다. 그리고 연구실을 받은 뒤로는 일찌감치 그곳에 틀어박혔다.

온통 귀족들뿐인 학원 안을 걷고 있으면 그것만으로도 학생들에게 비아냥을 듣는 일도 그 이유 중 하나였지만.

그런 가운데, 도로셀과 만났다.

첫인상은 별난 귀족영애였다. 신분을 믿고 하대하는 일도 없었고 기계에 흥미가 있으며 사교에도 별 관심이 없었다.

지크 안에 형성되었던 귀족의 이미지를 근본에서부터 뒤집은 사람이라고 자신있게 말할 수 있었다.

덧붙여, 예사롭지 않을 정도로 머리가 좋은 사람이기도 했다.

기계에 대해 가르쳐 준 다음 날에 논문이나 관련 서적을 10권 정도 정독해서 암기해 온 귀족을 지금까지 만난 적이 없었다.

그렇기 때문에 이야기를 나누면 나눌수록 그녀에게 끌렸다.

그녀가 대도서실에 틀어박혀 닥치는 대로 책을 탐독하게 된 뒤로는 어떤 화제로 이야기를 꺼내도 곧 반응을 보이게 되었다.

점점 도로셀과 이야기를 나누는 것이 즐거워져서 지크도 그만 대도서실에 죽치고 있게 되었다.

"……영지에서, 무슨 일이 있으셨습니까?"

"우—음…… 관계가 있을 법한 정보는 여럿 있었는데, 들어볼래요?"

"그건 듣고 싶습니다만…… 도로셀 양은, 아무렇지도 않으셨습니까?"

"나요? 난 괜찮아요. 방심해서 사흘간 정신을 잃은 일은 있었지만, 그 이외에는 아무렇지도 않아요."

"에…… 그…… 그거, 괜찮으신 겁니까?"

"보다시피 건강해요. 걱정하지 말아요."

사흘이나 정신을 잃었다니. 상당한 부상을 입은 것인가 싶어서 지크는 눈을 부릅떴다. 그러나 본인은 어디까지나 담담했다.

"어디서부터 이야기할까…… 우선, 영지에서는 성 레시티엘이라는 성인을 믿고 받들어서요……."

도로셀은 공작령에서 일어난 일에 대해 순서대로 설명을 해주었다.

시계탑의 기계실에서 만났을 때에는 설마 그녀와 함께 검은 안개나 백의 결사를 뒤쫓게 되리라고 누가 예상이나 할 수 있었을까.

그러나 동시에 도로셀은 지크에게 하나의 희망이기도 했다.

그녀와 뒤쫓아 간 진실을 끝에서 어릴 때 지크를 노렸던 자들의 정체나 아버지의 행방을 알 수 있을지도 몰랐다.

'그러고 보면, 아버지는 무슨 이야기를 했던 것일까…….'

지크는 어릴 적 기억이 거의 없었지만 그래도 한 가지, 비교적 선명하게 기억하는 것이 있었다.

아버지의 등 뒤에서 보호받았던 것이 아니라, 유일하게 아버지의 옆에서 손을 붙잡고 서 있던 때의 기억이었다.

두 사람의 앞에는 누군가가 서 있었다. 그때까지 습격해오던 백발에 붉은 눈의 녀석들이 아니었다. 모습은 어렴풋하게만 보였지만, 하얀 망토자락이 펄럭이고 있었다.

그 인물은 아버지와 뭔가 이야기를 하고 있던 것 같았다. 대화 내용은 알 수 없었지만, 대화는 그렇게 오래 걸리지 않았던 것 같은 느낌이 들었다.

그 후로, 지크가 기억하는 한에서는 정체불명의 자객은 두 번 다시 나타나지 않았다.

"……아, 맞다."

끝가지 이야기를 마치고 한숨 돌렸을 때, 도로셀이 갑자기 뭔가가 떠올랐다는 것처럼 얼굴을 이쪽으로 향했다.

"있죠, 지크. 날 그 호칭으로 부르는 거, 그만두지 않을래요?"

"……? 그 호칭?"

지크는 그것이 무엇을 가리키는 질문인지 알 수 없어서 그만 그녀의 말을 앵무새처럼 따라하고 말았다.

"그래요. 지크는 날 줄곧 『도로셀 양』이라고 부르고 있죠?"

"아아……."

지크는 지적을 받고서야 겨우 그것에 생각이 미쳤다.

처음 만났을 무렵, 하찮은 평민에 지나지 않은 지크에 비해 도로셀은 왕가에 버금가는 권력을 가진 공작가의 영애였다.

미란다레트나 히르메스는 마음 편하게 그녀의 이름에 님을 붙여서 불렀지만, 자신도 그것을 따라하는 것은 안 될 것 같은 기분이 들어 귀족영애에 대한 경칭으로 그녀를 불렀다.

귀족은 신분에 민감하다고 생각했고, 그렇게 부르면 불평은 하지 않으리라고 판단했기 때문이었다.

게다가 당시에는 귀족 그 자체에 대해 별로 좋지 않은 인상을 갖고 있지 않았던 점도 있었는지도 몰랐다.

무엇보다, 그녀가 신분을 신경 쓰는 일은 결국 한 번도 없었지만.

"나는 이제 귀족이 아니고 지크와 똑같이 평민인걸요."

"그건 그렇습니다만……."

"그러니까, 더이상 귀족영애를 부르는 방법으로 나를 부를 필요는 없다고 생각해요."

도로셀은 이치에 맞는 지극히 정상적인 말을 했지만, 어쨌든 갑작스러운 일이었기 때문에 지크는 그대로 얼어붙고 말았다.

"……."

"지크?"

"예? 아, 아뇨. 줄곧 도로셀 양이라고 불러서, 어떻게 부르면 좋을지……."

"……? 평범하게 이름을 부르면 되지 않을까요?"

"그렇게 선뜻 부르지는 못합니다!"

마치 그것이 당연한 것처럼 진지하게 말하는 도로셀에게 지크는 반사적으로 그렇게 외치고 말았다.

"그럼, 도로셀…… 님으로."

"……."

"……? 왜 그러시죠?"

"아뇨…… 뭐, 됐어요."

결국, 갑자기 이름으로 부르는 것은 도저히 할 수 없었기 때문에 님을 붙이는 것으로 타협했다.

도로셀은 의아하다는 듯이 고개를 갸웃거렸다. 혹시 님을 붙여서 부르는 것도 영 납득이 안 되는 것일까.

"그래도, 여전히 신경이 쓰이시나요?"

"그게, 나는 지금 평민이잖아요? 같은 학년에 똑같은 평민인데 님을 붙이는 건 이상하지 않나요?"

"이상하지 않습니다. 아마도요……."

다만, 지크 자신도 이상하다고는 마음속 어딘가에서 생각하고 있었기 때문에 그다지 자신은 없었다.

"애초에 일 년 가까이 귀족으로서 당신을 대했기 때문에 그 버릇은 이렇게 한순간에는 고쳐지지는 않습니다."

"그런건가요?"

"그런겁니다."

그녀가 지크의 처지였다면, 분명히 선뜻 말에서 경어와 님이라는 호칭을 빼고 평범하게 이야기했을 것이다. 그러나 익숙해진다는 중간 과정을 모두 날려버리고 난데없이 그 단계에 오르는 일은, 지크는 그다지 가능할 것 같지 않았다.

"뭐, 지크가 좋을 대로 불러도 상관없어요. 앞으로도 잘 부탁해요, 지크."

"이쪽이야말로 잘 부탁합니다, 도로셀 님."

그렇게 말하고 부드럽게 미소 짓는 도로셀의 뒤쪽에는 부드럽게 아침 해가 쏟아져 들어오는 창이 있었다.

마치 그녀 자신이 빛나고 있는 것 같아서, 지크는 저도 모르게 눈이 부신 듯 눈을 가늘게 떴다.

막간 제3왕자의 근심

피리아레기스 가의 재판이 끝난 뒤에도 왕성에서는 관료들이 반란의 뒤처리에 쫓기고 있었다.

그런 가운데, 에델하르트는 영지에서 조사한 일을 오스왈드에게 보고하기 위해 성의 복도를 걷고 있었다.

그 집안의 죄상과는 별로 관계가 없는 정보뿐이었기 때문에 따로 자료제출은 하지 않았다.

재판준비로 더없이 바쁜 시기에 일부러 시간과 노력을 들이게 하는 것은 미안하다고 생각했던 것이다.

"있지. 그 재판 얘기 말인데."

"잠깐만. 너, 요전에도 그거 물었었잖아."

"괜찮잖아. 나 같은 하급관료는 참가할 수 없으니까."

"맞아맞아. 신경 쓰이는 점이 많다고."

"응? 소문대로의 내용이라고 생각하는데?"

"그래도 신경이 쓰이는 건 신경이 쓰이잖아?"

고개 숙여 인사를 하며 곁을 스쳐가는 관료들은 재판에 대한 이야기를 하고 있었다.

재판이 끝나고 이미 그럭저럭 시일이 흘렀지만, 이 고양된 모습으로는 아직 한동안은 화제가 계속되리라.

"보통 이런 일은 제삼자가 개입하지 않나?

"개입은 있었을 거라고 하잖아요?"

"저, 공개된 자료를 봤는데요. 3년 정도 전부터 출처불명의 수입이 있던 것 같아요."

"……공작가라도 썩을 때에는 순식간에 썩는군요."

"명문이 망하는 것도 안타까운 일이네요."

"그러네요……."

에델하르트는 모퉁이를 돌아 계단을 올라갔다. 층계참에서도 다른 관료들이 뭔가 서로 속삭이고 있었다.

공작가의 관리능력이 낮아서 일어난 비극이라느니 지금까지 몇 년 동안 대체 무엇을 하고 있었느냐 라는 비난의 목소리가 압도적으로 많았다.

무엇보다, 그 지적들도 핵심을 찌르고 있다는 사실에는 변함이 없었기 때문에 에델하르트도 딱히 말리지는 않았지만.

"……그럼, 역시 그 영애의 이야기도 사실이었던 건가."

"그래. 함구령이 내려서 섣불리 발설하지는 못하지만 말이지."

"그거, 어떻게 생각해? 같은 집안이면 형벌도 똑같이 받아야 하는 거 아닌가?"

"아니아니. 그렇지는 않겠지."

"하지만 그렇게 말은 해도……."

그 안에는 유일하게 혼자 엄벌을 면한 영애…… 도로셀에 대한 소문도 섞여 있었다.

솔직히 그녀의 처우에 대해서는 왕성 안에서도 의견이 약간 나뉘고 있었다.

그녀도 같은 죄가 아니냐는 것과 그녀는 그것을 알고 본가를 막았으니까 그 용기는 칭찬해야 한다는 의견.

실제로 도로셀이 이번 소동의 진압에 얼마나 크게 공헌했는지까지는 세간에 알려지지 않았다.

그랬기에 신분박탈만으로 용서받은 일을 납득하지 못하는 사람들도 있는 것이리라.

왕의 최종결정은 이미 내려졌다.

그 때문에 의견충돌이 표면화되는 일은 없었지만, 영지에서의 그녀의 모습을 아는 몸으로서는 이 논쟁을 듣고 있는 것 자체가 그다지 기분이 좋지 않았다.

"……층계에서 잡담을 할 수 있을 정도로 한가로운 부서가 있는 모양이네."

"……! 죄, 죄송합니다!"

에델하르트가 작게, 하지만 관료들에게는 들릴 정도의 목소리로 그렇게 말하자 그들은 흠칫 어깨를 떨더니 이내 고개 숙여 인사를 하고 그 자리를 떠났다.

"……."

에델하르트는 머리를 벅벅 긁적였다. 자기 입으로 말해놓고 이런 말을 하는 것도 뭣했지만, 스스로 생각해도 어른스럽지 못한 것 같았다.

그는 한숨을 쉬면서 계단을 올라갔다. 아무래도 소꿉친구에 대해 안 좋은 말을 하는 것을 들으면 가만히 있을 수 없는 모양이었다.

……옛날에는 이렇게 바로 생각이 입 밖으로 튀어나오는 성격이 아니었는데 말이지.

에델하르트는 영지에서 헤어진 뒤로 아직 만나지 못한 도로셀을 머릿속에 떠올렸다.

귀족계 일부에서는 아주 극소수이긴 하나, 도로셀의 성격이 이전과 크게 달라진 점을 뒤에서 숙덕거리던 사람들이 있었다.

그러나 그것은 사소한 일이라고 에델하르트는 생각했다. 실제로 그 소문도 수면 위로 떠오르기 전에 사라졌다.

"……하아. 참나."

6살 때 마지막으로 만난 그녀와 지금의 그녀가 다르다는 사실에 에델하르트도 뭔가 생각하는 바가 없는 것은 아니었다.

오히려 지금의 그녀이기 때문에 만나면서 알게 된 사실이 있었고, 그 미지의 지식에도 흥미가 있었다.

에델하르트가 걱정하는 것은 그녀가 정말로 도로셀인가, 하는 점이었다.

세월이 지나면서 사람이 변하는 것은 당연한 일이었으나, 다른 누군가와 교체되어 사람이 달라졌다면 이야기는 별개였다.

에델하르트가 지금의 도로셀에게 품고 있는 위화감은 바로 그 부분이었다.

예전의 그녀로서는 알 수 없는 지식들과 달라진 언동. 마치 알맹이가 다른 인간이 돼 버린 것 같은 그런 착각에 빠져들었다.

도로셀이 지금도 변함없이 도로셀이라는 사실을 확인하기 위해 에델하르트는 그녀의 집사에게 이야기를 들어보려고 했다. 하지만, 도중부터 그가 괴로워하는 것 같았기 때문에 그만두었다.

그들의 관계를 뒤흔들어놓으면서까지 확인하고 싶은 것은 아니었으니까.

게다가, 에델하르트는 마음속 어딘가에서 그녀가 진짜라고 생각하고 있었다. 그저 마지막 결단을 내리지 못하고 있을 뿐이었다.

"이번 소동, 생각한 것보다 순조롭게 처리가 끝날 것 같네요."

"이것도 국왕폐하의 빠른 일처리가 이루어낸 공이겠지. 지금도 저주이니 뭐니 그런 말을 하는 녀석들이 있지만, 그 분이 왕이라서 정말 다행이야."

"예! 하지만 마지막의 마지막에 가서 죽은 사람이 나온 것은 뒷맛이 씁쓸하네요.……."

"그것만큼은 어쩔 도리가 없었지. 그런 일이 생기리라고는 누구도 예상할 수 없었으니까."

왕의 집무실이 있는 복도에 도착하자, 마침 자료실에 들어간 귀족들의 대화가 들려왔다.

"결국 습격범은 누구였을까요?

"정체불명이라는 것 같아. 어딘가의 가까운 귀족이나 산적이라는 소문도 돌았지만……."

"산적…… 분명히 최근에 그런 사건 얘기가 들리긴 하죠."

"이봐. 억측으로 함부로 말하지 마."

"아, 죄송합니다."

"……."

자료실 문이 닫히고, 혼자가 된 에델하르트는 저도 모르게 눈썹을 찌푸렸다.

에델하르트는 이번 재판에 대해서도 피고들의 처우에 대해서도 무엇 하나 이의를 제시할 생각은 없었다. 그것이 옳은 판결이었다고 생각하고 있었다.

그러나 유일하게 마음에 걸리는 점이 있었다. 세리냐 밀레느 피리아레기스의 죽음이었다.

영지에서 왕도로 돌아오는 도중, 세리냐를 태운 마차가 누군가에게 습격당해 호위하고 있던 병사는 전원 사망하고 세리냐도 행방불명이 되었다.

현장에 방치되어있던 마차의 잔해 안에는 피에 젖은 숄과 은색 머리카락이 남겨져 있었다.

이 상황을 보면, 세리냐의 생존확률은 절망적. 왕실도 그녀의 죽음을 인정했고 다들 그것으로 납득했다.

“역시 납득이 되지 않아…….”

그러나 에델하르트만은 세리냐의 죽음에 의문을 품은 상태였다.

왜냐하면 에델하르트는 순순히 그녀의 죽음을 받아들일 수 없을 정도로 세리냐의 언동에 위화감을 품고 있었다.

『……후후.』

영지의 저택에서 병사들에게 연행되어가던 세리냐의 모습을 지금도 기억하고 있었다.

병사들은 알아차리지 못한 것 같았지만, 그녀는 그때 틀림없이 웃고 있었다. 그것도 무척이나 기쁜 듯이.

그 후 공작가가 어떻게 될 것인지 그 시점에서 모를 리가 없었으리라.

태어난 뒤로 온전히 귀족으로만 살아온 인간에게 결코 기쁜 미래는 아니었다.

그래도 웃을 수 있다면, 그것은 붙잡힌 일이 기쁜 것인가 그렇지 않으면 뭔가 달리 기쁜 일이라도 있던 것인가.

하지만 그때에는 그저 어떻게 된 걸까 하고 의아하게 생각했을 뿐 딱히 그 의미를 깊이 생각하지 않았다.

이번 소동에서 나라가 최중요인물로서 주목했던 인물은 프리드와 크리스타였다.

때문에 다른 공작가의 사람들은 별로 화제에 오르지 않았고, 세리냐에게도 그다지 관심을 주지 않았다.

"……."

그랬기에 세리냐가 갑자기 왕도귀환 순서를 마지막으로 해주었으면 한다고 말해왔을 때에도 순서가 바뀐다고 해도 대단히 달라지는 일은 없을 것이라 여겨 허가를 내렸다.

지금 생각하면, 그 웃음에는 좀 더 다른 의미가 있던 것은 아니었을까. 요청을 한 것도 도망치기 위해서였다고 생각할 수 없는 것도 아니었다.

"아아…… 빌어먹을."

게다가, 세리냐가 연금되어 있던 텐트에서 밤중에 때때로 이야기 소리가 들렸다는 보고도 있었다.

세리냐가 빈번하게 텐트를 지키는 병사를 잡담상대로 삼았다는 사실은 알고 있었기에 그 위병의 모습이 때때로 십수 분 정도 보이지 않아도 신경 쓰지는 않았다.

그러나 돌이켜보면, 그런 것이었다면 두 명이 있었던 위병이 모두 자리에 없던 것은 묘한 일일 터였다.

설령 한쪽이 잡담상대가 되어달라는 청을 받았다고 해도, 다른 한 사람은 경호임무에 남아 있어야만 했다. 그러지 않으면 감시하는 의미가 없었다.

그렇게나 여기저기에 병사들이 어슬렁거리는 가운데, 그것도 소동 직후에 몸을 숨기지도 않고 당당하게 적진에 뛰어들어올 가능성은 낮다고 멋대로 생각하고 있었다.

그러나 상식이 통용될 법한 자들이 아니었다. 가능성은 충분히 있었다.

정말로 위병들이 세리냐의 잡담상대를 해주었다고는 할 수 없었다.

"……하아."

이렇게 될 줄 알았더라면 이송순서를 바꾸는 일은 허가하지 않았을 것이다. 잡담 상대의 건에 대해서도 더욱 자세히 조사했을 것이다.

에델하르트는 좀 더 경계를 했어야 했다고 생각했지만, 이미 지난 일을 후회해봤자 소용없었다.

에델하르트는 우울한 기분을 한숨과 함께 밖으로 토해내고는 왕의 집무실 앞에 섰다.

"아바마마, 계십니까?"

"음? 에델하르트냐? 들어오거라."

"실례하겠습니다."

에델하르트는 집무실 문을 열었다.

신경 쓰이는 일은 많았으나, 알게 된 일도 있었다. 지금은 아버지에게 보고하는 것이 먼저였다. 일진일퇴라도, 나아가지 않은 것보다는 나으리라.

에델하르트는 세리냐가 죽었다고 생각하지 않았다.

이번 건이 진정되면 그녀의 주변이나 교류관계 등을 다시 한 번 철저하게 검토하는 편이 좋을지도 몰랐다.

그 여자는 지금도 분명히 살아 있다. 하지만 근거는 어디에도 없다. 그저 왠지 그럴 것 같은 예감이 들 뿐이었다.

3장 인간의 역사와 정령의 사정

"우왁!"

방에 들어온 집사가 비명을 지르며 순식간에 방에서 도망쳤다.

그것을 시야의 끄트머리로 포착하긴 했지만, 지금 로시포드는 그것에 신경 쓸 상태가 아니었다.

"으, 크……."

터질 것처럼 열기를 띠고 맥동치는 심장에 체내의 혈액이 역류하는 것 같은 통증이 내달렸다.

그것들을 직시하지 않더라도 램프에 비쳐서 벽에 드리워진 그림자가 명백히 인간의 것이 아닌 이형의 뭔가라는 것은 자각하고 있었다.

며칠 전, 벽에 비친 자신의 그림자를 보고 경악한 참이었으니까.

눈을 뜬 뒤로 자신 안에 뭔가가 둥지를 틀었다는 것을 확실하게 느낄 수 있었다.

겉모습과 마음이 인간이라는 점은 틀림없었으나, 어느 순간 불현듯 바닥에 비친 자신의 그림자가 흔들릴 때가 있었다.

그리고 이 영문을 알 수 없는 발작이 돌발적으로 일어났다.

덕분에 최근에는 고용인들과 얼굴을 마주하는 일이 없었다. 애초에 고용인들이 로시포드를 두려워하고 있으니까.

"아윽……."

만약 이 충동에 삼켜지고 만다면, 두 번 다시 인간으로 돌아올 수 없게 된다.

왠지 그런 느낌이 들어서 발작이 일어날 때마다 로시포드는 자신의 안에서 몸부림치는 이 괴물을 어떻게든 억누르려고 했다.

그렇게 되면 기본 하루 가까이 통증이 계속되었지만 끝까지 버텨내면 발작은 진정되었다.

문득 누군가가 방 안으로 뛰어들어오는 것이 보였다.

언제나처럼 곧 다시 뛰어나갈 것이라고 생각했는데, 그 인물은 개의치 않고 침대 옆까지 다가오더니 로시포드의 손을 잡았다.

"……?"

그러자, 방금 전까지 피부를 뚫고 나올 것처럼 미쳐 날뛰던 충동이 거짓말처럼 가라앉았다.

붙잡힌 손이 옅게 빛나고 그곳에서부터 나온 빛이 전신을 감싸고 있었다. 로시포드는 한 박자 늦게 그것이 치유마법이라는 것을 알아차렸다.

고개를 들자, 로시포드의 얼굴을 걱정스러운 듯이 들여다보는 소녀가 있었다. 핑크블론드의 보브커트에 연보랏빛의 눈동자가 잘 어울렸다.

"안녕하세요, 로시포드 님. 몸은 어떠신가요?"

"어? 아, 아아……."

"절, 기억하시나요?"

"……그래. 오랜만이군."

잊을 리 없었다.

오랫동안 의식불명상태로 병석에 누워있던 로시포드를 옆에서 줄곧 간병해준 소녀였다.

로시포드는 자신의 이름과 출생 이외에 아무것도 기억하지 못했으나, 유일하게 그녀만큼은 어렴풋하게 기억하고 있었다.

"너는, 분명히……."

크리스타라는 이름이었을 터. 그런데 로시포드가 그 이름을 부르려고 했더니, 그녀 쪽에서 먼저 그의 입을 막았다.

"지금은 크리스입니다, 로시포드 님."

"크리스……."

로시포드는 왜 이름이 바뀌었는지 물으려고 했지만, 크리스가 고개를 가로저었기 때문에 그만두었다.

이름이 바뀌어도 로시포드를 구해준 것이 그녀라는 사실은 변함이 없었으니까.

"여긴, 어떻게 온 거지?"

"국왕폐하의 명입니다."

"아바마마의……?"

로시포드의 용태가 진정되었다는 것을 확인하고 크리스는 물병이라든가 수건 같은 것을 척척 준비했다.

"……내가, 두렵지 않은 거냐?"

"아뇨. 전혀요."

그렇지 않아도 왕국에서 붉은 눈은 누구나가 기피하건만, 나날이 피보다도 붉어지는 이 눈과 몸 안을 뛰어다니는 충동을 제어하지 못해 로시포드 자신조차도 공포를 느끼고 있었다.

그렇게 생각했으나, 크리스는 선뜻 고개를 끄덕였다.

"왜지?"

"붉은 눈도, 기묘한 힘도 저는 가까이에서 줄곧 봐 왔는걸요."

"……? 그건, 나를 말하는 건가?"

"……아뇨. 다른 사람입니다."

그 한 마디를 내뱉을 때까지 크리스의 어조에서 약간의 망설임이 느껴졌다. 다른 사람, 이라는 자와의 사이에 무슨 일이 있었는지도 몰랐다.

"그러니까 로시포드 님의 눈이 붉은빛이어도, 물건을 움직이는 기묘한 힘을 갖고 계셔도 조금도 무섭지 않답니다. 이미 익숙하니까요."

크리스는 한순간 싫은 듯이 얼굴을 찡그렸지만 곧바로 표정을 바로잡았다. 어지간히 마음에 들지 않는 일이 있던 것일까.

"만에 하나, 로시포드 님의 힘이 폭주해도 방금 전처럼 제가 막아드리겠어요."

"……하지만, 그건 우연이었을지도 모르잖아."

"어머, 두 번째 기적도 있을지 모르잖아요."

그 말을 듣고 보니 그럴지도 모르겠다고 밖에 말할 수가 없었다.

그대로 잠시 무언의 시간이 이어졌다. 로시포드는 그 침묵이 점차 왠지 모르게 거북해져서 크리스에게 말을 걸었다.

"……저기, 크리스."

"예."

"들려주겠어? 네가 말한, 그 붉은 눈의 사람에 대해서."

로시포드가 그렇게 말하자, 크리스의 얼굴이 알기 쉽게 굳었다. 혹시 건드리면 안 되는 곳이었나?

"……들으셔서, 어쩌시려는 건가요? 만나시려는 건가요?"

"아니, 어떻게도 안 해. 딱히 그 자 본인에게 흥미가 있는 것은 아니니까 말이지."

아무래도 그녀는 로시포드가 개인적으로 그 알지 못하는 누군가에게 흥미를 갖고 있다는 식으로 들은 모양이었다.

로시포드는 그녀를 화나게 하고 싶지는 않았기 때문에 조심스럽게 단어를 선택했다. 로시포드는 그 누군가 씨의 처지에 흥미가 있는 것뿐이었다.

“그저 같은 처지의 인간이 있다면 그 사람이 어떤 인생을 걸었고, 어떻게 붉은 눈이나 힘과 함께 살아왔는지 참고하고 싶다. 지금 상태의 나는 이 힘을 어떻게 제어해야 좋을지 짐작이 되지 않으니까 말이지.”

“…….”

“게다가, 앞으로는 크리스도 여기 있을 거잖아? 이 기묘한 힘만 제어할 수 있으면 널 휘말리게 하거나 상처 입히는 일도 없을 테니까.”

“로시포드 님…….”

이쪽이 하고 싶은 말을 듣고, 크리스는 생각에 잠기듯이 한 번 눈을 내리깔았다. 그러더니 다시 얼굴를 들고 고개를 끄덕였다.

“……알았습니다. 도움이 될지는 모르겠습니다만, 제가 아는 선에서 모두 이야기해 드리겠습니다.”

“고마워. 아, 그리고.”

“?”

“크리스에 대해서도 이야기해 주지 않겠어? 너 자신에 대해서 말이야.”

“……!”

로피소드가 그렇게 덧붙이자, 크리스가 눈을 크게 떴다. 그게 그렇게 놀랄 일인가 하고 로시포드는 묘하게 슬퍼졌다.

"뭐냐, 그 반응은. 이상한 소리는 하지 않았다."

"아뇨. 조금 뜻밖이라서……. 저는 아무것도 갖고 있지 않은 평범한 여자입니다. 제 이야기를 들으셔봤자 재미도 아무것도 없으실 거예요."

"상관없어. 내가 듣고 싶으니까 말이지."

"후후. 알았습니다."

이번에는 크리스도 선뜻 고개를 끄덕였다. 기분 탓인지 무척이나 득의양양한 얼굴을 하고 있는 것 같은 느낌이었다.

아까부터 표정이 계속 바뀌는군. 그렇게 생각하면서, 그것을 보고 있는 것이 즐거워서 로시포드도 함께 웃었다.

***

계절이 이미 겨울에 들어선 것도 있어서, 학원의 대지 안을 걷고 있으니 차가운 바람이 피부를 쓰다듬고 지나갔다.

'……플라티나 왕국에는 눈이 내리지 않는 것일까?'

하늘은 흐렸지만, 눈이 내릴 기미는 없었다. 남쪽 나라이니 어쩔 수 없는 일일지도 몰랐다.

리제네로제 왕국은 겨울이 되면 늘 눈이 내렸다.

대륙의 변경에 있던 것밖에 기억하고 있지 않아 정확한 위치는 아직 알지 못했지만, 아마도 북쪽에 있었을 것이다.

이따금 코트를 입고 정원을 산책하는 학생들을 볼 수 있었다.

눈이 내리는 나라에서 살았던 탓일까, 레티시엘에게 이 정도 추위는 아무 영향도 없었다.

레티시엘이 다시 학원에 다닐 수 있게 된 것은 좋았으나, 동계 휴가가 가까워서 통학일은 그렇게 많지 않았다.

앞으로 보름만 있으면 루크레치아 학원은 동계 휴가에 돌입해 기숙사에서 생활하는 학생을 포함해 전교생은 그대로 봄까지 집에 돌아가게 되어 있었다.

그리고 이 시간이 지나면, 레티시엘은 초등생이 아닌 한 학년 위의 중등생이 되었다.

이 세계에 전생한 뒤로 여러 가지 일이 있었으나, 그래도 아직 채 1년이 지나지 않은 것이다. 레티시엘은 전생한 뒤로 지금까지 일어난 일을 차례로 생각해 보았다.

"……아, 도로셀 님. 안녕하세요."

방과 후. 이것 역시 또 오랜만에 연구실을 찾자 문을 열기 무섭게 안쪽에서 츠바루가 재빨리 다가왔다.

"안녕하세요, 츠바루 님. 죄송해요, 줄곧 주인 없는 연구실을 맡겨서요."

"아뇨. 그것도 제 소중한 일이니까요."

그렇게 말하고 츠바루는 양손으로 승리포즈를 취하면서 즐거운 듯이 웃어보였다.

"그래서 츠바루 님. 오늘 아침에 말했던 제게 전하고 싶다던 일은 뭔가요?"

"아아. 실은 본가에 있던 자료를 정리할 때 조금 특이한 책을 발견해서 말입니다. 도로셀 님에게 봐달라고 부탁드리자고 생각했답니다."

잠깐만 기다려 주세요. 그렇게 말을 남기고 츠바루는 서둘러 2층으로 달려 올라갔다. 그리고 잠시 후, 표지가 누렇게 바랜 한 권의 책을 갖고 돌아왔다.

"이겁니다."

츠바루가 건넨 것은 가죽으로 장정하지도 않은 얇은 종이책이었다.

이 나라에서는 시중에서 판매되는 책은 거의 모두 장정이 되어 있으니 이 책은 아마도 츠바루의 가문이 개인적으로 소유하고 있던 것 같았다. 물론 개인적으로 소유해도 장정을 하는 사람이 있지만.

"이건?"

"선조님이 남기신 동화입니다. 이전에 말씀드렸다고 생각하지만, 저의 가문은 탐구자 일족인 것도 있어서 역사서는 물론 때때로 이런 책도 쓴답니다."

"흐응. 그렇군요."

레티시엘은 맞장구를 치면서 신중하게 책장을 넘겼다.

마음씨 착한 평민 여성과 신기한 힘과 날개를 가진 천사의 사랑 이야기 같았다.

가난한 사람들을 무상으로 치료해주며 부모를 잃은 어린 아이들을 위해 만든 고아원에서 생활하던 여성이 어느 날 상처 입은 천사를 만난다.

처음에는 여성을 경계하던 천사도 그녀의 헌신적이고 상냥한 성품에 감동받아 이윽고 조금씩 그녀를 사랑스럽다고 생각하게 되고…….

"이게 어떻다는 건가요?"

"실은 이 이야기, 원래는 왕국에서도 꽤 유명한 동화예요."

"동화…… 동화에 대해서는 잘 알지 못해요."

"마음씩 착한 여성과 상처 입은 천사가 사랑에 빠지지만 수명의 차이로 말미암아 천사는 그녀의 곁을 떠난다……라는 것이 세간에 알려진 이 이야기예요."

"이것도 그런 이야기가 아닌가요?"

"그게…… 미묘하게 다릅니다."

레티시엘은 동화의 뒷부분을 계속 읽어보았다. 그러자, 분명히 츠바루가 말한 것처럼 이 책에서는 천사가 여성을 사랑하게 된 뒤의 전개가 달랐다.

천사의 사랑은 그에게서 상대에게 향하는 일방통행적인 감정으로, 두 사람은 연인이 아니라 최후의 최후까지 친구인 채였다.

그리고, 어느 순간 자신이 여성과 같은 시간을 살아갈 수 없다는 사실을 깨달은 천사는 그녀에게 마음을 고백하지 않은 채 모습을 감추었다.

이윽고 세월이 흘러 여성은 순결을 유지한 채 한 명의 아이를 낳고, 그 아이에게서 천사의 모습을 발견한다.

"일반적으로 알려진 이야기와 비교하면, 꽤나 분위기가 다르네요……."

비연의 동화에 있던 비장감이 완화된 만큼, 묘하게 현실미가 있는 이야기로 바뀐 것 같은 느낌이 들었다.

마치, 정말로 어딘가에서 이런 이야기가 있었던 것 같았다.

"이 이야기는 모델이 된 사람이 있나요?"

"?"

"아뇨. 고아원을 만들고 사람들을 무상으로 치료해주는 여성이라니…… 어디선가 비슷한 일을 했던 사람이 있던 것 같은 느낌이 들어요."

"아아. 그거라면 분명히 성 루크레치아 님을 주역으로 삼았을 겁니다."

"성 루크레치아 님이……."

비교적 최근에 박물관에서 여러 가지 이야기를 들은 참인 성인이었다.

치유의 힘으로 사람들의 상처나 병을 무상으로 치료하고, 루크레치아 학원의 전신이 되는 고아원을 창설했다. 분명히 평생 결혼을 하지 않고 자손을 남기는 일도 없이…….

"……응? 성 루크레치아 님은 평생 독신이셨죠?"

거기까지 돌이켜보고는 레티시엘은 위화감을 느꼈다. 전설의 내용과 이 책의 내용이 일치하지 않았다.

전설 속에서는 자손을 남기지 않았을 터인 성 루크레치아는 왜 작품 속에서 처녀출산을 한 것일까.

물론 각색을 했기 때문이라고도 생각할 수 있었지만, 그래서는 『주역으로 삼았다』라는 것은 될 수 없었다. 그래서는 완전히 픽션이 되었다.

"예. 우리 가문에는 예로부터 결코 후세에 거짓을 써서 남겨서는 안 된다는 규칙이 있습니다. 언제나 올바른 지식과 역사를 전하기 위해 그 규칙을 어겨서는 안 된다고……."

"그렇군요. 세간에 나도는 이야기와 너무 달라서 의아하게 생각한 것이군요."

"예……."

분명히 전설과 동화 속에서 세 종류의 『성 루크레치아』가 쓰여 있다면 한 종류만 아는 사람이 어리둥절하는 것도 무리는 아니었다.

레티시엘도 성 루크레치아는 정말로 어떤 인물이었을까 하고 조금 신경이 쓰이기 시작했다.

"혹시 일부러 찾아주신 건가요?"

"예. 그…… 최근 지크 님과 여러 가지로 조사를 하고 계신 것 같아서 평소부터 신세를 지고 있으니 사소한 일이라도 도움이 될 수 있으면 좋겠다고 생각해서요……."

"어머. 눈치채고 있었나요?"

"예, 도로셀 님, 최근에 복잡한 얼굴로 생각에 잠기시는 일도 많았으니까요……."

"얼굴에는 그다지 드러나지 않게 신경을 쓰고 있긴 했는데 말이죠……."

"아, 저기…… 제 입으로 말하는 것도 좀 그렇습니다만, 사람을 관찰하는 일은 제 나름대로 특기인지라…… 찾아봤어도 이런 것밖에 없었지만요……."

"그렇지 않아요. 고마워요."

레티시엘은 츠바루의 마음씀씀이에 솔직하게 감사의 말을 늘어놓았다.

어떤 정보가 중요한 실마리가 될지 모르는 현재, 언뜻 보기에 관계없을 것 같은 정보라도 대환영이었다.

"본가에 이런 책이 많이 있나요?"

"예! 역사서 편찬 일도 있지만, 그렇지 않아도 빌리지 가의 사람들은 문장을 쓰는 것을 좋아하니까요."

듣자하니, 츠바루의 본가인 빌리지 자작가에는 대대로 이어받는 가업 덕분에 세간에 나돌지 않는 사본도 많다고 했다.

잘은 모르지만 역대 자작가 사람들이 각자의 일기를 계속 기록하거나, 개인적인 흥미로 연구서를 쓰거나 했다든가.

오히려 집에 있는 자료의 대부분이 사본 같다는 것 같으니 놀라울 따름이었다.

'……그러고 보면.'

이전에 지크와 니르반 왕립도서관에 갔을 때 읽은 페이지가 검게 칠해지고 불길한 메시지가 담겨있던 책도 아마도 누군가의 사본이었던 것 같았다.

시판되는 책이라면 도서관에 보관되어도 발매 시에 붙여진 가격표는 그대로 남았다. 그 책에는 그것이 없었으니까.

"혹시, 옛날의 사본 같은 것도 보관하고 있나요?"

"어, 옛날의 사본 말인가요?"

츠바루는 한 순간 놀랐다는 듯이 눈을 크게 뜨더니, 고개를 갸우뚱하면서 신음했다.

"우—응…… 어느 정도라면 있을 거라고 생각합니다."

"어느 정도?"

"실은 빌리지 자작가는 600년 전에 한 번 단절된 적이 있답니다."

"예? 그런가요?"

"예. 그때 직계의 자손이 끊어져서 분가에서 데려온 양자가 집안을 이어서 지금에 이르게 된 것 같아요."

"그랬나요……."

직계의 단절과 동시에 당시 빌리지 가에 있던 자료는 사본을 포함해 모두 니르반 왕립도서관에 기증되었다고 한다.

때문에 600년 전보다 더 이전에 쓰인 자료는 츠바루의 집안에는 없었다. 있다 해도 과거의 자료를 복원한 형태로 후대에 쓰여진 일부 자료뿐이었다.

600년 전이라면 맹인왕에 의해 플라티나 왕국 내의 왕조가 베바르 왕조에서 아레스타 왕조가 되었을 시기일 터.

기증된 사본이 있다면, 비서고에서 본 검게 칠해진 책도 설명이 되었다. 아마도 그 시기에 비서고에 들어온 것이리라.

"어쨌든 고마워요, 츠바루 님. 앞으로도 가끔 의지를 해도 될까요?"

"……! 그, 그럼요! 물론입니다!"

겉으로는 미소를 짓고 있었지만, 레티시엘의 안에서는 납득이 되지 않는 의문이 맴돌고 있었다.

만약 정말로 그 검게 칠해진 책이 빌리지 가의 사본이라면, 대체 누가 무엇을 위해 책장을 검게 칠해버리고 그런 불길한 메시지를 남긴 것일까.

그리고 빌리지 가의 직계혈족은 자연히 단절된 것일까……?

***

"아가씨, 차와 과자를 가져왔습니다!"

방에서 독서를 하는 레티시엘에게 니콜이 티세트를 담은 쟁반을 들고 불쑥 얼굴을 내밀었다.

학원에 복귀한 뒤 맞이하는 첫 휴일이었으나, 레티시엘은 조금이라도 정보를 더 얻고 싶어서 밖에도 나가지 않고 방에 틀어박혀 있었다.

"고마워요, 니콜. 일부러 미안해요."

최근, 레티시엘의 방에 차를 가져오는 것은 거의 니콜의 일이 되어 있었다.

원래는 저택의 가사는 니콜이 담당하고, 레티시엘의 수발과 상대는 루빅이 맡고 있었다.

하지만 영지에서 돌아온 뒤, 레티시엘과 루빅의 관계가 왜인지 모르게 어색해졌기 때문에 이렇게 니콜의 일이 늘어나 버렸다.

"아뇨! 그것보다 오늘은 밸런타인령(領)의 플로랄마리의 찻잎으로 차를 타 보았으니 꼭 드셔보세요!"

"어머. 그거 꽤 비싼 찻잎이 아니었던가요?"

"모처럼 아가씨가 저택에 돌아오셨으니까, 때로는 사치를 부려도 벌을 받지 않을 거예요!"

흐흥 하고 니콜이 웃었다.

영지에 다녀온 뒤로, 니콜은 루빅과 반대로 오히려 전보다 밝아진 것 같은 느낌이 들었다.

"그런가요. 그럼 잘 마실게요."

레티시엘은 읽던 책을 옆으로 치우고 컵을 들었다. 찻잎의 이름대로 짙은 오렌지색의 차에서는 꽃향기가 피어올랐다.

한 모금 마셔보니 희미한 단맛이 입안에 퍼져나갔다. 벌꿀과 같은 농후한 단맛이 아닌, 깔끔하고 산뜻한 맛이었다.

"……맛있어요. 역시 이름값을 하네요."

"정말인가요? 입에 맞으시다니 다행이에요."

눈을 반짝이는 니콜은 진심으로 기쁜 것 같았다.

똑똑.

"응?"

그때 문득 유리창을 두드리는 소리가 들렸다. 그것도 아무래도 이 방에서 들리는 것 같았다.

레티시엘은 방에 달린 창문들을 한 차례 돌아보았다. 그러자 그 중 하나의 건너편에 손을 맞잡은 쌍둥이 정령왕이 있었다.

"어머. 티나와 디트가 아니니."

"안녕, 언니."

"안녕, 누나!"

창문을 열어주자 두 사람은 스르륵 안으로 미끄러져 들어왔다.

신출귀몰한 쌍둥이의 등장에 니콜은 완전히 굳어버렸다. 하지만 레티시엘이 살짝 귓속말을 하자 제정신을 차리고 방을 나갔다.

"저 언니는 어떻게 된 거야?"

"저 누나는 어디에 가는 거야?"

"맛있는 걸 가져와 달라고 부탁했어. 두 사람도 먹고 싶지?"

"야호."

"얏호!"

티나와 디트가 인간계의 음식에 관심이 있는 것은 한참 전부터 알고 있었다.

때문에 니콜에게 과자를 준비해달라고 부탁한 것이었다. 예상대로, 티나와 디트는 만세를 부르며 기뻐했다.

잠시 후, 니콜이 갓 구운 쿠키가 산더미처럼 쌓인 바구니를 들고 돌아왔다. 아무래도 서둘러서 쿠키를 새로 구워 준 모양이었다.

"……달콤해."

"맛있다!"

"고, 고맙습니다!"

니콜은 진짜 정령에게 칭찬을 받아서 자랑스러운 것 같았다.

"그럼 저는 청소를 하러 갈 테니, 무슨 일이 있다면 불러 주세요!"

"그래요. 알았어요."

니콜은 한 번 가볍게 인사한 뒤 방에서 퇴실했다. 쌍둥이도 쿠키를 먹으면서도 한편으로는 사이좋게 니콜에게 손을 흔들었다.

그 뒤로 잠시 동안 티나와 디트는 다람쥐처럼 쿠키로 뺨을 가득 채우며 즐거운 듯이 방 이곳저곳을 날아다녔다.

그 모습을 좀 더 보고 있어도 상관없었지만, 레티시엘은 일단 이야기를 들어보기로 했다.

부모님에게 호되게 혼이 난 뒤로, 이 두 사람은 볼일이 있을 때에만 인간계에 왔다. 그러므로 오늘 방문에도 의미가 있을 터였다.

"있지, 얘들아."

"""?"""

"쿠키를 먹기 위해 온 건 아니지?"

레티시엘이 그렇게 묻자, 티나도 디트도 쿠키를 우물거리면서 그 자리에서 딱 얼어붙고 말았다. 잠시 동안의 침묵.

이것은…… 어쩌면 용건이 있던 것을 완전히 잊어버렸던 것이 아닐까?

"이렇게나 중요한 용건을 어떻게 잊어버릴 수 있는 것인가! 뀨. 정말이지 긍지 높은 정령왕이나 되는 분들이, 인간의 과자에 낚이다니…… 뀨."

티나의 가방에서 얼굴을 쑥 내민 뀨가 어린 정령왕에게 설교를 시작했다. 모습이 보이지 않았었지만 역시 따라왔었나.

"……뀨. 잔소리가 심해."

"꾸엑!"

"맞아. 언니한테 듣고 싶은 게 있어."

"맞아! 파파가 슬슬 답을 듣고 싶대!"

뀨의 얼굴을 양손으로 힘껏 짓눌러 입을 다물게 한 뒤, 티나와 디트는 그럴싸하게 의젓하게 고개를 끄덕여보였다.

어떻게 봐도 방금 전까지 잊고 있었잖아, 라는 태클은 꾹

참기로 했다.

뭘까……. 이 아이들의 언동은 참으로 귀여웠지만, 뀨가 왠지 불쌍하게 보였다.

"그렇구나. 역시 그 일일 거라고 생각했어."

"답은?"

"답은?"

"거래에 응할게."

전 공작령의 반란이 진정된 뒤, 정령 쪽에서 제시해 온 거래.

그때에는 자기 자신의 일로 머리가 꽉 차서 답을 보류했지만, 냉정하게 보면 거절할 이유 따위 없다는 것은 명백했다.

현재 인간계에서의 정보가 극단적으로 적은 이상, 레티시엘이나 지크가 아무리 여기저기 조사하고 다녀도 유익한 정보를 얻는 것은 어려우리라.

그러나 훨씬 전부터 검은 안개에 대해 조사해왔던 정령이라면, 레티시엘이 알 수 없는 정보를 갖고 있을 가능성이 컸다.

거기에, 정령에게는 인간에게는 없는 마소탐지능력이 있었다.

지금도 그 원리를 해명할 단서조차 발견하지 못한 정체불명의 힘에 대해서도 다른 견해를 제시해줄지도 몰랐다.

"마마의 예상대로야."

"파파가 말한 대로야."

"……?"

"흥. 얌전히 고개를 끄덕이면 됐던 게다. 이래서 인간은…….
뀨."

티나와 디트가 얼굴을 마주보고 고개를 끄덕이는 덕분에 겨우 티나의 손에서 해방된 뀨가 코를 킁킁거렸다.

아무래도 좋은 이야기였지만, 만약 저걸로 으스대는 것이라면 수호영수의 위엄은 전혀 없는 것 같았다.

"혹시, 처음부터 내가 받아들일 걸 알고 있었니?"

"응. 언니가 이 기회를 놓칠 리 없을 거라고 마마가 말했어."

"응! 누나는 현명하니까 절대로 거절하지 않을 거라고 파파가 말했어!"

티나는 무표정한 얼굴 그대로, 디트는 만면의 미소를 띤 채 고개를 끄덕이고는 가방에서 뀨를 끌어내서 이쪽으로 슥 내밀었다.

혹시 영지에서 그랬던 것처럼 뀨가 영상을 비춰주려는 것일까. 레티시엘은 그렇게 생각해 뀨의 눈을 허공으로 향했다. 그러자 예상대로 공중에 빛의 막이 떠올랐다.

『……응? 뭐야, 이거 벌써 비치고 있는 거야?』

막 건너편에 남성 정령……두 정령의 아버지의 얼굴이 커다랗게 비쳤다.

『아아. 비치고 있구나. 안녕, 인간 씨. 며칠 만……이려나? 어쨌든, 지난번 통신이래인가?』

남성 정령의 얼굴이 뒤로 슥 물러나며 적당한 거리감을

유지했다.

『이것을 보고 있다는 건, 예상대로 거래에 응할 마음이 들었다는 걸까? 우선 감사의 인사를 할게. 인간 씨는 우리에게 무척 중요한 존재니까 말이야. 협력해줘서 기뻐.』

남성 정령은 생글생글 웃으면서 그렇게 말했지만, 곧 그 표정을 거두고는 어흠 하고 작게 헛기침을 했다.

『어디부터 이야기를 할까…… 일단, 검은 안개와 성유물의 관계성을 이야기할까.』

레티시엘도 뀨를 무릎 위에 올려놓고 남성정령의 말에 귀를 기울였다.

『네가 검은 안개를 어떤 것이라고 생각하는지는 모르지만, 그건 단순한 안개가 아니라는 걸 알아주길 바라.』

그것은 레티시엘도 이해하고 있었다.

『그 안개는 과거 우리 정령이 위험한 것으로 여겨 봉인한 것이야.』

"……봉인?"

영상을 사이에 두고 말을 주고받는 것이기 때문에 뭔가를 이야기해도 상대방에게 전해지지 않으리라는 것은 알고 있었다. 그러나 그래도 레티시엘은 저도 모르게 그렇게 중얼거리고 말았다.

정령이, 검은 안개를 봉인했다? 그럼 백의 결사가 사용하는 정체불명의 힘은 그것과 어떤 관계가 있는 것일까……?

『어쩌면 인간들은 그 안개가 무기물이라고 생각하는지도 모르겠지만, 그건 살아있는 생물이야. 살아서 인간을 조종하고 몸을 좀먹는 것이지. 자아가 있다기보다는 본능에 따르고 있다고 하는 편이 더 정확하려나?』

프리드나 백발의 병사들과 몇 번이나 싸웠기 때문에 안개가 사람을 조종하는 것은 레티시엘도 잘 알고 있었다.

그러나 그것이 생물이라는 사실은 바로는 믿을 수 없었다.

뱀 같다고 생각한 적은 있지만, 그것은 레티시엘이 아는 『생물』과는 한참 동떨어져 있었다.

『다만, 요즘에는 성유물에 유래하지 않는 안개의 발생도 확인되고 있지만 말이지. 네가 마주친 것들은 굳이 말하자면 이쪽 패턴인 것이 더 많은 것 같아.』

분명히, 돌이켜보면 지금까지 몇 번이나 검은 안개와 겨뤄왔으나 성유물에서 유래한 싸움은 프리드 정도일지도 몰랐다.

과외활동에서 마주친 2인조는 기묘한 무기를 갖고 있었지만, 그건 성유물이 아니라고 조사에서 밝혀졌다.

『이쪽 패턴은 유감스럽게도 적의 은폐정보가 많은 탓에 전모를 완전히 파악하지 못했어. 그건 네가 제공해 줄 정보에 달려 있으니까 의지 좀 할게!』

"하아……."

레티시엘은 브이 사인을 보내는 남성 정령에게 의욕 없는 맞장구를 쳤다.

정령들도 하려고 마음만 먹는다면 정밀한 정보조사 정도는 가능할 것이라고 생각하는데…….

『여하튼 성유물의 봉인을 해제하고 있는 녀석들은 우리를 이상할 정도로 경계하고 있으니까 말이야. 당연한 반응이라고 하면 그렇긴 하지만, 어쨌든 이런 단계에서 우리 앞에 모습을 드러내는 일은 절대로 없을 거야.』

"……그런가요."

아무래도 사정이 있어서 정령들이 백의 결사의 인간들과 직접적으로 접촉하는 것은 어려운 것 같았다.

『검은 안개를 봉인한 성유물에는 상급과 하급 두 종류가 있어. 기준은 간단해. 봉인된 안개가 단독으로 실체화할 수 있느냐 없느냐.』

『실체화할 수 있다면, 그 성유물에 봉인된 것은 매우 강력한 괴물이다. 너는 그 양쪽 모두와 이미 접촉했을 거야.』

"……!"

실체화한 괴물…… 로시포드가 학원에서 일으킨 괴물소동이 그야말로 그 조건에 딱 들어맞았다.

그러고 보면 그때에는 마녀살해의 성검이 엄청나게 화제가 되었었다. 즉, 그것은 상급 성유물이었다는 것일까.

돌이켜보면 그 검은 로시포드가 손에 쥐기 전부터 다른 성유물과는 어딘가 달랐던 것 같은 느낌이 들었다.

날 밑을 제외하고는 검신과 손잡이가 새하얬던 성검의 겉

모습이 레티시엘의 뇌리에 떠올랐다. 마치 스스로 오라를 내뿜는 것 같이 묘하게 사람의 시선을 잡아끄는 신비로운 광택과 파동을 갖고 있었다.

『게다가, 검은 안개가 실체화한 괴물은 통상공격으로는 데미지를 줄 수 없어. 마법이 됐든 마술이 됐든 그건 다르지 않아.』

그래서 네가 안개를 격퇴했을 때에는 눈을 의심했어. 그렇게 말하면서 영상 속에서 남성정령은 하하하 웃었다.

그렇다면 지금까지 레티시엘이 검은 안개를 격파할 수 있던 것은 어째서일까.

레티시엘은 검은 안개를 상대할 때 로시포드의 소동 때 얻은 경험을 바탕으로 빛과 무속성의 복합마술을 줄곧 사용했다.

그것이 검은 안개를 격퇴할 수 있는 유일한 방법인 것일까……?

『인간계에 흩어져 있는 성유물의 대부분은 하급으로, 상급은 두 손으로 꼽을 수 있을 정도의 수밖에 없어. 하지만 하필이면, 최근 봉인이 풀리고 있는 것은 모두 상급 성유물들이야.』

『해방되는 장소나 시기가 모두 제각각이라 발견하는 즉시 철저하게 정화는 하고 있지만 왜 그렇게 번거로운 일을 하는지는 불명이야.』

『옛날이었다면 탐구자의 일족에게 요청하면 성유물의 보관 장소정도는 바로 알 수 있을 텐데 이 상황에서는 인간들이 모아놓은 것 외에는 찾을 수가 없으니까 말이지…….』

"탐구자의 일족?!"

레티시엘은 정령이 말한 그 이름에 저도 모르게 자리에서 일어날 뻔했다.

츠바루의 본가가 이 일족에 속해있다는 사실은 전에 들어 알고 있었다. 설마 정령의 입에서 그 이름을 듣게 될 줄이야.

그렇다면 츠바루에게 성유물에 대해 묻는다면 뭔가 알 수 있지 않을까…….

『그렇다고는 해도, 그 일족이 성유물을 일괄해서 관리하던 것은 600년도 더 전의 얘기야. 그 이후로 그 일족은 대륙 각지로 흩어졌고 성유물도 같이 이곳저곳으로 흩어져서 그 태반이 행방불명이 되었어. 그러니까 지금의 일족에게 물어도 아무것도 알지 못할 거라고 생각해.』

"……그렇군요."

미리 녹화된 영상이기 때문에 서로의 대화는 들리지 않을 터일 텐데도, 때때로 대화가 성립되는 것이 무척이나 기묘한 기분이었다.

애초에 어떻게 레티시엘이 생각하는 일을 전부 앞질러서 파악하고 있는 것일까…….

그러나 600년 전이라고 하면, 분명히 빌리지 자작가의 직계가 끊어진 무렵일 터. 혹시 관계가 있는 것일까.

『아, 그리고 마술에 대해서도 얘기를 해둬야지.』

문득 잊고 있었다가 생각이 났다는 것처럼 남성 정령이 톡 손바닥을 두드렸다.

『우리가 네 마술에 의문을 품고 있는 것은 순수하게 네가 어디서 마술을 익혔는지 그 경로를 알 수 없기 때문이야. 마술은 이미 인간계의 모든 기록에서 그 존재가 지워졌어. 마술을 자유자재로 구사할 수 있을 정도의 지식을 가진 이는 500년 전인가 400년 전에 이미 다 사라졌을 터이니까 말이지.』

"……?"

『그러니까 지금 시대에서 네가 타인에게서 마술을 배우는 일은 불가능해. 너 자신이 그것보다 이전의 기억을 갖고 있지 않는 한.』

『아. 딱히 그걸 캐물을 생각은 지금은 없어. 현재 일련의 사건과는 연관성을 찾아볼 수 없으니까 말이야.』

혹시 정령은 레티시엘이 전생의 기억을 갖고 있다는 사실을 어느 정도 알아차린 것은 아닐까. 레티시엘은 그렇게 생각했지만, 지금 들을 생각이 없다 하니 잠자코 있기로 했다.

『마술이 멸망한 일 자체는 우리에게 대단히 중요한 일은 아닌데…… 뭐, 너는 알아두는 편이 좋지 않을까. 그건 대략 600년 전의 일이었어.』

또 600년 전…… 그 시대에 여러 가지 일이 너무 집중되어 있는 것은 아닐까.

『변경의 도시 하나가 통째로 날아가는 대참사가 일어났다. 인간의 조사 결과로는 참사의 원인은 당시 그 도시에 머물던 마술사 집단이 때마침 일제히 마술을 폭주시킨 것이라고 되어있어.』

도시……라고 한다면, 그 나름대로의 규모가 있는 마을이었으리라.

"……폭주? 일제히?"

레티시엘은 정령의 그 주장에 뭔가 마음에 걸리는 것을 느꼈다.

천 년 전에는 밤낮으로 마술의 연구에 매진하고, 전투에서도 줄곧 마술을 사용해 온 레티시엘에게는 위화감이 드는 말이었다.

마술은 분명히 폭주하는 일도 있었다. 특히 마력이 극단적으로 적은 사람의 경우, 제어가 허술하면 술식을 오폭하곤 했다.

그러나 그것은 도시 하나를 통째로 날려버릴 위력은 되지 못했다. 기껏해야 작은 오두막이 하나 부서지는 정도였다.

마력이 없는 자가 몇 십 명이나 모여 있다면 가능할지도 모르지만, 마력이 없는 자는 그 존재 자체가 희소해서 애초에 일단 머릿수부터 모을 수가 없었다.

게다가 일제히 폭주했다는 것도 납득이 되지 않았다.

마력의 차이에 따라 마술제어의 난이도는 달라지니 전원이 동시에 폭주하는 것은 물리적으로 불가능할 터였다.

『그 이후로 우리는 인간계에 거의 나가지 않게 돼서 자세한 경위는 알지 못하지만, 그 사건을 계기로 인간은 마술이 위험한 것이라고 판단했어.』

『어디였더라……? 분명히 드란잘이라는 나라가 솔선해서 탄압을 개시했었지? 날아간 것이 그 나라의 도시였으니까.』

『그래서 그걸 뒤따르듯이 대륙 전역에서 대규모의 마술사 사냥이 이뤄졌고, 이윽고 마술사도 마술의 지식 그 자체도 멸망한 거야.』

과연. 그래서 폭발사고로부터 마술의 지식이 완전히 끊어질 때까지 백년 정도 시간이 비었던 것인가.

대륙력 도입을 제안하고, 이리스 제국의 전신이 된 드란잘 제국.

천 년 전쟁 때에는 양대 국가 중 하나로서 맹위를 떨치며 마술연구도 활발했을 터인 나라가 마술 멸망의 한 역할을 맡은 이유는 그것이었던가.

『우선 대략적인 건 다 얘기했으려나? 조만간 또 영수를 보낼 거라고 생각하지만, 그때까지 네 쪽에 새로운 발견 같은 것이 있기를 빌겠어.』

그럼 안녕~ 하고 영상 속에서 남성 정령이 손을 흔들고,

영상은 거기서 종료했다.

"……이거, 현시점에서 내가 알려줄 수 있는 정보가 있을까요?"

그만 자신도 모르게 그런 의문을 입 밖으로 흘리고 말았다.

지금의 정보 덕분에 단편적이었던 실마리들이 단숨에 하나로 이어졌다. 그 사실은 기뻤으나, 레티시엘은 이것과 동등한 가치가 있는 정보를 찾아낼 자신은 전혀 없었다.

굳이 말하자면 레티시엘의 마술에 관한 지식은 천 년 전의 것, 이라는 사실 정도였지만 현재 그것에 관해서 캐물을 생각은 없다고 했다.

"없다, 뀨."

"선뜻 동의하는군요."

"물론이다, 뀨. 아무 정보도 갖고 있지 않으니까 우리가 정보를 제공한 것이 아니냐, 뀨."

"아니 그건 고맙지만, 받기만 해서는 거래가 성립이 안 되잖아요."

"아무도 지금 당장 그런 것을 기대하지는 않는다, 뀨."

"우선은 필요한 정보를 공유하는 일이 중요하다고 마마가 말했어."

"거기서 새로운 가능성을 추출하는 것이 중요하다고 파파가 말했어!"

"그렇구나."

즉, 정령이 제공한 정보와 레티시엘이 파악한 정보를 맞춰 보는 것으로 새로운 실마리를 찾아내는 것을 기대하는 것 같았다.

그런 말을 듣고 보니, 분명히 인간계에 상주하고 있는 레티시엘 쪽이 검은 안개를 가장 가까이에서 접할 수 있었다.

나중에 지금까지 얻은 실마리도 고려해서 다시 한 번 정보를 정리해야겠어…….

"……그러고 보니."

"""?"""

"두 사람은 전에 정령의 종족은 일곱 개밖에 없다고 말했지?"

"그래."

"맞아!"

"왜 일곱 개가 된 거야? 없어진 건 어둠의 종족이라고는 들었지만, 그들은 무슨 짓을 한 거야?"

한참 전에 두 사람에게 정령의 종족에 대해서 들은 뒤로 줄곧 신경이 쓰였었다.

레티시엘이 살던 천 년 전에는 분명히 정령의 종족은 속성의 수와 똑같이 여덟 개가 존재하고 있었다.

그리고 어둠의 정령들이 추방됨으로써 그렇게 되었다는 사실도 들었지만, 그 근본적인 이유는 아직 들은 적이 없었다.

"……배신?"

"아마도, 배신?"

쌍둥이는 고개를 갸우뚱하면서 대답했다. 이전 어둠의 정령에 대해 가르쳐 주었을 때와 완전히 똑같은 대답이었다.

"왜 어둠의 정령이 배신했는지, 아니?"

"몰라."

"잘 몰라!"

쌍둥이 정령왕은 그렇게 말하고 고개를 좌우로 도리도리 흔들었다.

추방되었다는 사실은 배웠어도 그 이유까지는 두 사람도 듣지 못한 것 같았다.

"……이 몸이 이야기해 주마, 뀨."

거기서 입을 연 것은 의외로 수호영수인 뀨였다.

레티시엘이 그 말에 놀라서 어리둥절한 표정을 짓자, 눈치 빠르게 그것을 발견한 뀨는 심기가 불편한 듯이 등의 털을 곤두세웠다.

"……어이, 인간. 뭐냐, 그 반응은…… 뀨."

"아니. 뀨는 인간에게 정보를 흘리는 것을 용납하지 않는다고 생각했으니까요."

"……장로님으로부터 허가는 받았다. 좋아서 그러는 것은 아니니까 말이다, 뀨."

뀨는 싫다는 듯이 그렇게 말했지만, 거듭 못을 박는 것을 보아 레티시엘을 싫어하는 것은 아닌 것 같았다.

"어둠의 정령이 정령계에서 추방된 것은 그리 옛날 일이 아니다, 뀨."

"그런가요?"

"음. 추방되고 나서 아직 400년이 조금 더 지났을 뿐이니까 말이다, 뀨."

"어머……."

생각했던 것보다 최근의 일이라 레티시엘은 자기도 모르게 눈을 깜박거렸다. 아니, 인간인 이쪽에서 본다면 꽤 옛날 일이었지만.

"추방된 이유를 물어봐도 될까요?"

"강대한 힘을 가진 어둠의 정령이 정령계에서 반기를 들었기 때문이다, 뀨."

"천 년 사이에 정령계에 그런 일이 있었다니……."

그 뒤로 뀨는 상세한 경위를 간결하게 이야기해주었다.

400년 정도 전에, 어둠의 정령 중 한 명이 마을을 빠져나가 자취를 감추었다고 한다.

그는 꽤 강력한 힘의 소유자로, 정령 측에서도 필사적으로 수색을 계속했지만 좀처럼 행방을 찾을 수 없었다.

그러나 자취를 감춘 지 10년 정도 지나서 그 정령은 갑자기 마을로 돌아왔다. 어둠의 정령이 사는 동쪽 마을이 아니라, 왜인지 물과 대지의 정령이 사는 남쪽 마을로.

그리고, 마치 뭔가에 조종당하듯이 갑자기 정령들을 죽이기 시작했다.

하필이면 그 정령이 강력한 힘의 소유자였기에 그를 쓰러뜨리는 일도 쉽지 않았다. 그사이에도 피해는 계속 확대되었고, 특히 물과 흙의 정령의 피해가 막대했다고 한다.

"각 종족의 정령왕은 각자의 능력을 모아 이 나라의 북쪽에 있는 산에서 삼일 밤낮 동안 사투를 벌인 끝에 겨우 그 녀석을 처리할 수 있었던 게다, 뀨."

"……과연. 뭐가 그 정령을 그렇게까지 하게 만든 것일까요?"

"인간이다, 뀨."

"인간?"

"그 정령은 마을을 나간 뒤, 인간계에서 만난 여자에게 마음을 내주었다는 사실이 나중의 조사에서 밝혀졌다. 뀨. 그 여자와 그 녀석이 어떤 관계인지는 모르지만, 그것의 사후에 여자가 아이를 낳았으니까 말이다. 뀨."

"……."

즉, 그 정령과 여성은 그런 관계였다는 것일까.

그러고 보면 이전에 티나와 디트의 부모님이 저택에 찾아왔을 때, 인간과 사이좋게 지내는 두 사람에게 그 배신자와 똑같은 전철……이라느니 뭐라니 말했다.

그때의 『배신자』란, 과거 인간에게 넘어가 정령계를 배신한 어둠의 정령을 말하는 것일까.

그런 것이라면 티나와 디트의 부모님이 신경질적이 된 이유도 이해할 수 있었다. 정령에게 400년이란, 인간으로 치면 40년 정도였다.

그런 짧은 시간 사이에, 똑같이 정령왕…… 강력한 정령이 인간을 잘 따르는 사태가 발생한 것이다.

그것도 이번에는 정신적으로도 미숙한 어린아이이니 분명히 정령들도 평소 이상으로 경계했을 것이다.

"……그렇게 생각하면 정령들은 용케 나를 신용할 마음이 들었네요."

"흥. 인간 따위를 신용하지 않는다. 이용가치가 있다고 장로님이 판단한 것에 불과하다, 뀨."

"분명히 그럴 거예요."

이야기를 하는 중간에 슬쩍 쌍둥이 쪽을 살펴보자 아무래도 화제가 재미없었던 듯 이미 모두 소파에서 자고 있었다.

이대로 두면 감기에 걸릴 테니까…… 정령이 감기에 걸린다는 개념이 있는지는 알 수 없었지만, 레티시엘은 일단 담요를 덮어주었다.

'……응? 그런데 이 이야기, 그 동화와 비슷하지 않나……?'

며칠 전 츠바루가 보여준 성 루크레치아를 주역으로 삼은 그 동화가 레티시엘의 뇌리를 스쳤다.

동화에서는 천사라는 설정이었지만, 날개를 갖고 있으며 인간과 수명이 다른 것은 정령에게도 해당되었다.

'……성 루크레치아가 어둠의 정령과 뭔가 관계되어 있었

다……? 아니, 역시나 그건 너무 비약한 걸까.'

레티시엘은 한순간 이탈할 뻔한 사고를 다시 제자리로 되돌렸다. 이야기에 유사성이 있는 것만으로 똑같다고 단정하는 것은 너무 직관적이었다.

"이야기를 되돌리겠는데, 그 싸움이 원인이 되어 어둠의 정령이 추방당했다는 건가요?"

"음…… 그것만으로 종족을 통째로 추방할 리가 없잖느냐, 뀨. 그것은 종족 전체가 하나가 되어 정령계를 배신했기 때문이다, 뀨."

"종족 전체가……?"

"그 남자의 귀환과 동시에 그때까지 아무 일도 없었던 어둠의 정령이 모두 성격이 바뀐 것처럼 타 종족의 정령에게 이를 드러냈다, 뀨."

어둠의 정령은 원래 불의 정령이 사는 동쪽 마을에 몸을 의탁하고 있었는데, 다른 종족들이 멀리한다는 점도 있어서 조용하게 지내고 있었다.

그러나 예의 배신자 정령이 돌아온 뒤, 멀리 떨어진 동쪽 마을에 있던 그들은 지금까지의 얌전한 모습에서 180도 달라져 광폭화했다.

같은 마을에서 살던 불의 정령들을 닥치는 대로 습격하고 마을에 불을 지르는 등, 마치 뭔가에 조종되는 것처럼 잔학함의 끝을 보였다고 한다.

“그 습격으로 불의 정령은 괴멸적인 피해를 입었다, 뀨. 그것이 어둠의 정령을 추방하고 그 녀석을 말살하기로 한 결정타가 된 거다, 뀨.”

“……그건, 정령왕이 정령계를 배신한 탓인가요?”

“무슨 말을 하는 거냐, 인간. 어둠의 정령에게 왕은 없다, 뀨.”

“……? 그래요?”

강대한 힘을 가진 정령이라고 해서 멋대로 정령왕이라고 생각했는데, 반드시 양자가 일치한다고 할 수는 없는 모양이었다.

“애초에 어둠의 정령이라는 종족은 특수한 존재다. 처음부터 존재하던 다른 종족과 달리, 유일하게 후세에 들어서 정령으로 인정받은 종족이지, 뀨.”

“그랬군요…… 그건 전혀 몰랐어요. 틀림없이 다른 종족과 똑같다고 생각했네요.”

“그럴 리가 없잖느냐, 뀨! 애초에 그것들은 영구히 정령왕을 정하지 않는 것을 조건으로 정령계에게 인정받은 종족이니까 말이다, 뀨.”

“정령왕을 정하지 않는다……? 그건 또 왜죠?”

“말했잖느냐. 특수한 종족이라고, 뀨. 어둠의 정령은 생식을 이용해 번식하지 않는 정령이다, 뀨.”

“생식을 이용해 번식…… 잠깐만? 그럼 종족으로서 존재할 수 없는 거 아닌가요?”

동물처럼 표현하고 있지만, 즉 그것은 아이를 갖는 것으로 자손을 남기는 것이 아니라는 뜻.

정령에게도 수명은 있었고, 어둠의 정령은 적어도 천 년보다도 훨씬 이전부터 존재해왔다. 그래서는 정령의 수는 계속 줄기만 하는 것이 아닐까.

"내 안에 자세한 정보는 기록되어 있지 않으나, 어둠의 정령은 늘 109인이었다는 것 같다, 뀨."

"……? 그래요?"

"그 녀석들의 생태는 내 안에도 기록되어 있지 않으나, 한 명이 죽으면 동시에 새로운 한 명이 탄생한다…… 다시 말해, 영구히 109인인 게다, 뀨. 어둠의 정령은 그렇게 윤회로 혼을 이어받으면서 유지된다고 들었다, 뀨."

"……."

윤회라는 말에 레티시엘의 눈썹이 움찔 반응했다.

왜 레티시엘만이 천 년이나 건너뛴 세계에 전생한 것인지 줄곧 의아했다.

혼을 이어받아 환생하는 어둠의 정령. 그것은 마치 레티시엘의 지금의 상황에 들어맞는 것 같은 느낌이 들었다.

'……내가 전생한 것과 뭔가 관계가 있는 것일까?'

천 년 전에 난립했던, 윤회전생을 신앙으로 받들어 모시던 신흥종교들이 수상쩍은 것이었던 것처럼 전생은 동화 속에서나 존재하는 공상의 산물이었다.

그럼에도 레티시엘은 지금 이곳에 있었다. 전생을 일으키는 마법 같은 것은 당연히 존재하지 않았으니, 뭔가 달리 이유가 있는 것은 아닐까.

그러나 대체 누가, 어떻게, 무엇을 위해?

"우리 애기는 이상이다, 뀨."

"이야기를 들을 수 있어서 기뻤어요. 고마워요, 뀨. 티나와 디트의 부모님에게도 감사인사를 전해줄 수 있을까요."

"흥. 별 수 없으니 전해두마, 뀨."

"아, 이제 돌아갈 것이라면 아이들을 깨워야……."

이렇게 이야기에 열중하고 있어도 전혀 일어날 기미가 없던 쌍둥이 정령왕은 쿠키를 코앞에 갖다 대자 냄새에 이끌려 바로 일어났다.

"자. 여기 남은 쿠키를 싸두었으니까 가져가도 돼."

"기뻐라. 고마워."

"야호! 고마워!"

그렇게 뀨를 다시 가방에 밀어 넣고 티나와 디트는 손을 맞잡은 채 다시 창문을 통해 날아갔다.

"……."

그들을 배웅하는 레티시엘은 심경이 복잡했다.

정령에게서 전해들은 정보로 검은 안개와 성유물의 관계나 마술의 멸망 경위에 대해 지금까지 단편적으로 얻었던 실마리가 단숨에 이어졌다.

그러나 한편으로는 검은 안개와 정체불명의 힘의 관계성이나 애초에 검은 안개의 정체는 무엇인가, 라는 등의 또 다른 의문도 또 떠올랐다.

"……이 이야기, 어디까지 번질까?"

하나가 정리되어도 또 다른 장소에서 새로운 의혹이 터져 나왔다.

여기까지 온 이상 되돌아갈 생각은 없었으나 심연에 가라앉는 것 같은 기분이 들었다.

그것 이외에도 검은 안개와는 별건으로 한 가지 신경이 쓰이는 일이 있었다.

정령이 제공해 준 정보에는 답이 없었으니 그렇게까지 중요한 일이 아닐지도 몰랐지만, 순수하게 개인적인 의문이었다.

어둠의 정령은 배신을 계기로 숙청이 아니라 정령계에서 추방당했다.

그렇다면 정령계를 배신한 그들은, 모습을 감춘 뒤 어디서 어떻게 지내고 있는 것일까……?

***

다음날. 아침 일찍 잠자리에서 일어난 레티시엘은 식사를 마치고 왕도로 외출했다.

목적지는 니르반 왕립도서관이었다. 어제 정령에게서 들

은 정보를 인간계의 자료로 뒷받침할 수 있는지 확인해보려고 생각하고 있었다.

니콜이 함께 가주려고 했지만, 그녀는 저택의 가사일로 바빴기 때문에 괜한 폐를 끼치기 싫어서 거절했다.

이른 아침이라 아직 이용객도 그렇게 많지 않은 왕립도서관에 들어서자 레티시엘은 우선 역사관련 서적이 모여 있는 책장으로 향했다.

일단 전서 열람권리 증명증은 갖고 왔으니 여차하면 비서고에도 들어갈 수 있었으나, 우선은 일반 서적부터 알아보는 것이 좋으리라.

레티시엘은 책등에 쓰인 제목을 읽으며 조사할 책을 골랐다.

우선은 왕국역사를 대략적으로 정리한 연표로 알아보고 뭔가 단서를 발견하면 자세히 파고들기로 하자.

그런 연유로 레티시엘은 목적한 해가 쓰여 있을 법한 연표책 몇 권을 책장에서 뽑아들고는 열람석에 적당한 자리를 확보했다.

오늘은 관내에 그렇게까지 이용객은 많지 않았다. 똑같은 휴일이라도 지크와 왔을 때에는 꽤 붐볐는데, 아무래도 그날그날 다른 모양이었다.

"……아."

왕국연표를 더듬어가던 중, 400년 전의 칸에서 레티시엘은 손을 멈추었다. 조목별로 쓰인 역사적 사건 중에 가장 밑의 두 줄에 쓰인 일이 마음에 걸렸던 것이다.

[플라티나 왕국 북부의 산에서 대규모의 낙뢰가 발생했다.]

[스피리아 지방이 새롭게 확립되었다.]

인간과의 관계를 끊은 정령 쪽의 사정이 인간의 나라들에서 사실대로 전해지는 일은 없을 것이다.

"저, 죄송합니다."

"예. 왜 그러시나요?"

"알아보고 싶은 것이 있는데, 300년 전부터 400년 전의 일이 자세히 쓰인 자료가 있나요?"

레티시엘은 가까이에서 서가정리를 하는 직원을 붙잡고 질문을 했다.

이야기를 들은 여성 직원은 레티시엘을 2층으로 안내하고는 가장 창가에 있는 책장을 가리켰다.

"300~400년 정도 전의 역사라면, 저쪽 구역에 서적들이 모여 있습니다."

"고맙습니다."

여성에게 감사의 인사를 하고 레티시엘은 즉시 책을 찾기 시작했다.

동시기에 국내에 다른 큰 사건은 없어서 자료는 적을 것이라고 생각했는데, 400년 전의 자료는 생각보다 많았다.

그만큼 예의 대재해가 중대한 사건이었다는 것일까.

일단, 굳이 비서고에 가지 않아도 될 것 같았다.

레티시엘은 적당히 몇 권을 책장에서 꺼낸 뒤, 가까이에 놓여있던 소파에 앉아 책을 펼쳤다.

책에서 말하기를 400년 전인 대륙력 600년, 플라티나 왕국 북부에 있는 보레아리스 산맥…….

지금의 라피스 국와의 국경선 근처에 있으며 전 공작령과 인접한 산맥의 서쪽 끄트머리에 대규모의 산사태가 일어났다.

시각은 심야. 주변 지역에서 국지적으로 기록적인 큰비가 내리고, 거기에 폭풍에 낙뢰까지. 하룻밤 사이에 마을이 십수 개나 괴멸했을 정도의 대재해였다고 한다.

그리고, 해가 뜬 뒤 이 이상기상은 갑자기 끝났고 과거 작은 산이 있던 장소는 절반 이상이나 높이가 낮아져 있었다.

'……어떻게 생각해도 자연적으로 일어날 일이 아니라고 생각되는데.'

그러나 역사서 속에서 이상기후에 의한 낙뢰라고 진지하게 쓰여 있는 점이 아마도 인간계에서는 이 설을 믿는 것이리라고 생각되었다.

분명히 이 무렵에는 정령의 존재는 이미 동화 속에서만 나오는 전설의 생물이었을 테니 자연 탓으로 하지 않으면 도저히 설명할 수 없었으리라.

예의 어둠의 정령이 묻힌 장소도 왕국의 북쪽에 있는 산이었다고 뀨는 말했다.

시기도 마침 일치하니, 이 낙뢰에 의한 산사태로 전해지는 일은 아마도 어둠의 정령과의 최종결전을 말하는 것이리라.

"……."

그걸 확인한 건 좋았으나, 레티시엘은 그 밑에 쓰여 있는 내용 쪽이 더 신경 쓰였다.

'……스피리아 지방은, 이 빈터에 생긴 거구나.'

산사테의 기술에는 이어지는 내용이 있었다. 본래 있던 작은 산은 낙뢰로 그 높이가 본래 표고의 약 절반 가까이까지 깎여나갔는데, 깎여나갔기 때문에 그 단면에 넓은 평지가 생겼다.

원래 산 자체가 플라티나 왕국의 소유였기 때문에 그 평지 또한 왕국령으로 병합되었다.

그것이 스피리아 지방이었다.

'정령왕에 필적하는 강대한 정령을 장사지낸 곳, 인가…….'

11년 전의 스피리아 전쟁에서 왜 라피스 국은 그다지 윤택하지도 않은 스피리아 지방을 노렸고, 그 한 지방을 얻은 것만으로 선뜻 병력을 거둔 것인가.

강대한 정령의 죽음으로 생긴 지역이라는 것을 알게 된 지금이라면, 라피스 국의 행동도 왠지 납득할 수 있을 것 같은 느낌이 들었다.

그렇다면 스피리아 지방에는 어떤 감춰진 매력이 있는 것일까.

가령 어둠의 정령의 유골이 매장되어있다……라고 한다

면, 그것만 파내면 될 일이었다. 일부러 지방 전체를 수중에 넣을 필요는 없었다.

"……후우."

레티시엘은 끝이 보이지 않는 사고를 일단 멈추었다.

뭔가 중요한 이유가 있는 것이겠지만, 그것을 추측하기에는 아직 단서가 압도적으로 부족했다.

정보는 꽤 많이 모였지만 아직 알 수 없는 일도 많구나. 하고 레티시엘은 저도 모르게 한숨을 쉬었다.

레티시엘은 내친 김에 600년 전의 연표도 조사해보기로 했다.

빌리지 가의 단절이나 마술의 멸망 등, 파악하고 있는 것만도 세 개 정도의 사건이 집중돼 있었다.

조사해두어서 손해는 보지 않으리라.

[리즈라 왕국 전선에 참가.]

[드란잘 제국 변경·카르마 마을이 소멸.]

[세계 규모의 악마사냥이 전개되다.]

600년 전…… 대륙력 400년대의 연표 칸에는 그런 내용이 적혀 있었다.

후자의 두 가지는 전에 정령이 이야기해 준 마술멸망의 경위와 일치했기 때문에 놀라지 않았다.

'……전쟁이 있었구나.'

그것은 레티시엘이 알지 못했던 정보였다.

다른 책에서도 내용을 확인해 본 바, 아무래도 이 리즈라 왕국이라는 곳은 당시 보레아리스 산맥 건너편에 건국된 신흥국이었던 것 같았다.

대륙력 400년대의 산맥의 건너편은 아직 군웅할거 상태였으니 그 중 한 나라였다든가.

리즈라 왕국 전선이라는 것도 리즈라 왕국이 드란잘 제국을 상대로 벌인 북부전쟁으로, 플라티나 왕국은 전쟁 막바지가 되어 제국과 동맹을 맺고 예고 없이 참전했다.

그때까지는 대륙 북부의 혼란을 틈타 남부에서 착실하게 영토를 획득해 국력을 증강시키고 있었다고 했다.

'여기서도 전쟁이 뒤에 얽혀 있었구나…….'

즉, 플라티나 왕국의 지금의 국토는 그때 완성된 것이었다.

어느 시대에나 전쟁이 반드시 존재했었다는 사실에 레티시엘은 마음이 괴로웠다.

***

"……."

"아가씨. 왜 그러세요?"

"응? 아아, 아무것도 아니니까 신경 쓰지 말아요."

니콜은 멍하니 천장을 올려다보는 레티시엘을 의아한 듯이 보았다.

그리고 레티시엘은 니콜이 의아해하는 것도 자각하고 있었다. 저택에 돌아온 뒤, 레티시엘은 불현듯 멍하니 있는 때가 있었다.

영지에서 도로셀의 기억을 떠올린 일이 뭔가의 계기가 된 거 같았다. 이 무렵, 저택의 다른 곳을 봐도 줄곧 개운치 않은 감각이 따라다녔다.

"후우……."

덕분에 만성적인 수면부족이 이어지고 있었다.

기분 탓인지는 몰라도 몸이 무거운 것 같아서 레티시엘은 어깨를 가볍게 돌리며 저도 모르게 한숨을 내쉬었다.

"혹시 피곤하신가요? 그러시다면 피로회복에 좋은 허브티를 끓여올게요."

"허브티라…… 그럼 부탁을 할까요."

"알았습니다. 바로 준비할게요~."

가벼운 발소리를 내며 니콜이 방을 뛰어나가고, 레티시엘은 또다시 멍하니 천장을 올려다보았다.

아마도 레티시엘의 안에서 도로셀의 의식이 커졌기 때문이리라. 저택도 가구도 무엇 하나 변한 것이 없을 터인데 모든 것이 모르는 물건처럼 보였다.

어디를 봐도 뭔가를 잊고 있다고 호소하는 것 같은 착각에 빠졌다. 물론, 잊고 있는 기억 쪽이 많은 것은 부정할 수 없지만.

"……."

천장에서 테이블로 시선을 내리자 테이블에는 예전에 발견한 도로셀의 일기장이 놓여 있었다.

일기에 끼워놓은…… 알렉시아의 편지를 꺼내 무심하게 바라보았지만, 딱히 뭔가가 떠오를 것 같은 기색은 없었다.

며칠 전에 정령으로부터 정보를 얻을 수 있어서 이 세계의 배후에 숨어 있는 존재에는 확실히 다가가고 있건만…….

자기 자신의 일에 가장 애먹고 있다는 사실에 마음속이 복잡했다.

"저…… 저기, 아가씨……."

문이 작게 열리나 싶더니, 왜인지 니콜이 돌아왔다.

방금 전 차를 준비하겠다고 말하고 나간 참이었는데, 두고 간 물건이라도 있는 것일까.

"니콜? 왜 그러죠?"

"아, 저기, 아가씨께 손님이 오셨습니다만……."

"손님? 알았어요. 라운지로 모시세요."

"어, 아, 그게……."

말을 흐리는 니콜. 자꾸만 뒤쪽을 신경 썼다.

등 뒤…… 방 밖에 누군가가 있는 모양이었다.

"미안~. 그냥 좀 들어왔어."

"어머?"

누군가가 문틈으로 손을 뻗어서 살랑살랑 흔들었다.

모습을 보지 않아도 목소리만으로 내방자가 누구인지 알 수 있었다. 제3왕자 에델하르트였다.

레티시엘은 서둘러 자리에서 일어나 그를 맞이하러 갔다. 니콜은 고개를 꾸벅 숙이고는 이번에야말로 차를 준비하러 계단을 내려갔다.

"메이 씨도 같이 오셨군요."

"아아. 오늘은 아짱도 없어서 내가 돌봐주는 김에 데려왔어. 자, 메이. 인사."

"……안녕."

반쯤 에델하르트의 뒤에 숨으면서도 메이는 까딱 작게 인사를 했다.

키가 에델하르트의 가슴 정도밖에 오지 않는 탓인가 나란히 서 있으니 오빠와 여동생 같다……라고 생각하는 것은 무례할까.

"제게 무슨 볼일이 있으신가요?"

"물론! 영지에서 알게 된 일을 공유하고 싶어서 말이지."

"!"

레티시엘은 숨을 삼키고는 바로 두 사람을 방안으로 맞아들였다.

니콜은 서둘러 컵 두 개를 더 준비해 차를 대접하고는 부리나케 방에서 퇴실했다.

"결론부터 말하자면 백의 결사 녀석들은 분명히 공작령에

잠복하고 있었지만, 반란이 일어나기 전에는 흔적을 모두 지우고 철수했어."

에델하르트가 찻잔을 들며 이야기를 꺼냈다.

"근거지로 사용된 것은 공작령에 본부를 두고 있는 성 레티시엘 교회야."

"교회…… 그런 장소에 드나들면 눈에 띄지 않을까요?"

"전설을 신앙하는 그 교회에는 수도사가 많이 있어. 너무 많아서 명부로는 다 파악할 수 없었고, 수도사의 표식인 묵주만 갖고 있으면 당당하게 출입할 수 있었어. 다시 말해 묵주만 위조할 수 있었다면 최고의 은둔처가 될 수 있었다는 거지."

그러고 보면 그 남자들도 수도사라고 자칭하고 있었다. 과연, 그런 이유였던 건가.

"그리고, 예의 수도사님들은 아무것도 모르는 민중에게는 인기가 대단했었다는 것 같아."

"인기, 인가요……."

"정확히는 수도사님이라기보다 같이 붙어 다니는 작은 수녀 쪽. 소문으로는 상처라든가 병을 낫게 하는 기적을 행할 수 있는 능력의 소유자로, 『성녀 레티시엘』님이라던가."

"레, 레티……."

또 여기서도 자신과 같은 이름이 나왔다. 성 레티시엘만으로도 곤란하건만 성녀 레티시엘이라니, 대체 뭐 하는 사람이지?

"그 수도사님들이 모습을 감춘 것과 동시에, 그 성녀님이니 하는 자도 행방을 감추었어. 결사의 한패일 가능성은 크겠지."

"……."

"공작령의 풍습에 쉽게 녹아들기 위해서인지는 몰라도 결사가 왜 성 레티시엘 전설에 편승하듯이 성녀라는 그럴듯한 존재를 내세웠는지는 수수께끼이지만 말이야."

그 후 레티시엘은 백의 결사에 대해 에델하르트에게 여러 가지 이야기를 들었다.

그 결사가 13년 전부터 사람들에게 목격되었다는 것이라든가 발상이 라피스 국이라는 것, 간부는 세 사람뿐으로 의외로 규모가 작다는 것 등등 정보의 종류는 다양했다.

"나는 라피스 국을 좀 더 조사해 볼 생각이야. 현재 라피스 국 정보만 싹 빠져 있어서 뒷받침하려도 해도 할 수 없으니까 말이지."

"하지만 쇄국하고 있죠? 그렇게 쉽게 정보를 얻을 수 있나요?"

"할 수 있냐, 없냐가 아니야. 하는 거야. 이대로 가만히 있어봤자 아무것도 변하지 않잖아?"

"그건 그러네요."

레티시엘은 고개를 끄덕였다. 레티시엘은 에델하르트의

진취적인 사고가 싫지 않았다.

"교회에 쳐들어간 김에 성 레티시엘 전설도 조사했어.

"……쳐들어가셨나요?"

"말이 그렇다는 거지. 진짜로 받아들이지 말아 줘. 강제수사를 하긴 했지만."

"강제수사……."

순간, 레티시엘은 교회의 문을 호쾌하게 걷어차고 돌입하는 에델하르트의 모습을 떠올렸다.

왠지 모르게 있을 법 한 상황이라고 생각해 버렸다. 에델하르트는 신이라든가 성인이라든가, 믿지 않는 것 같으니까.

"성 레티시엘은 보레아리스 산맥 기슭의 일대에서만 믿고 받들어지던 성인이야. 성 레티시엘 전설에 대해서는 알고 있었던가?"

"현지사람들에게 어느 정도는 들었습니다."

레티시엘은 영지에서 레그에게 들은 이야기를 머릿속에 떠올렸다.

대륙력이 도입된 지 얼마 되지 않았을 무렵…… 즉, 천 년 정도 전에 살았다고 전해지는 여성.

아스트레아 대륙전쟁의 직후라 메마르고 가난하여 전염병이 만연하던 그 땅에서, 만족스럽게 치료를 받지 못하던 사람들을 무상으로 치료해주고 다녔던 사람.

마지막에는 사람들과 똑같이 전염병에 걸려 목숨을 잃었

고, 사후 그 유해는 재가 되어 보레아리스 산맥 정상에 뿌려졌다고 한다.

그렇게 성 레티시엘이 여행을 하며 치료를 했던 잔재로, 성 레티시엘 교회에서는 지금도 수도사들의 순례가 성행하고 있다고도 들었다.

"과연. 거기까지 안다면 내가 새삼 이야기할 것도 없을 것 같네."

그것을 에델하르트에게 전하자, 그는 고개를 끄덕이며 그렇게 말했다. 별로 놀란 것 같지는 않은 것 같았다.

"그밖에도 뭔가 성 레티시엘에 대한 정보가 있나요?"

"아니. 네가 아는 것이 성 레티시엘 전설의 전부야."

에델하르트는 조용히 고개를 가로저었다. 그러나 그 직후, 그는 눈을 날카롭게 빛냈다.

"다만, 일부에서는 묘한 소문이 흐르고 있었어."

"묘한 소문?"

"소문이라기보다는 다른 루트로 전해지는 이야기라는 느낌이었지만."

다른 루트라고 함은, 성 레티시엘 전설 이외에 다르게 전해지는 성인상이 있다는 것일까.

"마녀 레티시엘, 이라는 이야기를 들었어."

"마녀?"

"그래, 마녀."

"……성인신앙과는 완전히 반대의 명칭이네요."

"정말로 모든 게 반대야."

그렇게 말하고 에델하르트는 난처한 것 같은, 뭐라고 형용할 수 없는 표정을 지었다.

"그 이야기 속에서는 레티시엘이라는 이름의 여성이 천 년 전에 살았었다는 부분까지는 똑같지만, 그 뒤의 내용이 전혀 달라."

"정반대……라면, 악인이라는 건가요?"

"그래. 대량학살을 하는 만악의 근원이었어."

"……."

레티시엘은 발끈해서 저도 모르게 미간을 찌푸렸다.

이름이 같을 뿐인 타인이라고 머리로는 이해하고 있어도, 마치 자신을 살인귀인 것처럼 말하는 것 같은 느낌이 들어서 기분이 대단히 불쾌해졌다.

"그 전설이 전해지던 곳은 영내에서도 보레아리스 산맥 안으로 파고 든 외딴 농촌 한 곳뿐이었어."

"왜, 그 마을뿐일까요?"

"그것까지는 확실치 않지만, 마을의 장로에게 이야기를 들어봤더니 아무래도 그 마을을 세운 사람들은 망명자였다는 것 같아."

"망명? 어디서 말이죠?"

"라피스 방면. 보레아리스 산맥을 넘어왔다는 것 같아."

조금만 더 숨을 삼키는 것이 늦었더라면, 분명히 레티시엘은 소리를 질렀으리라.

"라피스에서요……? 하지만, 쇄국 중인 그 나라에서는 망명 같은 건……."

"아마도 망명했을 당시, 보레아리스 산맥의 건너편은 라피스 국이 아니었을 거야."

레티시엘은 의문을 감추지 못했으나 에델하르트는 냉정하게 하나하나 정보를 제시해주었다.

"라피스 국이 건국된 것은 500년 전. 쇄국을 해서 나라의 문을 닫은 것은 백 년 정도 전부터야."

"의외로, 최근의 일이네요……."

"그래. 그래서 천 년 전에는 보레아리스 산맥을 넘는 것은 딱히 불가능한 일이 아니었던 거지"

"과연."

망명과 라피스 국의 짧은 역사에 대해서는 이해했으나, 왜 한 사람의 인물을 둘러싸고 이렇게나 정반대의 해석이 나오는 것일까.

산의 한 편에서는 성인, 건너편에서는 마녀.

성 레티시엘로서 전해지는 여성은 대체 어떤 사람이었던 것인가.

"……."

"……?"

문득 레티시엘이 무심하게 얼굴을 드니 메이가 테이블 위에 놓인 일기에 시선을 고정하고 있다는 것을 알 수 있었다.

'……아니. 오히려 편지를 보고 있다?'

일기라기보다 그 바로 옆에 놔둔 편지를 뚫어져라 쳐다보고 있었다. 뭔가 신경이 쓰이는 점이라도 있는 것일까.

"메이 씨?"

"……!"

레티시엘은 저도 모르게 그녀에게 작은 목소리로 말을 걸었다. 그러자 메이는 깜짝 놀란 것처럼 흠칫 몸을 떨더니 고개를 작게 기울이고는 좌우로 절레절레 도리질을 쳤다.

……지금의 질문에 이 움직임은 무슨 의미일까. 전혀 이해할 수 없었다.

생각에 열중하고 있는 것일까, 에델하르트는 작은 목소리로 이야기하는 레티시엘을 알아차리지 못한 것 같은 기색이었다.

"이것이 신경 쓰이나요?"

"……?"

두 사람이 앉은 장소에서는 바구니와 꽃병에 가려져 미묘하게 편지가 보이지 않았기 때문에 레티시엘은 확인을 위해 편지를 가리켜 보였다.

그러자 메이는 이번에는 의아하다는 듯이 고개를 갸우뚱했다. 아니, 거기서 고개를 갸우뚱해도 말이지…….

"……응? 메이가 왜?"

거기서 겨우 현실세계로 귀환한 에델하르트가 서로 고개를 갸웃거리고 있는 레티시엘과 메이를 번갈아 쳐다보았다.

"아뇨. 신경이 쓰이는 것이 있는 것 같아서요?"

"……왜 의문형인데?"

에델하르트가 약간 어이가 없다는 듯이 쓴웃음을 지었다. 하지만 일기와 함께 놓인 편지를 발견하자 작게 숨을 삼켰다.

"……반가워라. 아직 간직하고 있었구나."

에델하르트가 봐도 되느냐고 물어왔기 때문에 레티시엘은 바구니를 치우고 네, 하고 고개를 끄덕였다.

레티시엘이 허가를 하자, 에델하르트는 알렉시아가 보내온 편지를 마치 깨지기 쉬운 물건인 것처럼 소중하게 집어올렸다.

"이 편지를 알고 계셨나요?"

"알고 자시고, 편지의 내용을 생각하는 건 언제나 내 일이었어."

"어머."

"쓰고 싶은 얘기가 너무 많아서 고를 수가 없다며 늘 종이와 펜을 갖고 내 방으로 굴러들어오곤 했지."

"……후후."

그 광경은 간단히 상상할 수가 있어서 레티시엘은 미소를 지었다. 두 사람은 분명히 사이가 좋은 남매였으리라.

"……."

문득 그 기분에 그림자가 드리워졌다. 그 행복을 빼앗은 것이 자신이라고 생각하자, 눈앞에 있는 에델하르트를 똑바로 볼 수가 없었다.

알렉시아는 화염에 휩싸이면서 무엇을 생각했을까. 좀 더 살고 싶었다는 갈망일까, 도로셀에 대한 원망이었을까…….

아이라고 하니, 별장터에서 본 로브 차림의 체구가 작은 인물도 신장으로 추측건대 어린아이로 봐도 될 것 같은 나이였던 것 같았다.

별장터에서 만난 그 아이도 그렇고 전에 루카스가 스피리아 전쟁 시에 보았다던 정체불명의 아이도 그렇고 여기저기에 아이의 그림자가 어른거리는 것은 왜일까.

"……그 아이는 뭐였을까?"

에델하르트가 이쪽을 쳐다보았다. 마음속으로 생각하고 있다고 여겼는데, 아무래도 입 밖으로 소리를 낸 모양이었다.

"그 아이라니?"

"아, 예…… 말씀드리지 않았군요. 별장터에 어린아이가 있었어요."

"어린아이?"

"전하가 오시기 전, 저는 하얀 로브의 수도사와 싸우고 있었는데요. 그 옆에 줄곧 서서……."

그때의 광경을 떠올리는 것만으로도 레티시엘의 표정은

점점 굳어졌다.

"……안개를, 빨아들이고 있었습니다."

"안개를……?"

"그리고 목걸이를 걸고 있었습니다. 네모나게 커팅된 붉은 보석이 달려 있었어요. 기억하는 건, 그 정도일까요."

"……."

"전하?"

"응? 아아. 아니, 좀 짚이는 것이 있어서."

"?"

"자자, 내일이나 내일 모레 언저리에는 도로셀도 만날 수 있을 거야."

레티시엘은 이야기의 전개를 따라갈 수 없어서 고개를 갸우뚱했다. 그는 지금 이야기의 어디에 짚이는 것이 있던 것일까.

"어쨌든, 그 인물에 대해서는 분명히 마음에 걸리긴 하네……."

"……혹시, 방금 전 전하께서 말씀하신 『성녀 레티시엘』일까요?"

"『성녀 레티시엘』은 체구가 작은 인물로 알려져 있었어. 가능성은 있겠군."

"뭔가 특별한 능력이라도 있는 것일까요?"

"아니면 특수한 체질이라든가……."

"체질?"
"흡수한 안개를 몸 밖으로 배출할 수 있다든가?"
"아아……."
그런 편리한 체질의 소유자가 실제로 있는지 어떤지는 차치하고라도, 그 예시에는 납득이 갔다.
예의 안개를 평범하게 들이마신 레티시엘의 몸 상태가 안 좋아졌으니, 아마도 그 안개는 인체에 무해한 것은 아니었다.
그런 안개를 그만큼 기세 좋게 흡수하고도 서 있을 수 있었다는 것이니, 분명히 그 아이에게는 특수능력이라도 있는 것일까 하고 생각하고 싶어지기도 했다.
"어쨌든 아무 근거도 없는 상상이지만 말이지!"
"그러네요."
니콜이 타다 준 차는 이미 미지근하게 식어 있었다.
레티시엘은 잔 받침째 찻잔을 들어올리긴 했으나 찻잔의 손잡이를 제대로 잡지 못해서 하마터면 잔을 떨어뜨릴 뻔했다.
"엇차……."
그것을 아슬아슬하게 막고 휴우 하고 한숨을 하면서 허브티를 한 모금 마셨다. 산뜻한 향이 코를 빠져나갔다.
"……."
"……? 전하?"
문득 에델하르트가 걱정스러운 듯이 이쪽을 들여다보는 것을 알아차리고, 레티시엘은 잔을 잔 받침에 내려놓았다.

"괜찮아?"

"예? 뭐가 말씀이신가요?"

"아니, 얼굴빛이 안 좋은 것처럼 보이는데."

공작령에서의 일련의 사건이 진정되고 일상도 대략 원래대로 돌아왔다고 생각하지만, 한 가지 마음이 쓰이는 일이 있었다.

그것은 영지에서 돌아온 뒤로 루빅의 태도가 줄곧 이상하다는 점이었다.

『물론 앞으로도 아가씨를 모시겠어요!』

『지금 와서 다른 직장에 갈 수 있을 리 없지 않습니까. 아가씨를 따라가겠습니다.』

『……모든 것은 아가씨 말씀에 따르겠습니다.』

레티시엘이 귀족이 아니게 되었을 때, 단순한 평민이 되어도 자신을 섬겨줄 것인가 하고 재판이 끝난 뒤 고용인들에게 물은 적이 있었다.

니콜과 클라우드는 전혀 망설이는 기색 없이 고개를 세로로 흔들었다.

그러나 루빅만큼은 달랐다.

이전에는 당연한 듯이 레티시엘의 옆에 있으며 차를 준비해준다든지, 이야기 상대가 되어준다든지 여러모로 시중을 들어주었다.

하지만, 지금은 얼굴만 마주쳐도 바로 그 자리를 떠나려고 했다.

도저히 회피할 수 없을 때에는 이쪽이 말을 걸면 대화에도 응해주긴 하나, 말수는 눈에 띄게 적었다.

생각해 보면, 군의 텐트에서 눈을 떴을 때부터 조금 상태가 이상했던 것 같은 느낌이 들었다. 니콜의 고향 마을에서 헤어진 뒤 재회할 때까지 무슨 일이 있던 것은 틀림없었다.

몇 번이나 물어도 완고하게 그 이유를 가르쳐주지는 않았지만…….

"조금 피곤한 것뿐이니 신경 쓰지 마세요."

"……? 그래?"

레티시엘이 고개를 가로저으며 미소 지어보이자, 에델하르트는 의아한 것 같은 얼굴을 하면서도 그 이상 물어오지 않았다.

"그럼, 우리는 이만 돌아갈게. 이 이상 오래 머무르는 것도 미안하니까 말이야."

"그럼 현관까지 배웅하지요."

"괜찮아괜찮아. 도로셀은 쉬어."

에델하르트는 자리에서 일어나려는 레티시엘의 어깨에 손을 얹고 그녀를 다시 소파에 앉혔다.

"얼굴색이 안 좋으니까 무리해서 배웅하지 않아도 돼."

"하아."

"그렇지…… 분명히 어마마마가 자주 드시는 피로회복에

좋은 약차가 있으니까 이다음에 사람을 시켜서 보내줄게."

"예? 그렇게까지 해주지 않으셔도……."

"아냐아냐. 피로는 만병의 근원이야. 고작해야 피로라면서 가볍게 봤다가 만약 뭔가 병이라도 있으면 어떻게 해. 게다가 지쳤을 때에는 그것만으로도 사고력이나 행동력이 떨어지고 일상생활에도 영향을 주는 경우가 있으니까 제대로 피로를 풀어야 해. 알았어?"

"예, 예."

레티시엘은 진지한 표정으로 못을 박는 에델하르트에게 저도 모르게 고개를 끄덕이고 말았다.

그 뒤 에델하르트에 의한 피로감을 없애는데 유효한 찻잎이라든가, 피로에 잘 듣는 지압, 스트레칭, 식생활의 개선안 등의 강의가 시작되었다.

에델하르트의 기세에 반쯤 삼켜져, 레티시엘은 끼어들 틈도 없이 고개를 끄덕이면서 이야기를 듣는 수밖에 없었다.

이러니저러니 해서 자리에서 일어난 지 30분 정도가 지나서야 에델하르트는 겨우 돌아갔다.

그 강의만으로 그는 예정했던 것보다 훨씬 오래 체류했으나…… 본인에게는 말하지 않았다.

"……전하는 다른 사람들을 잘 돌봐주는 타입이신가……?"

방금 전 들은 실용성이 높을 것 같은 조언은 생활능력이 그다지 뛰어나지 못한 레티시엘로서는 지금까지 알지 못했던 정보를 알게 되는 계기가 되었다.

특히 지압이나 스트레칭은 가볍게 시도해볼 수도 있으니 오늘부터 조금씩 해 볼까…….

모후이신 제3비 소피리아나 메이를 돌봐주면서 몸에 익히게 된 지식일까? 그렇지 않으면 여행지에서 배운 소양일까?

에델하르트가 떠난 뒤의 방에서, 레티시엘은 저도 모르게 진지하게 생각에 잠기고 말았다.

막간 이름을 내려준 자

『있죠, 이런 곳에서 왜 그러고 있어요?』

억수같이 비가 쏟아지는 날이었다.

구색만 갖출 정도로 붙어 있는 머리 위의 비막이 지붕은 전혀 기능을 하지 않아서 그의 몸은 흠뻑 젖어 있었다.

어느 정도 이곳에 있었을까.

손가락 끝에는 감각이 거의 없었다. 추운 것을 넘어 이미 피부의 감각조차도 마비된 모양이었다.

『저기! 저기요! 내 말 들려요?』

침침해서 어렴풋한 눈앞에서 뭔가가 하늘하늘 움직였다.

시선만 들어 올리자, 정면에 한 소녀가 쪼그리고 앉아 이쪽의 얼굴을 살피고 있었다. 그제야 겨우, 그는 그녀가 자신에게 말을 걸었다는 사실을 알아차렸다.

은색의 긴 머리카락이 인상적인 소녀였다. 문외한의 눈으로 봐도 알 수 있을 정도로 곱고 고급스러운 천으로 만들어진 드레스를 걸치고 있었다.

동시에 그의 눈을 끈 것은, 좌우 다른 색채로 물든 소녀의 아름다운 눈동자였다. 물끄러미 보고 있으면, 마치 그 너머에 펼쳐진 세계에 빨려 들어갈 것 같은 착각이 들었다.

『……?』

말쑥한 드레스를 입고 있음에도 소녀는 우산도 쓰지 않고 그와 마찬가지로 온몸을 흠뻑 적시고 있었다.

그러나 차림새를 봐도 명백히 매우 지체 높은 가문의 아가씨라는 것을 알 수 있었다.

종자에게 우산을 받치게 하고 길을 걷는 귀족의 모습을 멀리서 본 적이 있는 만큼, 꽤 부자연스럽게 느껴지는 광경이었다.

애초에 그런 신분의 소녀가 빈민들이 내몰리듯이 밀려와 사는 하층민의 마을에 무슨 볼일일까.

『……혹시 왜 내가 여기에 있는지 신경이 쓰여요?』

소녀는 마치 그의 마음을 꿰뚫어 본 것처럼 그렇게 물어왔다.

귀족은 싫었다.

자신들은 이민자라는 이유만으로 이런 비참한 생활을 강요당하고 있는데, 그것을 인정한 녀석들은 어느 누구도 손을 내밀려고도 하지 않았다.

때문에 소녀의 그 질문에 그는 저도 모르게 뭔가 말대꾸를 하려고 했다. 그렇지만, 그녀의 눈을 들여다보고 말을 다시 삼켰다.

소녀의 눈 안에는 걱정과 공허가 공존하고 있었다. 전자는 자신을 향한 것, 후자는 그녀 자신을 향한 것이었다.

아직 열 살도 안 된 것 같은 어린 소녀는 이미 자신의 인생 그 자체를 달관하고 체념한 것처럼 보였다.

신분은 달라도, 그는 빈민가에 사는 사람들과 똑같은 눈을 한 소녀에게 아무 말도 할 수 없었다.

『뒤에 수도원이 보이죠? 나, 그곳에 볼일이 있었어요.』

소녀는 힐끗 뒤쪽을 돌아보았다.

그 시선의 끝에는 서양식 저택과 같은 외관을 한 수도원이 있었다. 부모가 없는 빈민가의 아이들을 돌봐주는 고아원이기도 했고, 그가 자란 장소이기도 했다.

『집에 있어도 내가 있을 곳은 없으니까 가끔 빠져나와서 이곳에 사는 아이들에게 먹을 것이나 옷을 주고 있어요. 아무것도 할 수 없는 내가 유일하게 할 수 있는 일이라고 생각하니까.』

『…….』

『그래서, 당신은요?』

『……?』

『당신은 이런 곳에서 왜 그러고 있나요? 당신, 내가 왔을 때부터 줄곧 이곳에 있었어요.』

『…….』

『혹시, 돌아갈 장소가 없나요?』

『…….』

그는 소녀에게서 휙 시선을 돌렸다. 그녀의 질문에 대답하는 것은 마음이 내키지 않았다. 말한다고 해서, 길거리에서 헤매는 지금의 상황이 개선되지는 않을 테니까.

『그럼 우리 집으로 와요.』

『?』

『당신, 이대로 여기 있으면 진짜로 죽을거에요. 괜찮아요. 아버님과 어머님은 나를 성가셔하시니까 적당한 이유를 대면 그냥 눈감아 주실 거예요.』

소녀는 그렇게 말하고 망설임 없이 그의 손을 잡았다. 그는 자신도 모르게 먼저 손을 잡아 뺄 뻔했다.

천한 빈민이라고 줄곧 경멸당했다. 이런 식으로 누군가가 손을 잡아준 것은 오랜만이었다.

그것도, 자신들을 타인들보다 두 배는 더 싫어할 터인 귀족의 영애가…….

『타요. 그렇게 넓지는 않지만, 누울 수 있을 정도의 공간은 있을 거니까.』

『……자.』

『있죠, 당신 이름은요?』

『루, 빅.』

『루빅? 루빅이라고 하나요? 성은……없나요?』

『…….』

있을 리 없었다.

이 나라에서 빈민은 준국민 신분에 지나지 않았고, 국민이 되어야 비로소 성을 쓸 수가 있었으니까.

『그럼 내가 지어줄게요. 좋아하는 단어 같은 건 있어요?』

『……딱히.』

『웅— 가장 곤란한 대답이네…….』

자신을 먼저 마차에 밀어 넣었건만 소녀는 변함없이 빗속에 선 채로 움직이지 않았다.

그는 마음이 불편한 것이 앞서 몇 번이고 내리려고 했으나 소녀는 그런 상태에서 비바람을 맞을 수는 없잖아요, 라며 말을 듣지 않았다.

『……자, 그럼. 레인.』

끊임없이 내리는 비를 물끄러미 바라보며 잠시 고민하고 난 뒤, 소녀는 하나의 단어를 중얼거렸다.

한 박자가 지나고 나서 그는 그것이 비를 가리키는 말이라는 것을 알아차렸다. 비가 내리니까 레인이라니, 꽤나 직감적이라는 생각이 들었다.

하지만, 신기하게도 싫지는 않았다.

『당신의 성, 레인으로 하겠어요. 어떨까요?』

하늘을 올려다보던 소녀는 그렇게 말하고 그를 돌아보았다. 그 박자에 그녀의 머리카락에서 빗방울이 춤을 췄다.

비에 흠뻑 젖어 수분을 잔뜩 머금고 있을 터인데, 그의 눈에는 소녀의 드레스자락이 가볍게 흔들린 것처럼 보였다.

그녀의 주위에만, 비가 그친 것처럼 보였다.

***

영지에서 돌아온 뒤에도, 루빅은 자신의 주인과 제대로 얼굴을 마주할 수가 없었다.

루빅은 분명히 주인인 도로셀을 존경하고 있었다. 과거, 생활이 곤궁해 모든 것을 잃은 루빅을 구해준 것이 그녀였으니까.

하지만, 영지에 다녀온 뒤로는 가슴에 소용돌이치는 의심이 풀리지 않았다. 잊어야 할 괘념이라고 자신에게 들려줘도 소용없었다.

그렇게 자신을 납득시키려고 하면, 텐트 밖에서 제3왕자와 이야기했던 일이 늘 뇌리를 스쳐 루빅의 마음을 흔들어 놓았다.

『안녕.』

왕국군이 영도에 진입하고 루빅도 니콜과 함께 그 뒤를 따라왔을 때의 일.

의식을 잃은 도로셀이 군의 야영지로 실려 온 뒤, 에델하르트는 텐트 밖에서 우왕좌왕하며 기다리던 루빅에게 그렇게 말하며 말을 걸었다.

『도로셀의 용태는 어때?』

『그게, 아직 의식이 돌아올 기미는 보이지 않는다고, 의사분께서…….』

이 나라의 제3왕자씩이나 되는 분이 자신과 같은 일개 고용인에게 말을 걸어오는 것이 놀라웠다.

주인의 용태가 신경 쓰이는 것이라면, 의사에게 직접 이야기를 들을 수 있을 텐데 왜 자신에게 묻는 것인가. 루빅은 그렇게 생각했지만, 에델하르트가 자리를 뜰 기색은 없었다.

『……저, 아가씨의 몸에, 대체 무슨 일이 일어난 것입니까……?』

『우—웅. 솔직히 우리도 원인은 잘 몰라. 내 종자 중에도 한 사람, 도로셀과 같은 증상을 보이는 아이가 있지만 도로셀만큼 심하지는 않아서 말이야.』

『그, 그러신가요.』

침묵한 채로 있는 것이 거북해서 실례가 되지 않도록 분위기를 살피며 그렇게 물어보았지만, 대화는 곧 끊어지고 말았다.

『……저, 저.』

『응?』

『혹시, 다른 분에게 볼일이 있으신가요?』

루빅은 머뭇머뭇 그렇게 물어보았다.

그것도 그럴 것이, 만약 그가 주인의 병문안을 온 것이라면 이런 곳에 계속 서 있거나 하지 않을 터.

그럼에도 그가 이곳을 뜨지 않는 것은, 누군가에게 용건이 있기 때문이 아닐까. 누구인지는 알 수 없었지만.

『……응, 그래. 볼일이 있는 사람이 있어.』

『그, 그러셨습니까.』

『뭐, 널 말하는 거지만.』

『예?』

『그러니까, 도로셀의 고용인인 네게 볼일이 있어…… 도로셀의 최근 모습에 대해 물어보려고 했는데, 어떻게 말을 꺼내야 할지 몰라서 갈피를 잡을 수 없어서 말이지.』

네게는 싫은 일일지도 모르니까. 그렇게 에델하르트는 조금 말을 꺼내기 어렵다는 듯이 눈썹을 여덟 팔(八)자로 만들었다.

왕자가 하는 말의 의미는 잘 알 수 없었지만, 일단 루빅은 자신이 아는 도로셀의 평소 모습을 왕자에게 전달했다.

『그럼 딱히 별다른 일 같은 건 없던 거야?』

『예. 아마도…….』

『그래.』

『……저, 저기, 실례를 무릅쓰고 여쭙겠습니다만, 어째서 그런 것을 물으시는 건가요?』

『응? 아아. 신경 쓰지 마. 조금 마음에 걸리는 점이 있어서 그러는 거뿐이니까.』

『……? 아가씨가 뭔가…….』

그렇게 말한 뒤, 루빅을 헉하고 놀라서 입을 다물었다.

왕자를 상대로 일개 고용인이 이렇게 추궁하는 것 같은

짓을 한다면, 그것은 불경에 해당하는 것이 아닐까.

그러나 왕자는 루빅을 책망하지 않고 오히려 즐겁다는 듯이 웃은 뒤, 한숨을 쉬었다.

『아니, 나 자신이 도로셀이 어떤 사람인지 알 수 없게 되어버린 구석이 있어.』

『예?』

『여러모로 생각하는 일이 있어서 말이야. 확증은 어디에도 없지만.』

에델하르트는 모호한 미소를 지으면서 말했다. 그것은 대체 무슨 뜻일까.

『미안해. 이럴 때 그런 이상한 일을 물어서.』

『아, 아뇨…….』

『조만간 또 상태를 보러 올 테니까, 눈을 뜰 때까지 그녀의 옆에 있어 줘.』

『예, 예. 물론입니다.』

그 이상 말하면 안 된다고 판단한 것일까. 에델하르트는 거기서 대화를 끝맺고 자리를 떴다.

동시에 도로셀이 잠들어 있는 텐트에서 백의를 입은 여성이 나오더니, 자리를 뜨는 왕자의 뒷모습을 발견하고는 곧바로 쫓아갔다.

『어라? 아짱……서 따라와……야?』

『전……도로셀 님에……이야기……가 들린 것뿐입니다.』

『그녀, 상……어때?』

『솔직히 모르겠……다. ……치고는 이상……니다만…….』

떨어진 곳에 있기 때문일까, 두 사람의 대화는 띄엄띄엄 들려왔다. 여성과 왕자는 그대로 대화를 나누면서 병사들 저편으로 멀어져갔다.

『…….』

그리고 루빅은 혼자, 그 자리에 멍하니 서 있었다.

일부만 알아들을 수 있던 두 사람의 대화는 루빅의 머릿속에서 멋대로 나쁜 방향으로 굴러가 버렸다.

대단한 얘기는 하지 않았건만, 왕자의 말로 인해 루빅의 마음에는 파문이 번졌다.

그는 제3왕자의 불안에 공감할 수 있었다. 도로셀은 분명히, 그 날을 경계로 조금 달라졌다.

걸핏하면 짜증을 내는 일도 없어지고 옛날처럼 정숙하고 단아한 성격으로 돌아온 무렵이었다. 그녀가 신기한 힘을 쓰기 시작한 것도 그 시기였다.

왠지 모르게 위화감 비슷한 것을 느끼기는 했으나 원래대로 돌아왔다면 그것으로 됐다고,

줄곧 못 본 척을 해 왔다.

하지만 에델하르트의 말을 계기로, 루빅은 안에 축적되었던 의문들을 억누를 수 없게 되었다.

그녀는 누구도 본 적이 없는 힘을 어떻게, 어디서 손을 넣

은 것일까.

과거의 친구를 찾는 그녀는, 정말로 옛날 일을 기억하고 있는 것일까.

과거 죽을 뻔했던 자신을 구해주고 지금까지 비호해준 것은, 정말로 지금의 그녀인 것일까.

물론 그것이 사실이라고 나타내 보일 수 있는 증거는 어디에도 없었다. 하지만, 동시에 그것이 사실이 아니라고 증명할 수 있는 것도 없었다.

"……아, 루비……."

"윽."

지금의 도로셀은, 대체 누구인 것일까.

그것이 정말로 정말로 불안해서, 루빅은 오늘도 주인을 발견하자 반사적으로 도망쳤다.

4장 어둠에 젖은 보옥

그 날, 레티시엘이 언제나처럼 학원으로 향하자 루크레치아 학원의 정문 앞에서는 낯선 사람들이 바쁜 듯이 드나들고 있었다.

"……?"

레티시엘은 정문 옆에 세워둔 마차에서 뭔가를 내리고 있는 것 같은 기색의 남자들을 의아하다는 듯이 눈으로 좇았다.

꽤나 많은 사람이 움직이고 있는 것 같은데, 대체 무엇을 하고 있는 것일까.

"……어라? 도로셀이잖아!"

오가는 남성들을 관찰하는데 정신이 팔린 나머지, 뒤에서 말을 걸어온 인물의 기척을 알아차리는 것이 늦었다.

레티시엘이 뒤를 돌아보자, 에델하르트가 손을 흔들고 있었다. 어찌된 영문인지 그는 루크레치아 학원의 교복을 몸에 걸치고 있었다.

"안녕하세요, 전하. 그 옷, 어떻게 되신 건가요?"

"응? 학원 교복인데?"

"아뇨. 그건 압니다만, 전하는 학원에 다니셨던가요?"

얼마 전까지 왕도에 있지 않았다던 그를 지금까지 학원에서 본 적은 한 번도 없었다.

애초에 에델하르트와 제2왕자 라이오넬은 같은 나이가 아니었을 터.

라이오넬이 지금 레티시엘과 같은 초등생이니까, 한 살 터울인 그는 아직 입학하지 않은 것이 아닐까.

"아아. 그거라면 대답은 No야. 하지만 내년부터는 나도 여기에 다녀야 하는 나이가 되니까 교복은 사전에 받았어."

"그런 것이었나요…… 틀림없이 변장용 차림이라고 생각했습니다."

"뭐, 변장이라는 것도 완전히 틀린 말은 아닐지도 모르겠지만."

그렇게 말하고 에델하르트는 셔츠자락을 가볍게 잡아당겨 보였다. 레티시엘이나 다른 학생들과 달리, 그는 겉옷을 어깨에 걸친 것이 아니라 허리에 감고 있었다.

과연. 이렇게 이렇게도 입을 수 있는 것인가. 레티시엘은 묘하게 감탄을 하고 말았다.

"게다가, 왜 학원에 볼일이 있으면 교복을 입고 있는 편이 눈에 덜 띄잖아?"

"눈에 띄고 싶지 않으신 건가요?"

"응. 눈에 띄고 싶지 않아."

에델하르트는 망설임 없이 그렇게 잘라 말했다. 그답다는 느낌도 들었다.

"……."

"……? 왜 그러시나요?"

문득, 레티시엘은 거기서 에델하르트가 자신을 물끄러미 보고 있다는 사실을 알아차렸다.

왜인지 아까와는 분위기가 조금 달랐다. 뭘까? 마치 뭔가를 확인하고자 관찰하고 있는 것 같은…….

"응? 아냐. 신경 쓰지 마."

레티시엘이 지적을 하자 에델하르트는 이를 내보이며 웃었다.

순식간에 방금 전까지의 밝은 에델하르트로 돌아왔다. 태도의 변화가 정말이지 자연스러웠다.

"그런데, 오늘은 아침부터 여러모로 분주한 것 같은데 뭔가 아시는 것이 있나요?"

"응? 아아. 저건 화물운반 작업을 하고 있는 거야. 저기 나무상자가 보이지? 저걸 박물관으로 옮기고 있어!"

저거저거. 그렇게 말하며 에델하르트가 가리킨 방향에는 두 사람이 옮기고 있는 커다란 나무상자가 있었다.

그리고 금속창살이 끼워진, 엄중한 나무상자에 든 뭔가도.

"……? 뭘 나르고 있는 건가요?"

"뭐냐면 말이지. 여러 가지가 있지만, 주로 성 레티시엘 교회에서 몰수한 물품이야."

"성 레티시엘 교회?"

"응."

이야기를 들어보니 레티시엘이 왕도로 돌아온 뒤 에델하르트는 영지의 교외에 있는 성 레티시엘 교의 본부를 수사하러 갔다고 했다.

"상대는 엄청 놀랐지만, 일단 사정설명을 하고 수사용으로 여러 가지를 갖고 돌아왔어."

"그랬군요…… 하지만 그거라면 왕성에 보관하는 편이 좋지 않나요?"

"이야, 그러고 싶은 마음은 굴뚝같지만 수사용이라고 해도 오래된 물건도 있으니까 학예사의 감정은 어느 정도 필요해."

"뭐, 필요할지도 모르겠네요."

"그런데 마침 이 시기의 박물관은 겨울 수장품 정리로 더없이 바빠서 손이 열두 개라도 모자랄 지경이거든, 그게."

"……그래서 왕성으로 사람을 부르는 것보다, 직접 찾아가는 편이 빠르다고 생각하신 것이군요."

"그런 거지~."

에델하르트는 고개를 끄덕였다. 영지에서 마주친 그 정체불명의 남자들은 수도사를 자칭하고 있었으니까 배후관계를 의심한 것이리라.

"그건 그렇다 쳐도, 딱 하나 묘하게 엄중한 상자가 있는 것 같은데요……?"

"혹시, 저 쇠창살이 박힌 상자를 말하는 거야?"

방금 전 레티시엘이 목격한, 그 묘하게 빈틈없고 단단한 나무상자는 마침 운반하는 사람과 함께 본관의 모퉁이를 돌아 안 보이게 되던 참이었다.

"웅~. 어떻게 설명하면 좋을까…… 이번 압수품 중에서, 가장 수상쩍은 물건?"

"……?"

"뭐가 어떻게 수상한지는 잘 설명할 수 없지만…… 어쨌든, 엄청 수상해."

"……그건 감이라는 건가요?"

"우—웅. 그렇게도 말할 수 있겠네."

그 나름대로 중요한 증거품이지 않을까 생각하는데, 그렇게 되는 대로의 느낌으로 괜찮은 것일까.

"신경 쓰이면 같이 박물관에 가겠어?"

"외부인이 가도 괜찮은 건가요?"

"너는 이번 일에 관여해 있으니까 외부인이 아니잖아."

묘하게 자신만만하게 말하면서 에델하르트는 성큼성큼 걷기 시작했다.

레티시엘은 어떻게 할까 잠시 망설였다. 하지만 백의 결사나 정체불명의 힘에 관계된 실마리를 얻을 수 있을지도 모르니 그의 뒤를 따라가기로 했다.

"그래서, 교회를 조사하던 중에 지하로 통하는 비밀통로를 발견했어. 지하 공간 자체는 유사시의 방공호로서 오래 전에 만들어졌는데, 거기에 열리지 않는 방이 하나 있어서 말이야."

"열리지 않는 방이라고요……."

"그래. 그래서 문을 비틀어 열고 안을 조사했더니, 이상한 물건이 나왔어."

"……이번 소동과 관계가 있는 증거품인가요?"

"아니. 검은 보석과 붉은 목걸이야."

그것은 분명히 기묘할지도 몰랐다. 넓은 방 안에 덜렁 그 두 점만 놓여 있었다고 하니, 한층 더 이상했다.

"교회는 그런 물건은 모르다고 했지만 말이지."

"하지만, 교회의 지하에 있던 것이죠? 모른다……는 일이 있을 수 있나요?"

"비밀통로는 최근 빈번하게 움직임 흔적이 있었지만, 교회 측이 방공호를 사용할 일이 없는 것도 사실이니까 말이야. 애초에 교회의 인간이 갖다 놓았다는 증거도 없고 말이야."

"아, 결사의 인간들이 멋대로 사용하던 가능성도 있겠군요."

"바로 그 말이지."

레티시엘이 그 점을 짚자, 에델하르트도 고개를 끄덕이며 동의했다.

"그래서 나, 직무상 거짓말을 꿰뚫어보는 것은 꽤 잘하는데 그 당황한 모습은 도저히 거짓말로 보이지 않았어!"

"그랬군요……."

두 사람은 이러저러해서 눈 깜짝할 사이에 박물관에 도착했다.

에델하르트는 작업자와 한두 마디 이야기를 나누고 예비보관실로 향했다. 앞서 들여놓은 수많은 증거물들은 이미 다들 수납된 것 같았다.

"다들 정말로 바쁜 것 같네요……."

"그렇지? 그래서 감정이 끝난 것부터 성으로 가져가서 보관하기로 했어."

보관실로 향하는 도중, 관내에서는 시종 사람들의 발소리가 울렸고, 학예사들이 바쁘게 오갔다.

레티시엘도 나름대로 박물관에 갔지만, 이렇게까지 모두가 바쁘게 일하는 것을 보는 것은 처음일지도 몰랐다.

"도로셀? 안 들어갈 거야?"

"아, 갈게요."

레티시엘은 문을 열고 방으로 들어서는 에델하르트의 뒤를 허둥지둥 뒤쫓았다.

예비보관실은 본디 사용하지 않는 방이라 다른 방보다 한 층 더 가구가 없었다. 정말로 오늘 날라진 나무상자 이외에는 아무것도 없었다.

예의 쇠창살이 박힌 나무상자는 방의 가장 구석에 놓여있었다.

에델하르트가 어디에서 꺼낸 것인지 투박한 금속열쇠로 창살에 달린 자물쇠를 열었다.

"……이것이."

열린 상자 안에는 칠흑색의 둥근 보옥과 네모나게 커팅된 붉은 보석이 박힌 간결한 디자인의 목걸이가 들어있었다.

"……."

레티시엘이 처음 느낀 것은 기시감이었다.

그녀는 저도 모르게 그것을 들려고 했지만, 증거품을 멋대로 만져서는 안 될 것 같아서 아슬아슬하게 그 손을 거두었다.

"이전 날에 말했던 짚이는 것이란, 이것을 말씀하시는 것이었군요."

"그런 거지. 그래서, 뭔가 신경이 쓰이는 점이라도 있어?"

"예. 이 목걸이는 분명히 본 기억이 있습니다."

"진짜로?"

"예. 확실하다고는 말할 수 없습니다만, 제가 별장터에서 만난 2인조 수도사 중 한쪽이 같은 것을 하고 있던 것 같습니다."

별장터에서 싸웠던 남자가 아니라 그 옆에 꼼짝 않고 서서 때때로 검은 안개를 흡수하고 있던 그 작은 체구의 인물.

그 목에도 네모나게 커팅된 붉은 보석이 박힌 목걸이가 걸려 있었다.

다만, 그 목걸이 자체만 놓고 봤을 때 그 목걸이가 뭔가 특별한 것이냐고 묻는다면 솔직히 잘 알 수 없었다.

마력도 없고 정령처럼 마소를 감지할 수도 없는 레티시엘에게 눈앞에 있는 목걸이는 별다른 특징이 없는 물건으로 보였다.

"우—응. 역시 그 녀석들이 하고 있던 건가…… 그렇다면, 이것들부터 우선적으로 감정을 시켜볼까……."

레티시엘의 이야기를 듣고, 에델하르트는 턱에 손을 갖다 댄 채 음음하고 신음했다.

그러나 레티시엘의 시선은 또 하나의 물건 쪽에 박혀 있었다.

상자의 크기와는 도저히 어울리지 않는, 주먹보다 조금 작은 정도의 검은 보옥. 언뜻 보기에는 보통의 보석 같지만 왜인지 시선을 뗄 수가 없었다.

크기는 고정돼 있을 터인데, 안에 마치 바닥이 없는 공동이 펼쳐진 것 같은 기분마저 들었다.

바라보면 바라볼수록 공동은 넓어져서, 새카만 어둠이 천천히 한 발씩 다가왔다.

뭘까? 마치 심해의 깊숙한 곳으로 끌려 들어가는 것 같은…….

"……셀! 도로셀!"

"……!"

머리가 갑자기 덜컥 앞뒤로 흔들려 레티시엘을 퍼뜩 제정신을 차렸다.

바로 눈앞에 에델하르트의 초조함이 배어나온 얼굴이 있었다.

그의 양손이 레티시엘의 어깨를 붙잡고 있는 것을 보아, 아무래도 제정신으로 되돌려놓아 준 것은 그인 것 같았다.

"……아, 저, 제가 뭘 했죠?"

"……그 검은 돌을 만지려고 했어. 그리고 불러도 전혀 반응이 없었고."

레티시엘은 그 돌을 응시하지 않도록 조심하며 다시 살펴보았다. 그러자 아까와 같은 끌려 들어갈 것 같은 감각은 이미 사라져있었다.

"지금 건 대체……?"

"이젠 괜찮아?"

"아, 예. 쓸데없는 걱정을 끼치고 말았습니다."

"……."

"저, 무슨 문제라도?"

에델하르트가 또 레티시엘을 보고 있었다. 이걸로 벌써 두 번째였다.

"아니, 아무 일도 없다면 다행이야."

에델하르트는 진심으로 안도한 것처럼 미소를 지으며 레티시엘의 어깨에서 손을 떼었다.

왜 그러는 것일까. 그렇게 생각하면서 레티시엘은 나무상자의 뚜껑을 재빨리 닫았다. 왠지는 몰랐지만, 저 돌은 보고 있으면 안 되는 느낌이 들었다.

"……전하. 아까 전의 태도는 정정하겠습니다."

"응?"

"전하의 감은 아마도 옳지 않았나, 그렇게 생각합니다."

"아, 알아준 거야?"

"감입니다만."

나무상자 뚜껑의 표면을 어루만지며 레티시엘은 진지하게 고개를 끄덕였다.

"저 돌을 물끄러미 보고 있었더니 돌 저편에 뭔가가 있다고 할까 누군가가 끌어당기는 것 같다고 해야 할까, 그런 신기한 감각이 엄습했습니다…… 말로는 잘 표현할 수는 없지만요."

"아니, 신경 쓰지 마. 그치만 끌어당긴다, 라…… 으—음."

"전하는 그런 감각, 안 느껴지시나요?"

"응. 전혀. 지금도 완전 응시하고 있지만, 아무것도 모르겠어."

그 말 대로, 에델하르트는 돌을 지근거리에서 구멍이 뚫릴 것 같을 정도로 노려보고 있었다. 그야말로 엎드리면 코 닿을 거리였다.

그러나 방금 전의 레티시엘처럼 주위의 소리가 들리지 않게 되는 기미도 보이지 않았고, 무엇보다 평범하게 이쪽과 대화가 성립되고 있었다.

"그렇다면 왜 저만 그런 것일까요……?"
레티시엘은 미간에 주름을 모았다.
"……어쩌면, 마력이 없는 인간에게 좋지 않은 것일지도 모르지."
턱에 손을 대고 생각하는 얼굴을 하고 있던 에델하르트가 툭 그렇게 중얼거렸다.
"마력……이 관여하고 있다는 말씀이신가요?"
"가능성의 하나야."
"왜 그렇게 생각하시는 거죠?"
"왜, 그때 쓰러졌을 정도로 컨디션이 악화된 것은 너와 메이뿐이었잖아? 우리도 너희와 마찬가지로 안개를 마셨는데도 멀쩡했고."
"……아아."
말을 듣고 보니, 분명히 그랬다.
에델하르트만이 아니라 그 자리에 있던 병사들도 안개를 마셨어도 몸에 영향은 미치지 않았다고 들었다.
"너와 메이 양쪽 모두 영향을 받았으니 가능성으로서는 충분해. 뭐, 현재로서는 증거가 전혀 없으니까 추측의 영역을 벗어나지 못하지만."
"혹시 그때 싸웠던 것도……."
"그래, 맞아. 요전에 본 허니블론드의 여자아이. 너와 똑같이 마력이 없는 자야."

"그랬군요…… 그렇다면 분명히 가능성은 있군요."

이전 루크레치아 학원의 학원제에 제3비 소피리아가 방문했을 때, 호위로서 그 옆에 대기하고 있던 소녀.

덧붙여 말하자면, 영지에서도 에델하르트와 함께 별장터까지 달려왔던 것을 기억하고 있었고 며칠 전에도 에델하르트와 함께 레티시엘의 저택에 왔었다.

그러나 그녀가 마력이 없는 자라고는 생각하지 못했다. 마력이 없는 자는 보기 드문 존재라는 것 같았기에 자신 이외에는 달리 없는 것이 아닐까 멋대로 그렇게 생각하고 있었다.

"그럼 이거, 역시 그 묘한 힘과도 관련이 있는 것일까요?"

"그렇게 생각해?"

"예. 정체를 알 수 없어 불길하다, 라는 것도 있을지 모르겠지만요."

예전에 임간학교에서 마주친 피부가 하얀 거구의 남자와 체구가 작고 까무잡잡한 남자도, 들고 있던 무기에 검은 돌…… 아니, 검은 고리가 떠올라 있었다.

실제로 돌이 붙어있었는지는 볼 수 없었지만, 그때 지크도 『검은 돌』이라는 말을 했다.

"게다가 뭐라고 할까…… 근거가 없어도 역시 그렇게 연상이 되고, 무엇보다도 절대로 보통의 보옥은 아닌 것 같으니까 말이죠."

"그렇지―?"

에델하르트는 킬킬 웃으면서 레티시엘의 말에 동의했다. 한순간, 어두워지려던 공기도 그의 밝은 웃음소리가 들리자마자 바로 흩어져 버렸다.

"우선, 이 상자의 내용물은 우선적으로 감정에 넘길 테니까 내일은 결과가 나오겠지. 내일 또 부를게!"

"고맙습니다. 기다리겠습니다."

에델하르트는 그 뒤에도 계속 증거품의 운반지시를 한다는 것 같았다.

작업을 방해하는 것도 미안했기 때문에 레티시엘은 고개를 숙여 인사를 하고는 한 발 먼저 물러나기로 했다.

왠지 모르게 단서가 될 것 같은 사실을 알게 된 것이 기뻐서, 대도서실로 향하는 내내 레티시엘은 살짝 기분이 좋았다.

***

그러나 다음 날. 학원에 등교한 레티시엘에게 전해진 것은 충격적인 정보였다.

"……박물관이, 습격당했다고요?!"

레티시엘은 정문에서 기다리던 에델하르트가 들려준 말에 두 눈을 부릅떴다.

"그게 무슨 말씀이신가요? 전하."

"……그 말대로의 의미야."

그렇게 대답하는 에델하르트의 미간에도 깊은 주름이 새겨져 있었다.

아직 본관까지 거리가 꽤 남아 있었건만, 학원 안에서 어지러이 날아다니는 목소리가 이곳까지 들려왔다. 학생들의 혼란은 상당한 것 같았다.

"경위를, 어젯밤 무슨 일이 있었는지 물어도 될까요?"

"사건이 일어난 건 심야야. 기숙사의 학생들도 다 잠이 들었을 무렵에 비명이 들렸어."

"그것이, 박물관에서 난 것이었단 말인가요?"

"그래. 연구실에서 머무르며 지내던 교원이 상황을 보러 갔는데……."

아무래도 교사들이 달려갔을 때에는, 현장은 이미 빈껍데기 상태였다는 것 같았다.

박물관은 서쪽 벽이 일부 무너졌고, 많은 부상자가 나왔다.

관내정리로 바쁜 요즘 시기에는 대부분의 학예사는 박물관에 머물며 작업을 했다. 그것이 화가 되고 말았다.

"제가 뭔가 도울 수 있는 일이 있을까요?"

"어? 그야 있긴 있지만…… 괜찮겠어? 수업이 있잖아?"

"괜찮습니다. 어차피 입학한 뒤로 수업 같은 건 거의 출석한 적이 없으니까요."

"그거, 자기 입으로 말해도 되는거야?"

어쨌든, 레티시엘은 에델하르트와 함께 서둘러 박물관으

로 향했다.

본관 뒤쪽의 호수 옆을 지나 연구동 뒤쪽의 숲을 빠져나가니 박물관에 도착했다. 이미 몇 명이나 되는 교사들이 현장지휘를 맡고 있었다.

반지하구조의 박물관은 서쪽 벽 일부가 검게 타고 무너져 있었다. 피해를 입은 것은 반지하 부분과 1층의 일부뿐으로, 2층 벽은 무사한 것 같았다.

건물 앞의 광장에는 하얀 천이 넓게 깔려 있어서 부상자는 전원 그곳에 피신해 있었다.

"……아, 지크?"

"어? 도로셀 님?"

언뜻 살펴봐도 20명은 넘어 보이는 부상자들의 치료에 임하고 있던 사람들 중에서 낯익은 인물을 발견한 레티시엘은 저도 모르게 목소리를 높이고 말았다.

붕대를 꺼내려던 지크도 레티시엘을 보고 어리둥절한 얼굴을 했다.

"도로셀 님도 구조 활동을 하러 오신 건가요?"

"예. 습격이 있었다고 들어서요. 저도 돕겠어요."

"예? 하지만……."

"괜찮아요. 상처 치료 정도라면 마술을 쓰지 않고도 할 수 있어요."

부상자의 수는 적지 않았으나 다행히 중상을 입은 사람은 없는 것 같았다.

이 정도라면 마술로 치료해야만 하는 일은 없을 것 같았다. 오스왈드가 단단히 당부를 했으니 조심해야지.

"그건 그렇다 쳐도…… 왜 박물관이 습격을 받은 걸까요?"

레티시엘은 부서진 박물관의 벽에 시선을 향하면서 그렇게 의문을 드러냈다.

참고로, 에델하르트는 레티시엘이 지크가 합류한 것을 보고는 상황확인을 하기 위해 다른 학예사들에게 이야기를 들으러 가 있었다.

"그건, 저도 전혀……."

레티시엘은 기숙사에서 생활하는 지크에게 어제의 상황을 물어보았다.

그도 굉음과 함께 눈을 떴는데, 창문으로 박물관 방향에서 연기가 피어오르는 것이 보였다고 했다.

그래서 서둘러 현장으로 향했더니 습격자의 그림자는 없고 건물은 이미 이 상태였다는 것 같았다.

"뭔가 노려질만한 것이 박물관에 있던 걸까요?"

"하지만, 요즘 새로운 성유물이 반입된 일은 없습니다. 뭔가 있다면 어제의 반입 정도라고 생각합니다만……."

"……짚이는 곳이 있는 것 같네요."

"예?"

"일단, 다친 사람들의 상처 치료를 하죠. 작업 중에 말해

줄게요."

레티시엘은 바로 지크와 작업을 분담해 다친 학예사와 병사들의 치료를 시작했다.

이번 소동은 학생들에게도 전해졌기 때문에 본관의 혼란을 막기 위해 많은 교원들이 현장에 오질 못했다.

레티시엘은 부상자들을 척척 치료하면서 박물관에서 본 기묘한 보석과 목걸이에 대해 지크에게 이야기했다.

"……검은 돌에 붉은 목걸이의 감정, 인가요."

"예. 어제 반입되었을 때 에델하르트 전하에게 허가를 받아 보았는데요, 본래라면 오늘 진행될 예정이었다는 것 같아요."

"어쩌면, 그 물품들을 감정하면 곤란한 사람들이 있는지도요……. 예의 그 문장의 집단이 관여하고 있는 것일까요?"

"가능성은 있다고 봐요."

레티시엘의 뇌리에 영지에서 만난 그 정체불명의 수도사와 자쿠도의 모습이 떠올랐다.

그때, 그들은 순백의 무늬가 없는 망토를 입고 있었기 때문에 백의 결사의 문장은 확인할 수 없었다.

하지만, 왠지 모르게 과거 지크의 아버지가 편지로 경고했던 문장은 그들의 것이 아닐까 하는 예감이 들었다.

"전하에게 돌에 대해 물어보고 오겠어요."

"그렇다면 이곳은 맡겨 주십시오. 앞으로 몇 명밖에 남지 않았으니 저 혼자로도 문제없으니까요."

"그래요. 부탁해요."

지크에게 남은 작업을 맡기고 레티시엘은 에델하르트를 찾으러 갔다. 그는 무너진 벽 근처에서 교사와 이야기를 나누고 있었다.

"전하."

레티시엘이 말을 걸자, 에델하르트는 곧바로 이쪽을 알아차렸다. 그리고 교사에게 양해를 구하고 레티시엘 쪽으로 다가왔다.

"여. 친구와 이야기는 다 끝난 거야?"

"어느 정도는요. 부상자의 치료도 한 차례 끝마쳤습니다."

"그래…… 미안해. 돕게 해서."

"아뇨. 그것보다 뭔가 알아내셨나요?"

"……나쁜 소식이 두 개 있는데, 어느 쪽부터 듣고 싶어?"

"둘 다 나쁜 소식이라면, 어느 쪽을 먼저 들어도 똑같아요."

"지당하신 말씀."

에델하르트는 레티시엘의 대꾸에 어깨를 움츠리고는 쓴웃음을 지었다.

"하나는, 어제 이곳으로 옮겨진 검은 보석과 목걸이가 보관고에서 없어졌다."

"……역시."

레티시엘은 에델하르트에게서 되돌아온 정보에 놀라지 않

았다.

미지의 물체였고, 마술을 걸었다가 뭔가 이변을 일으키면 안 된다고 생각해 아무것도 하지 않았는데 이렇게 될 줄 알았다면 처벌을 각오하고 조사했을 텐데.

"습격이 있을 것을 고려해서 병사를 주둔시켰는데 말이지……."

"상대가 한 수 위였다는 것일까요."

"그래. 이 벽을 보면 그렇게밖에 말할 수가 없어."

파괴된 벽은 내부에서 바깥쪽을 향해 파편이 흩어져 있었다. 다시 말해, 누군가가 실내에서 파괴한 것이었다.

"두 번째 나쁜 소식이라는 건……?"

"……."

에델하르트는 말을 꺼내기 어렵다는 것처럼 침묵했다. 그렇게 잠시 눈을 내리깔고 있었으나, 이윽고 눈을 감으며 말했다.

"……행방불명된 사람이 한 명 있어."

"……누구인가요?"

"길름이라는 남자라고 해. 너와는 교류가 있었다고 들었는데……."

레티시엘은 그 이름에 눈을 크게 떴다.

그는 분명히 성유물 플로어를 담당하는 학예사였을 터였다.

길름은 조사하고 있는 일 때문에 몇 번인가 성유물 플로

어를 방문했던 레티시엘에게 적확한 지식을 가르쳐주는 존재이기도 했다.

"길름 씨가……."

사정을 자세히 들어보니, 어젯밤 심야 가까이에 길름이 예비보관실에 들어가는 것을 목격한 학예사가 있었는데 잠시 뒤 보관실에서 비명이 들렸다고 한다.

당황해서 상황을 보러 갔더니, 실내에 있을 터인 길름의 모습은 없고 대신 사방으로 튄 핏자국과 피에 젖은 그의 제복 조각만이 굴러다니고 있었다고 했다.

그 일로 사람이 모여들고, 관내가 혼란의 극에 달했을 때 벽이 갑자기 파괴된 것이 이번 습격 사건의 전말이었다.

"반지하의 예비보관실 바로 위는 학예사들의 수면실과 휴게실이 있는 장소야. 그곳도 폭발에 휘말렸으니까 말이지."

"그래서 그렇게나 부상자가 많이 나온 것이군요……."

이야기를 듣는 동안, 길름은 행방불명이라기보다 틀림없이 죽었을 것 같다는 느낌이 들었다. 방 전체에 튈 정도의 피를 잃고도 살아남는 일은 지극히 어려웠다.

이번에 실제로 습격자의 모습을 본 사람은 없는 것 같았지만, 아마도 백의 결사임이 틀림없으리라.

이전에 저택에서 대치했던 가면의 인물은 레티시엘만이 알 터였던 전이마술을 쓸 수 있었다. 누구에게도 들키지 않고 기습을 결행하는 것 따위, 그에게는 손쉬울 터였다.

하지만, 왜 백의 결사는 그 보석과 목걸이를 탈취한 것일까. 그것들에는 어떤 비밀이 숨겨져 있는 것일까.

***

박물관 습격 사건이 있은 지 1주일이 경과했다.

그밖에 달리 사건이 일어나는 일도 없이 경계태세가 유지되는 사이, 루크레치아 학원은 동계 휴가에 돌입했다.

창문 밖에서는 빗소리가 크게 들렸다. 바깥의 상황을 보지 않아도 비가 쏟아지고 있는 것은 명백했다.

"……아."

이곳은 레티시엘이 사는 저택의 1층 라운지. 달그락달그락하고 티세트를 꺼내어 차를 준비하던 니콜이 작게 소리를 냈다.

"왜 그러나요? 니콜."

레티시엘은 손에 든 자료다발에서 시선을 들었다.

현재 여러 가지 정보가 뒤섞여 있었기 때문에, 정보정리의 의미를 겸해 지금까지 모은 단서들을 종이에 정리하고 있었다.

"아, 죄송해요. 설탕이 슬슬 다 떨어질 것 같다는 게 생각나서."

"아아. 그랬죠."

분명히 니콜이 갖고 있는 설탕 용기의 내용물은 각설탕이 몇 개 남아 있는 정도였다. 앞으로 몇 번 차를 끓이면 다 떨어지리라.

"그러고 보면, 오늘은 장을 보러 갈 건가요?"

"예. 가려고 해요. 식재료나 이런 저런 것들이 줄었으니까요……."

"하루 늦어도 상관없지 않나요? 비도 내리는데."

"그럴 수는 없어요. 식재료는 기다려 주지 않으니까요."

이 저택의 식재료나 일용품을 사오는 일은 대부분의 경우 니콜이 담당하고 있었다.

장을 보러 가는 빈도로서는 대략 사흘에 한 번 정도로 오늘은 마침 이전번에 장을 다녀온 뒤로 사흘이 지나 있었다.

"하지만, 오늘은 저택의 청소도 아직 끝나지 않았으니까 장을 보러 가는 건 조금 나중이 될 것 같아요."

여기서 장보기라면 대신 가줄까요? 라고 말할 수 있으면 참 좋겠으나, 니콜에게는 니콜만의 물건 사는 방법이나 단골가게가 있었다.

그리고 레티시엘은 그 비법이나 요령을 잘 알지 못했다. 때문에, 혼자서 가면 우왕좌왕하기만 하다가 끝날 것 같아서 무서웠다.

"청소 정도는 나중에 해도 괜찮아요. 뭣하면 나도 할 수 있으니까요……."

"아, 안 돼요! 아가씨에게 그런 육체노동을 돕게 하다니……."

니콜은 기세 좋게 고개를 좌우로 흔들었다. 전부터 생각했던 것이지만, 니콜은 레티시엘이 가사일이나 요리를 도우려고 하면 반드시 사양했다.

"하지만 밖에는 폭우가 내리고 있어요. 외출할 거라면 빨리 가는 편이 좋지 않을까요?"

"그건, 그럴지도 모르겠지만요……."

"게다가 청소를 도우는 것일 뿐, 딱히 위험한 일을 하려는 건 아니에요. 아무 걱정 하지 않아도 돼요."

"아가씨……."

그래도 니콜은 여전히 고민했다. 그녀로서는 주인에게 고용인의 일을 맡기는 것 자체가 내키지 않는 것 같았다.

똑똑.

"……? 예."

그때 라운지의 문을 노크하는 소리가 들려왔다. 니콜이 고개를 살짝 갸웃하고는 바로 문을 열러갔다.

"……어머, 루빅."

"실례합니다."

밖에 있던 것은 루빅이었다.

평소에는 바르게 등줄기를 세우고 서 있는 그였지만, 오늘은 왠지 거북한 듯이 고개를 살짝 숙이고 있었다.

그리고 한 번도 레티시엘과 눈을 맞추려고 하지 않았다. 요 며칠은 줄곧 이런 상태여서 솔직히 레티시엘도 어떻게 하면 좋을지 알 수 없었다.

"마침, 지나가던 참입니다. 그런데 두 분의 대화가 들려와서…… 죄송합니다. 훔쳐 듣는 것 같은 행동을 하고 말았습니다."

"아, 아뇨아뇨! 그렇게 신경 쓰지 마세요. 저도 목소리가 너무 컸어요."

니콜의 밝게 웃는 얼굴과 대조적으로, 루빅이 지은 미소는 매우 딱딱했다.

"맞다, 니콜. 장을 보러 가는 이야기를 하고 있었죠?"

"예? 아, 그런데요."

"그 장보기, 괜찮다면 제가 대신 가겠습니다."

"예에?!"

설마 루빅이 그런 제안을 하리라고는 생각도 못했던 것일까. 니콜은 깜짝 놀라서 두 눈을 크게 뜨고는 허둥지둥 벌어진 입을 손으로 가렸다.

"니콜이 물건을 사는 가게는 몇 번인가 함께 간 적이 있어서 기억하고 있습니다."

"하지만, 괜찮으신가요?"

"예. ……어, 어쨌든, 저택의 청소와 저녁 식사 준비는 잘 부탁합니다."

"예, 예!"

니콜의 대답을 듣기도 전에, 루빅은 벌써 문의 손잡이를 잡고 있었다.

"……!"

방을 나가기 전, 딱 한 번 이쪽으로 눈을 준 루빅과 시선이 부딪쳤다.

그러나 루빅은 마치 뭔가에 놀라거나 혹은 무서워하는 것처럼 작게 눈을 크게 뜨더니 그로 시선을 돌리고는 라운지에서 나갔다.

"……."

이 무렵, 레티시엘과 루빅의 관계는 매우 서먹서먹해져 있었다.

계기는 루빅에게 있었으나, 지금은 레티시엘도 그와 만나는 것을 불안하게 여기고 있었다.

루빅은 레티시엘에게 뭔가의 불신감을 품고 있었다. 그 불신을 정면에서 부딪쳐오는 것이 무서운 것도, 그 이유 중 하나였다.

특히 두 사람만 있는 시간이 제일 무서웠다. 어색함 때문이 아니라 무엇을 이야기하면 좋을지 몰랐기 때문이었다.

그렇다고 해서 재치 있는 말이나 세상 이야기를 하는 일도, 그리운 과거의 이야기를 하는 것도 할 수 없었다.

새삼스럽게, 지금의 레티시엘은 루빅과 공유할 수 있는 화제나 추억을 거의 가지고 있지 않다고 통감했다.

"……루빅 씨. 어떻게 된 걸까요?"

"……나도 모르겠어요."

그것만큼은 레티시엘도 알지 못했다.

아니, 정확하게는 이것일지도 모르겠다는 후보는 몇 개인가 짐작이 갔지만 그 중 어떤 것이 원인인 것인지 그렇지 않으면 전부가 원인인 것인지 판단이 서지 않았다.

어쨌든 루빅 쪽에서 레티시엘을 피하고 있었고, 레티시엘에게 아무 말도 하지 않으니까.

그것도 맞물려서 레티시엘도 불안해졌다.

루빅과 허심탄회하게 이야기해야 한다고는 머리로는 이해하고 있었지만, 루빅의 감정을 읽을 수 없는 탓에 거절당하는 것이 너무나도 무서웠다.

'어느 쪽이 됐든, 루빅이 돌아오지 않으면 소용없지.'

우선 그가 돌아오는 것을 기다렸다가 상황을 봐서 조금씩 이야기해나가는 수밖에 없으리라. 레티시엘은 그렇게 생각했다.

그리고, 루빅이 외출을 하고 대략 6시간이 경과했다.

"……이상해."

레티시엘은 지금, 저택의 현관 홀에 있었다. 밖은 이미 하늘 전체가 새카맣게 물들려고 하고 있었다.

레티시엘은 홀을 이리저리 걸어 다니다가 때때로 멈춰 서서는 굳게 닫힌 현관을 물끄러미 바라보았다. 그러나 찾는 사람은 그 문을 열고 돌아오지 않았다.

“아, 아가씨. 루빅 씨는…….”

“아직 돌아오지 않았어요.”

그렇게 대답하는 레티시엘은 거울을 보지 않아도 자신이 지금 무척 험악한 표정을 짓고 있으리라고 어렴풋이 자각하고 있었다.

그러나 루빅이 아직도 돌아올 기미가 없는 이상, 표정을 겉꾸릴 여유는 없었다.

루빅이 저택을 나선 것은 정오가 지나고 얼마 되지 않았을 무렵의 일이었다.

이렇게 오랫동안 장보기에서 돌아오지 않는 것은 부자연스러웠다. 도중에 뭔가 사건에 휘말린 것일까.

‘……아니면, 돌아오지 않을 생각일까…….’

뇌리에 그런 최악의 대답이 떠오르자, 레티시엘은 곧바로 그 생각을 지워버렸다.

혹시 그럴 생각이 있었다면, 이렇게 에두른 방법이 아니라 언제라도 정면현관으로 걸어 나갈 수 있었다.

게다가, 가령 루빅이 레티시엘에 대해 내심 뭔가 생각하는 바가 있었더라도 니콜과의 약속까지 저버리리라고는 생각되지 않았다.

“……! 아가씨! 어딜 가시려는 건가요?!”

“루빅을 찾으러 가겠어요.”

레티시엘은 가만히 기다릴 수가 없어져서 겉옷을 입지도

않고 그대로 현관을 나가려고 했다.

그런 레티시엘의 어깨를 붙잡고 말린 것은 클라우드였다.

"그만두십시오, 아가씨. 이런 야심한 시간에 혼자서 외출하시는 건 너무 위험합니다."

"하지만, 가만히 있을 수만은 없어요."

"마음은 이해합니다. 하지만 냉정해지세요!"

현관홀에 세 사람밖에 없기 때문일까. 클라우드의 꾸짖는 목소리는 홀 안에 크게 울렸다.

"지금 시간에 아가씨가 나가셔서 대체 어디에 가시려는 겁니까?"

"어디라니……."

"애초에 아가씨는 루빅이 어디에 갔는지도 모르시지 않습니까. 아가씨만이 아닙니다. 저희도 그렇습니다. 그렇게 어림짐작으로 아무렇게나 찾아서, 정말로 그를 찾을 수 있는 겁니까?"

"……."

그 말을 듣고, 레티시엘은 아무 말도 할 수 없었다.

분명히 이곳에 있는 사람은 누구 하나, 루빅이 저택을 나간 뒤 어디로 갔는지 알지 못했고 짐작도 하지 못했다.

그런 상황에서 왕도까지 날아간다고 해도, 대체 어떻게 루빅을 찾는다는 것일까.

"저는 일단 오늘 밤은 집으로 돌아가겠습니다. 루빅과 관련해 정보는 모을 수 있는 만큼 모아오겠으니, 부디 선부른 행동은 삼가해 주십시오."

"……알았어요."

클라우드의 설득에 레티시엘은 작게 고개를 끄덕였다. 자신도 깜짝 놀랄 정도로 목소리에 패기가 없었다.

그 후, 클라우드는 돌아갈 준비를 하고 곧바로 왕도로 돌아갔고 레티시엘은 일단 방으로 돌아가 니콜이 준비해 준 저녁을 먹었다.

사실은 식욕도 별로 없었지만, 모처럼 니콜이 만들어준 것을 소홀히 하는 것은 미안했기 때문에 접시를 전부 비웠다.

식사가 끝나자, 니콜은 총총히 식기를 정리해 퇴실했다. 아마도 신경을 써 준 것이리라.

'……루빅. 어디에 있는 건가요?'

혼자가 되자 머릿속에서 그런 질문이 빙글빙글 맴돌았다. 몇 번을 생각해도 단서가 없다는 점은 변함이 없었으나, 생각하지 않을 수가 없었다.

오늘은 그 뒤 아무 것도 할 마음이 들지 않아서 레티시엘은 잠옷으로 갈아입고 재빨리 침대 속으로 들어갔다.

불을 끄자 방 안에는 곧바로 어둠이 찾아왔다.

오늘 밤은 달이 나오지 않았는지 창밖은 어슴푸레하게 어두웠다. 그것이 오히려 불안감을 가속시켰다.

레티시엘은 머리끝까지 이불을 뒤집어쓰고 이불 속에서

몸을 둥그렇게 만 채 무릎을 끌어안았다.

왕도로 돌아간 클라우드가 뭔가 단서를 얻어서 돌아오지 않을까. 밤사이, 루빅이 훌쩍 돌아오지는 않을까.

루빅을 잘 아는 『도로셀』이라면, 그가 어디에 갔는지 짐작이 갔을까. 두 사람 사이에는 어떤 과거가 존재했던 것일까.

그런 생각을 하는 사이, 눈은 점점 더 말똥말똥해져 잠을 잘 수 있는 상태가 아니게 되었다.

다음날. 거의 한숨도 자지 못한 레티시엘의 눈에 날아든 것은 매우 요란한 소리를 내며 지면에 부딪치고 있는 격렬한 빗줄기였다.

루빅은 돌아오지 않았다.

'……비?'

커다란 빗방울과 매서운 바람이 세차게 내리치는 것처럼 방의 창문을 두드리고 있었다.

레티시엘은 침대에 앉은 채 그 광경을 멍하니 바라보고 있었다. 어제도 강한 비가 내렸는데, 그것보다 한층 더 거센 것 같았다.

잠에서 막 깨서 머리가 멍한 것인가 그렇지 않으면 밤을 거의 새워버리는 바람에 사고가 잘 정리되지 않는 것인가. 이 광경은 어딘가 그립게 느껴졌다.

"아가씨? 일어나셨나요?"

문밖에서 머뭇머뭇 니콜이 말을 걸어왔다. 방에 들어온

니콜은 레티시엘의 얼굴을 보자마자 얼굴을 새파랗게 물들였다.

"아가씨! 대체 어떻게 되신 건가요?!"

"……뭐가 말이죠?"

"뭐가, 가 아니에요! 얼굴빛이 엉망이시잖아요!"

레티시엘은 저도 모르게 자신의 뺨에 손을 갖다 대었다. 하지만, 거울이 있을 리 없었기 때문에 자신이 어떤 얼굴을 하고 있는지는 알 수 없었다.

"그렇게 지독한 얼굴을 하고 있나요?"

"하고 계세요! 이런 말을 드리는 것은 실례일지도 모르겠지만…… 지금 당장에라도 죽을 것 같은 얼굴이에요!"

"지금 당장에라도 죽을 것 같은……."

그것은 매우 심각해 보인다는 표현이었다.

"저, 제대로 쉬셨나요?"

"응. 아마도요?"

"왜, 왜 의문형이신가요?!"

어제는 제대로 자질 못했으니까 그 질문에는 도저히 자신을 갖고 고개를 끄덕일 수 없다는 생각이 들었다.

"어쨌든, 아침식사를 준비하겠습니다. 식사는 제대로 해주세요!"

"응."

"식사가 끝나면, 클라우드 씨도 슬슬 오실 거예요. 애타는 마음은 이해하지만, 조금만 더 참아주세요."

"알아요. 고마워요."

니콜은 선언한 대로 바로 아침식사를 준비해주었다.

오늘아침 얼굴빛이 상당히 나쁜 것 같아 보이는 레티시엘을 배려해서일까. 스프나 샐러드 등 먹기 쉬운 메뉴가 모여 있었다.

덕분에 레티시엘은 식욕은 없었지만 별로 고생하지 않고 아침식사를 마칠 수 있었다. 니콜에게는 고마울 따름이었다.

"……클라우드 씨, 이제 왔을까요?"

"시간적으로는 아마도…… 저, 잠깐 상황을 보고 올게요."

니콜은 식기를 치우는 김에 현관에 들리더니 얼마 뒤, 클라우드를 데리고 방으로 돌아왔다.

아무래도 저택에 막 도착한 참인 듯, 클라우드는 아직 짐을 안고 있었고 외투도 걸친 상태였다.

"클라우드…… 뭔가 알아낸 게 있나요?"

"아뇨, 그것이……."

곤혹스러움을 억누르면서 클라우드는 자신이 듣고 모아온 정보를 가르쳐 주었다.

"……예? 경계태세?"

"예……."

잘은 몰라도 요즘 왕도에서는 줄곧 경비대가 신경을 곤두세우고 있었는데 어제는 마을이 한층 더 술렁이고 있었다는 것 같았다.

"하지만 왜 경계태세가……? 설마 학원에서의 사건이 그렇게까지 심각한 건가요?"

"그것은 알 수 없습니다만, 한참 전부터 그랬다고는 생각합니다. 다만, 어젯밤에는 유명한 거상의 아들이 실종된 것 같은 것이, 그것이 원인이 아닐까……."

"어머나."

학원이 휴가기간에 들어갔기 때문에 레티시엘은 마을에 나가지 않았다. 그랬는데, 설마 왕도에서 그런 사건이 일어나고 있었다니.

게다가 실종사건이라니. 루빅이 행방불명이 된 지금, 두 개의 사건은 서로 관계가 있는지도 모른다.

"오늘도 마을에 정보를 얻으러 갈 건 가요?"

"예, 그럴 생각입니다. 이 날씨로는 정원일도 할 수 없을 것 같으니까요."

클라우드가 힐끗 창밖을 보았다. 분명히, 이렇게까지 폭우가 쏟아지고 바람이 불어서야 정원손질을 할 수 있는 상황은 아니리라.

"그럼 나도 데려가 주겠어요?"

"아, 하지만……."

"줄곧 기다리기만 하는 건 싫어요. 게다가, 정보를 모은다면 사람 수가 많은 편이 더 도움이 될 거예요."

"……알았습니다. 그렇게까지 말씀하신다면야."

레티시엘은 바로 옷을 갈아입고 레인코트를 걸친 뒤 클라우드와 함께 저택을 출발했다.

클라우드는 폭우가 쏟아지니 마차를 타고 가자고 제안했지만, 먼 거리도 아니고 탐문 중에는 놓아둘 장소도 곤란할 것 같아서 그만두었다.

그렇다고 해서 클라우드가 있기 때문에 마술을 쓸 수 없었다. 평소에는 마차나 전이마술로 이동했던 길이 오늘따라 몹시 길게 느껴졌다.

남문에 도착하자 평소에는 하지 않았던 검문을 하고 있었다. 경비인원도 증원되어있었고 언뜻 보기에도 다들 살기를 띠고 있었다.

덧붙여, 검문은 아무 문제없이 통과할 수 있었다.

머리카락과 눈동자 색으로 레티시엘의 정체를 알아차린 일부 병사들은 조금 놀란 것 같았지만.

"아직 오전 중……. 일단 흩어져서 루빅에 대해 물어보죠. 정오에 한 번 어딘가에서 만나는 건 어때요?"

"그럼 예의 그 대중주점은 어떻습니까? 예전에 아가씨도 가신 적이 있는."

"알았어요. 그곳으로 하죠."

왕도에 도착한 뒤에는 클라우드와 그 뒤의 예정을 가볍게 확인하고 바로 정보 수집을 시작했다.

니콜에게 들은 정보에 따르면, 루빅은 어제 저택을 나갔을 때 검은 코트에 검은 바지를 착용하고 갈색 나무바구니를 가져갔다고 했다.

그러나 그 차림은 다른 사람들도 흔히 차려입는 차림이었기 때문에 레티시엘은 장기전이 되리라고 각오를 다졌다.

"죄송합니다. 좀 여쭙고 싶은 것이 있는데요……."

그렇게 레티시엘은 행인들을 붙잡고 이야기를 듣기 시작했다.

이렇게나 큰 비가 내리고 경계태세까지 발령된 가운데 밖을 돌아다니는 사람은 많지 않았다.

레티시엘은 거리의 구석구석까지 살펴 보이는 통행인마다 닥치는 대로 질문을 하고 돌아다녔다.

그러나, 돌아오는 것은 신통치 않은 대답들뿐이었다. 역시 인물을 특정할만한 특징이 너무 적었다.

레티시엘과 마찬가지로 지인이나 친족이 행방불명이 된 사람은 있었지만, 있을만한 장소를 알 수 있을 것 같은 정보는 전혀 나오지 않았다.

이윽고 정오를 알리는 종이 거리에 울려 퍼졌다. 탐문에 열중한 나머지, 시간이 지나는 것도 잊어버렸던 모양이었다.

"아무 성과도 없, 나……."

레티시엘은 큰길 한가운데에서 흐린 하늘을 올려다보면서 중얼거렸다.

우선 사람통행이 제일 많을 것 같은 거리에서 3시간 이상 정보수집에 전념했는데도 루빅의 목격정보는 얻을 수 없었다.

리제네로제의 왕도는 이곳보다 훨씬 작았다.

당시는 마을 밖은 곧 위험구역이었던 것도 있어서 누군가를 잃어버려도 마을 사람들이 협력해 마을 안을 찾아다니면 아무 문제없었다.

하지만 그 방법은 이 광대한 니르반 왕도 안에서 당연히 통용되지 않았다. 달리 사람을 찾는 방법을 알지 못하는 탓에 레티시엘은 어찌해야 할지 알 수 없었다.

클라우드와 만나기로 약속한 것도 있어서, 레티시엘은 우선 탐문을 중지하기로 했다.

"……?"

걸음을 옮기기 시작한 지 몇 분, 몇 개인가의 교차점을 지난 참에 레티시엘은 사람들이 하나같이 묘하게 우회하며 가까이 다가가지 않으려는 골목을 발견했다.

조금 후미진 곳에 있는 그 골목은 큰길가에 접해 있는데도 더럽고 낡았다.

입구 근처에는 버려진 도구나 쓰레기 등이 흩어져 있었고, 안쪽의 통로의 좌우 나무 벽에는 썩어서 생긴 구멍까지 있었다.

이 앞은, 분명히 빈민가…….

주로 국외에서 흘러들어온 이민자나 난민들로, 정식으로

왕국민으로 인정받지 못하는 빈민이라 불리는 사람들이 생활하는 구획이라는 것은 알고 있었다.

하지만 실제로 발을 들인 적은 없었다.

골목길 하나를 사이에 두고 격리되어 있는 그 마을에서 사람들은 무엇을 생각하고 어떻게 생활하고 있을까.

"……우선, 술집으로 가야 해."

레티시엘은 골목의 입구에서 눈을 돌렸다. 이곳은 재미 삼아 들어가도 되는 장소가 아니었다.

지금은 그것보다도 중요한 용건이 있었다. 레티시엘은 그대로 대중주점을 향해 발걸음을 옮기려고 했다.

그 순간, 시야 끄트머리에서 하얀색 로브가 펄럭였다.

"!"

그것은 로브를 입은 인간의 모습으로 보여, 레티시엘은 반사적으로 숨을 삼켰다.

"……지금, 그건……?"

그녀는 획 뒤를 돌아보았다. 그러나 그곳에는 빈민가로 통하는 입구가 있을 뿐, 아무도 보이지 않았다.

어떻게 할까. 레티시엘은 잠시 그 자리에 멍하니 서 있었다. 하지만, 망설인 끝에 빈민가에 가보기로 했다.

최근 하얀 로브를 입은 사람의 그림자를 보면, 반사적으로 백의 결사를 떠올리고 말았다.

왜 이곳에서 그들의 그림자가 보이는 것일까. 혹시 이 앞에 그들의 정체에 다다를 수 있을 만한 정보라도 있는 것일까.

"……조금만."

클라우드와의 약속도 있으니 입구 근처를 가볍게 살펴보는 것뿐이라면 시간도 걸리지 않으리라.

자신에게 그렇게 말하고는 레티시엘은 골목으로 들어갔다.

발을 들여놓은 순간, 단숨에 주위가 어두워지고 양옆의 투박한 벽이 압박감을 자아냈다.

좁은 골목은 두 사람이 어깨를 나란히 할 수 있을 정도의 폭밖에 되지 않았다. 주변에 달리 사람은 없었으나, 왠지 앞으로 나아가면 나아갈수록 보폭이 커졌다.

이윽고 골목을 빠져나간 끝에는 기묘한 광경일 펼쳐져 있었다.

벽돌이나 돌로 된 높은 건물이 많았던 큰길과 비교해, 빈민가에는 목조의 단층집이 빼곡하게 모여서 바르작거리고 있었다.

집이 길가까지 밀려나와서 도로의 폭은 좁았고, 길가에는 얇고 낡은 로브 한 장만 걸치고 웅크리고 있는 자도 있었다.

폐허처럼 반쯤 무너지다 만 집이 있는가 하면 억지로 증축을 거듭해서 기이하게 거대해진 집도 있는 등, 거리 전체가 누더기조각을 기워놓은 것 같았다.

이런 광경은 천 년 전의 마을에서도 본 적이 없었다. 하지만 레티시엘은 발을 멈추지 않고 자연스럽게 어느 방향으로 향했다.

마치 도로셀의 몸에 새겨진 기억이, 무의식적으로 레티시엘을 이끄는 것처럼.

뭘까? 이 마을, 걷는데 어딘가 익숙한 느낌이 들어.

"……이곳은."

모퉁이를 꺾은 앞쪽의 거리에서 레티시엘은 한 채의 낡은 서양식 저택을 발견했다.

오랫동안 관리가 되지 않았는지 담장 안쪽에 펼쳐진 정원은 잡초에 덮여 온통 녹색이 되어 있었다.

저택 쪽도 폐허가 된 지 오래된 듯 벽이나 지붕 일부는 풍화되어 무너져 있었고 오래되어 금이 간 벽에는 덩굴이 빽빽하게 엉켜 있었다.

정문 역시 녹슬어 경첩이 빠져서 바람이 불 때마다 끼익대는 소리를 내며 삐걱거리고 있었다. 그곳까지 걸어간 레티시엘은 문주에서 간판을 발견했다.

세월이 오래된 나무간판은 반쯤 썩어있어서, 그곳에 새겨진 문자를 읽는 것도 고생이었다.

"……크로……이스……수……원?"

아직 지워지지 않은 문자를 찾아내 조합해 보자, 그런 이름이 적혀있었다.

어라? 분명히 이 이름, 재판에서 들은 적이 있었다. 과거 피리아레기스 가에서 원조하던 수도원이 아니었던가.

"여기, 와 본 적이 있는 것 같기도 하고……?"

한 순간 뭔가가 레티시엘의 뇌리를 스치고 지나갔다. 허나, 그것이 무엇인지 그 정체를 알아낼 수는 없었다.

다만, 그렇게까지 신경이 쓰이지는 않았다.

과거의 도로셀은 자주 마을에 나왔다고 했다. 이 장소도 온 적이 있을지도 몰랐다.

레티시엘은 그런 생각을 하면서 뒤를 돌아보았다.

수도원 맞은편에 있는 작은 나무로 된 집. 기묘하게 위로 꺾인 요상한 지붕 아래에 한순간, 너덜너덜한 옷을 입은 남자의 모습이 보였다.

『당신의 이름……레인……까요?』

그리고 눈을 깜빡인 다음 순간에 그 모습은 감쪽같이 사라져 있었다. 레티시엘은 놀라서 눈을 껌벅거렸다. 그러나 아무리 그 자리를 응시해도, 남성의 모습은 다시 나타나지 않았다.

"……기분 탓인가?"

비와 안개가 보여준 환상일까.

레티시엘은 그것을 딱히 신경 쓰지 않고 수도원 주변을 돌아보았다. 문이나 건물과 마찬가지로 수도원 부지를 둘러싼 철책도 절반 이상이 썩어 있었다.

"……?"

마침 건물 뒤쪽으로 돌아들어간 무렵이었다. 레티시엘은

철책 일부에서 신경이 쓰이는 부분을 발견하고 저도 모르게 자리에 멈춰 섰다.

녹슨 철책이 무너지고 부서져서 구멍이 생긴 것 같은 장소가 있었다.

그것뿐이었다면 별로 신경이 쓰이지 않았겠지만, 그 공동이 있는 곳에 뭔가를 끌고 간 것 같은 흔적이 있었다.

이런 폭우에도 지워지지 않았다는 것은 꽤 최근에 생긴 것이리라.

누군가가 출입하고 있는 것일까. 그런 생각에 레티시엘은 철책 건너편의 잔디밭을 살펴보았다. 그랬더니 잡초에 감춰지긴 했으나 새로운 발자국이 있는 것을 볼 수 있었다.

"……."

어쩐지 수상한 냄새가 났다.

이곳은 과거 피리아레기스 가가 지원하던 수도원이었으며, 피리아레기스 가는 백의 결사와 결탁하고 있었다.

그렇다면, 백의 결사의 인간들이 몰래 이 장소를 근거지로 삼고 있을 가능성은 전혀 없지 않았다. 레티시엘은 결심을 하고 허리를 굽혀 철책을 빠져나갔다.

대지 안에는 커다란 저택과 잡목림에서 머리만 내밀고 있는 성당으로 생각되는 것 이외의 건물은 없는 것 같았다.

저택 뒤쪽에는 작은 부엌문이 달려 있었다. 언뜻 보기에는 오래된 것 같았지만, 자세히 보니 문의 경첩은 아직 새것이었다.

끼이익…….

천천히 문을 열자, 동시에 문이 작게 삐걱거렸다. 레티시엘은 재빨리 건물 안으로 미끄러져 들어가 조용히 문을 닫았다.

저택 안은 낮임에도 놀랄 정도로 어두웠다.

건물이 노후화된 탓일까. 여기저기에서 틈새바람이 불어 들어와서 비명 같은 소리가 복도를 빠져나갔다.

레티시엘은 되도록 소리를 내지 않으려 주의하면서 납작한 돌이 깔린 복도를 나아갔다. 부엌문에서 이어지는 복도는 외길로, 그 앞은 현관홀로 이어지고 있었다.

홀에 들어서자 가장 먼저 눈에 들어온 것은 중앙에 자리하고 있는 샹들리에의 잔해였다.

이어서 좌우에는 각각 복도가 뻗어 있었고, 2층으로 이어지는 나무계단은 판자가 썩어서 이미 올라갈 수 없게 되어 있었다.

탁탁탁탁…….

갑자기 등 뒤에서 누군가가 달려가는 것 같은 발소리가 들려왔다.

레티시엘은 바로 소리가 들린 쪽으로 달려갔다. 소리의 반향 상태로 추측하건대, 소리가 들린 것은 아마도 동쪽복도였다.

동쪽 복도에는 다른 문은 없고 막다른 곳에 양쪽으로 열리는 커다란 문이 있을 뿐이었다.

'……열려 있어.'

그 문이 한쪽만 살짝 열려 있었다.

명백히 레티시엘을 노리고 있었다.

하지만 이 타이밍에서 되돌아갈 수도 없었다.

레티시엘은 망설이지 않고, 하지만 전투태세는 확실하게 갖춘 뒤 그 문을 열었다.

바로 정면에 금이 간 여신상과 무너지다 만 제단이 놓여 있었다. 아무래도 이곳은 소규모의 예배당인 것 같았다.

'저건…….'

레티시엘의 시선 끝, 여신상의 발치에 시커멓고 네모난 구멍이 보였다.

가까이 가보자 그 구멍 안에는 지하로 내려가는 계단이 이어져 있었다. 귀를 기울이자 뭔가 사람의 목소리가 들리는 것 같은 느낌도 들었다.

혹시 이 앞에 행방불명된 사람들이 있는 것은 아닐까.

레티시엘은 일단 원래 구멍의 뚜껑으로서 기능했을 터인 석판을 부수어 구멍이 닫히지 않게 한 뒤 계단을 내려갔다.

불빛이 하나도 없는 탓에 밑으로 내려가면 갈수록 발밑조차 보이지 않게 되었다.

마술로 주위를 밝게 해볼까도 생각했지만 이 앞에 적이 있을지도 모른다는 점을 생각하면 함부로 불을 켜지 않는 것이 좋으리라.

계단 끝에 있는 복도에는 한 줄기 오렌지색 빛이 뻗어 있었다. 아무래도 가장 안쪽의 방에서 빛이 새어나오는 모양이었다.

"……이곳은……."

가늘게 열린 틈새로 실내를 들여다 본 레티시엘은 저도 모르게 작게 소리를 지르고 말았다.

기름램프 하나만 놓인 그 방안에는 수많은 사람들이 한군데에 모여 있었다. 아마도 행방불명이 된 사람들이 아닐까.

전원, 손발이 묶이고 눈가리개가 씌워져 있었다. 레티시엘은 반사적으로 문을 열었다.

"……? 아가씨?"

그 중 한 사람이 레티시엘의 목소리에 반응했다. 눈가리개로 얼굴은 일부 가려져 있었지만, 틀림없이 루빅이었다.

"루빅……!"

아침부터 혈안이 되어 찾던 사람을 발견해 레티시엘은 기쁜 나머지 그 곁으로 달려가려고 했다. 하지만, 그 직전에 생각을 바꾸고 주위를 확인했다

이곳이 납치한 사람들을 잡아두는 방이라면, 그들을 지키는 인간도 있을 터. 그렇게 생각했지만 실내에는 감시역으로 보이는 사람의 그림자는 없었다.

일단 탐색마술로 주변에 사람의 기척이 없는지도 살펴봤

지만, 이곳에 모여 있는 사람들 말고 이 층에 다른 사람은 없었다.

자신을 지켜보면서 행동하고 싶은 대로 놔두고 있다. 그렇게 느꼈지만, 레티시엘은 개의치 않고 루빅의 눈가리개를 풀었다.

"루빅, 괜찮아요?"

"아, 아가씨…… 여긴 어떻게……."

"당신을 찾고 있었더니, 우연히 이곳에 도착했어요."

"……고맙, 습니다."

"감사인사 같은 건 필요 없어요. 어쨌든, 무사해서 다행이에요."

레티시엘을 본 루빅은 어딘가 안도한 것처럼 한숨을 내쉬었다. 하지만, 그러면서도 뒤로 물러나려고 무의식적으로 움직이고 있었다.

레티시엘은 그를 구속하고 있던 밧줄을 풀고 다른 사람들도 해방시켰다.

"다, 당신은……."

"여러분을 구하러 왔습니다. 시간이 없으니, 부디 제 지시를 들어주세요."

현재 이 층에서 달리 수상한 기척은 탐지할 수 없었다. 그러나 이 상황이 언제까지고 계속되리라는 보장은 없었다.

단호한 레티시엘의 박력에 눌린 것일까 이쪽을 보고 있던 사람들은 대체적으로 고개를 끄덕였다.

“저를 따라와 주세요. 되도록 떨어지지 않도록 주의해주세요.”

방에는 루빅을 포함해 스무 명 정도 있었기 때문에 너무 멀리 떨어지면 여차할 때에 보호하기 힘들었다.

“……왜 여러분이 저곳에 모여 있었는지 물어도 될까요?”

“아, 그게…….”

계단으로 향하는 도중, 레티시엘은 가장 가까이에 있던 마을의 처녀에게 그렇게 물었다. 갑자기 말을 거는 바람에 마을처녀는 놀란 모양이었다.

“그게…… 저, 왜인지는 저희도 잘 몰라서요.”

이야기를 하면서 레티시엘과 사람들은 계단을 다 올라 어슴푸레한 예배당으로 나왔다.

레티시엘은 곧바로 탐색마술을 발동했다. 하지만 여전히 레티시엘과 납치 피해자들 이외의 사람의 기척은 없었다.

“하지만 몇 번인가 남자 같은 사람이 방에 들어왔어요. 눈가리개를 하고 있어서 보이지는 않았지만, 한 사람씩 어딘가로 데리고 나간 것 같은 느낌이 들어요…….”

“그랬나요…….”

레티시엘과 대화를 하면서도 그녀는 작게 몸을 떨고 있었다.

눈가리개를 한 상태에서 자신도 언제 똑같이 끌려 나갈 것인가 불안감에 무서워서 참을 수 없었던 것이리라.

"달리 뭔가 신경이 쓰이는 소리를 들은 분은 안 계신가요?"

"우—웅…… 아, 그러고 보니."

그녀에게 이 이상 계속 이야기를 듣는 것은 그만두는 편이 좋을지도 몰랐다.

그렇게 생각해 다른 마을주민들에게 질문을 던지자, 통통하게 살이 오른 체구가 작은 남성이 머뭇머뭇 손을 들었다.

"누군가가 끌려 나갈 때마다, 뭔가 묘한 소리가 들렸습니다."

"묘한 소리?"

"예, 예에……. 그, 뭐라고 할까요…… 돌이 서로 스치는 것 같은 소리……?"

말하면서 자신의 표현에 자신이 없어진 것일까, 남성은 작게 고개를 갸웃거렸다.

그러나 이것은 상당히 중요한 정보였다.

그 방에는 출입구인 문 이외에 드나들 수 있는 장소가 보이지 않았다.

그리고 그 문은 나무로 만들어져서 가령 사람을 끌고나가도 돌이 스치는 소리가 날 리가 없었다.

'다시 말해, 그 방에는 다른 출입구가 있다는 말이네.'

납치해 온 사람들을 어딘가로 데리고 갈 때 쓰인 감춰진 문이.

홀까지 나와도 적의 모습은 없었고, 수도원 내부는 기분 나쁠 정도로 고요했다.

폭풍의 전주와도 같은 기분이 들지 않는 것도 아니었으나, 습격해오지 않는다면 이 기회를 놓칠 수는 없었다.

자신이 들어온 뒷문이 아닌 홀에 있는 정문 앞까지 나가자 레티시엘은 있는 힘껏 발로 문을 차 열었다.

오랜 세월 손질되지 않은 탓에 경첩이 녹슬었든가 느슨해진 모양이었다. 충격을 받은 문은 통째로 빠져서 바깥쪽으로 넘어갔다.

"아, 아가씨……."

"괜찮아요. 어차피 손으로 밀어도 열릴 것 같지 않았는걸요."

목소리를 높이는 루빅에게 저도 모르게, 라는 태도로 대꾸하면서, 레티시엘은 정문을 통해 밖으로 나왔다.

바깥에서 여전히 큰비가 내리고 있었다. 기분 탓인지는 몰라도 레티시엘이 수도원에 들어왔을 때보다 더 심해진 것 같은 느낌이 들었다.

"마을로 돌아가는 방법은 아시나요?"

"아, 아뇨……."

"그런가요. 그럼 큰길까지 바래다드리겠습니다."

"고, 고맙습니다."

레티시엘은 정면의 녹슨 철문을 열고 마을 주민들을 수도원 부지 밖으로 내보냈다.

빈민가에서 이렇게 많은 사람들을 데리고 가는 모습은 이곳이 주민들이 본다면 필시 기묘한 광경이리라.

이동 중에도 엄청나게 주목을 받았지만, 레티시엘은 그 시선을 다 무시하고 길을 서둘렀다.

"……아, 마을이다!"

"저, 정말로 돌아왔다!"

레티시엘이 빈민가로 들어온 골목의 입구까지 오자, 골목 너머로 보이는 큰길에 마을사람들이 열광했다.

"저, 저기! 고맙습니다!"

"인사는 필요 없어요."

딱히 이쪽이 뭔가 말할 것도 없이, 그들은 한 사람 또 한 사람 전력으로 골목으로 뛰어들었다. 이것으로 그들은 무사히 가족들 곁으로 돌아갈 수 있으리라.

"루빅도 빨리 이곳에서 벗어나는 편이 좋을 거예요."

"아가씨……."

"지금, 마을에서는 경비대가 엄중한 경계태세를 펴고 있어요. 가장 가까운 주둔지가 어디에 있는지 알 수 없지만 그곳에 가면 분명히 보호해 줄 거예요. 대중주점에도 가 봐요. 클라우드가 기다리고 있을 거라고 생각하니까."

"……."

레티시엘은 그렇게 말하면서 루빅을 재촉했지만, 그는 고개를 살짝 숙인 채 그 자리에서 꼼짝도 하지 않았다.

"있죠, 루빅. 나를 믿을 수 없나요?"

"그, 그렇지……."

루빅은 곧바로 레티시엘의 말을 부정하려고 했다. 그러나 뒤로 갈수록 작아지고 약해지는 목소리에서 그의 마음속이 보인 것 같은 느낌이 들었다.

"그래도 상관없어요. 분명히 내게는 당신에게 말하지 못한 비밀이 있으니까 그렇게 생각해도 어쩔 수 없죠."

과거의 도로셀과 루빅이 공유했던 기억을, 레티시엘이 갖고 있지 않은 것은 사실.

덧붙여, 전생의 일이나 기억이 없는 일도 레티시엘은 루빅에게 말하지 못했으니 자신에 대해 불신을 품어도 아무 불평도 할 수 없었다.

"하지만, 클라우드는 믿어줬으면 좋겠어요. 예나 지금이나 그는 분명히 당신이 잘 아는 클라우드일 거예요."

"아, 아가씨, 저는……."

"나는 신경 쓰지 말아요. 자, 서둘러요."

뭔가를 말하고 싶어 하는 것 같은 루빅을 억지로 큰길로 내보내고, 레티시엘은 바로 수도원으로 되돌아왔다.

이 앞에 무엇이 기다리고 있을지 알 수 없었다. 관계없는 인간이 휘말리지 않도록 멀리 떼어놓아야 했다.

레티시엘은 주민들이 구속되어있던 방까지 돌아가 수색을 개시했다.

방금 전 그들에게서 들은 증언으로 생각해 보건대, 아마도 이 방의 어딘가에 다른 출입구가 있을 터였다.

언뜻 보기엔 두 번째 문은 어디에도 없었다. 사용하지 않게 된 난로와 벽에 걸려있던 그림, 거울만이 남아 있었다.

"……이것일까?"

난로를 조사하고 있었을 때 벽에 반쯤 파묻히듯이 붙어있는 기묘한 손잡이같은 물건을 발견했다.

시험 삼아 앞으로 당겨 보니 덜컹하고 나무틀이 빠지는 것 같은 소리가 등 뒤에서 들려왔다.

다시 실내의 모습을 확인하자, 방금 전까지는 없던 정방형의 작은 구멍이 벽 구석에 조용히 열려 있는 것을 금방 알 수 있었다.

"……."

안을 들여다 본 레티시엘은 그 앞에 있는 것을 보고 저도 모르게 침묵했다.

사각형 구멍의 앞에는 완만한 내리막길이 이어지고 있었다. 폭도 눕는다면 사람 한 명 정도는 통과할 수 있을 것처럼 좁았다.

분명히 고향에 이런 놀이기구가 있다고 나오가 말했었다. 미끄럼틀……이라고 했던가.

'과연. 이걸로 사람들을 이동시키던 것이었구나.'

내리막길의 출구는 이쪽에서는 전혀 보이지 않았다.

어디까지 이어지는지, 어느 정도의 길이로 계속되는지 이 밑에 무엇이 있는지도 알 수 없었다.

다소의 불안은 있었지만, 레티시엘은 구멍에 두 다리를 집어넣고 그 자리에 앉았다. 여기까지 와서 가지 않는다는 선택지는 존재하지 않았다.

두 손으로 몸을 앞으로 밀어내자, 내리막길 위에 올라타 있던 레티시엘은 자연스럽게 하강하기 시작했다.

경사가 급해짐에 따라 미끄러지는 속도도 점점 올라갔다. 레티시엘은 만일을 위해 자신에게 결계마술을 걸어두었다.

이윽고 발밑 쪽부터 점점 밝아지고, 얼마 지나지 않아 레티시엘은 넓은 공간에 내던져졌다.

창문도 장식도 없이 그저 암벽을 파 만들었을 뿐인 투박한 공간이었다.

벽에 일정한 간격으로 램프가 걸려있어서 그럭저럭 밝았지만, 천장이 높은 것인지 위쪽은 어두워서 아무것도 보이지 않았다.

그밖에도 돌로 만든 문으로 생각되는 것이 벽에 몇 개인가 늘어서 있었다. 하지만 그 외에 다른 물품은 하나도 없고 바닥마저 아무 것도 없이 그저 넓기만 했다.

'……이곳은 대체.'

설마 크로비스 수도원 지하에 이런 공간이 있으리라고는 생각도 하지 못했다.

만일 이것을 만든 것이 백의 결사라고 한다면, 언제, 무엇을 위해 만든 공간인 것일까.

애초에 마을 주민들을 이곳으로 옮기고 있었는데 지금까지 끌려왔을 터인 사람들은 어디에 있는 것인가.

"우우우……."

문득 낮게 으르렁거리는 소리가 레티시엘의 사고를 지워버렸다.

주변을 둘러보자 방금 전까지 닫혀있던 좌우 벽의 문이 모조리…… 아니, 하나를 제외하고 모두 열려 있었다.

그리고 그 중 하나에서 불안한 발걸음으로 한 남성이 걸어 나왔다. 입고 있는 옷은 소재가 소박한 면인 것이, 아마도 서민인 것이리라.

"우우아아……."

그러나 아무래도 상태가 이상했다. 방금 전부터 의미가 없는 소리만 내고 있었고, 손에는 단검 같은 것을 들고 있었다.

"우가아아……!"

"……앗!"

레티시엘이 가까이 다가가려고 한 걸음 내디딘 것과 남성이 들고 있던 단검을 들어 올린 것은 거의 동시였다.

노출된 남성의 눈은 완전히 탁해져서 초점이 전혀 맞지 않았다. 그리고 가슴팍의 옷은 일부 찢어져서 그곳으로 검은 돌과 같은 것이 보이고 있었다.

레티시엘은 그 돌을 본 기억이 있었다.

얼마 전, 박물관으로 날라져 왔으나 습격으로 사라진 검은 보옥과 매우 비슷했다.

'그 돌은, 대체 뭐야?!'

레티시엘이 혼란스러워하는 사이에도 남성의 가슴에 박힌 보옥에서 검은 실과도 같은 것이 뻗어 나오기 시작했다.

그것이 전신으로 퍼져나감에 따라 갈색이었던 남성의 머리카락은 점차 하얗게 변하고 탁해졌던 눈동자도 형형하게 붉게 빛나기 시작했다.

이윽고 머리카락의 마지막 한 올까지 변색이 끝나자, 남성의 목에 검은 고리가 휘감겨 떠올랐다. 마치 목줄처럼…….

"!"

그것은 지금까지 몇 번이나 마주쳤던, 정체불명의 검은 안개를 다루는 백발병의 모습이었다.

그리고 목의 그것은 과외활동에서 만난 2인조 남자들이 다루고 있던 무기에 떠올랐던 것이 틀림없었다.

'설마, 저게 백발병을 만들어 내는 거야?!'

박물관에서 레티시엘이 연상한 일은 아무래도 사실이었던 것 같았다.

하지만 지금까지 싸워온 백발병에게 과연 검은 보옥이나 검은 고리가 있었을까.

뒤쪽에서도 복수의 발소리가 들려왔다.

정신을 차리고 보니 레티시엘의 주위에는 백발병이 잔뜩 모여들어 있었고 문 건너편에서도 백발병이 계속 쏟아져 나오고 있었다.

역시나 그들의 가슴에도 검은 보옥이 박혀 있었고, 손에는 각각 손도끼나 긴 칼 등의 날붙이가 들려 있었다.

"이렇게 많다니……!"

레티시엘은 놀라는 것과 동시에 퍼뜩 깨달았다. 이만한 수의 병사를 만들어내기 위해서는, 같은 수만큼의 매개체가 필요했다.

요즘 왕도에서 빈번하게 일어난 행방불명 사건. 그것은 분명히 이곳에서 백발병을 대량으로 만들어내기 위해 일으킨 사건이라는 것을.

"가아아……!"

"구으으."

백발의 사람들이 고함을 지르면서 레티시엘을 향해 무기를 휘둘렀다.

갑작스러운 사태라서 뭐가 뭔지 알 수 없었으나, 어쨌든 이 사태를 벗어나지 않으면 조사도 무엇도 할 수 없었다.

레티시엘은 마술로 열 개 정도의 공기탄을 만들어내 그것을 사방으로 발사했다. 배에 공기탄을 맞은 자들은 불분명한 소리와 함께 뒤쪽으로 날아갔다.

'하지만, 어떻게 하면 저들을 무력화할 수 있을까?'

그러나 금방 후위의 자들이 몰려들었다.

의식을 잃게 하려 해도, 현재 그들은 이미 의식을 잃은 것과 마찬가지니까 그 방법은 아마도 통용되지 않을 터였다.

그리고 지금은 조종당하고 있다고 해도 그들은 플라티나 왕국의 국민이고 마을에는 분명히 가족이 있을 터였다. 죽이는 일은 더더욱 할 수 없었다.

그렇다고 해서 이렇게 공기탄만으로 계속 견제하고 있을 수도 없었다.

이 공간에는 창이 없었다. 다시 말해 밖에서 들어오는 공기는 극단적으로 적었다.

마소는 공기 중에 떠도는 것이다. 폐쇄공간 안에서는 공간 안에 내포된 마소가 동이 나는 경우가 종종 있었다.

이만한 수를 상대한다면, 도중에 바람 속성의 마소가 고갈될 가능성은 결코 적지 않았다.

한순간 이리저리 생각을 해 본 레티시엘은 다른 전법을 취하기로 했다. 자신에게 신체강화마술을 걸고 덤벼드는 주민들의 공격을 피했다.

기본적으로는 체술로 싸우고, 구속할 때만 마술을 사용하면 마소의 소모를 억제할 수 있을 것이라고 레티시엘은 생각했다.

불과 얼마 전까지 그들은 지극히 평범한 일반서민이었으니까, 레티시엘의 호신술 수준의 체술로도 상대할 수 있을 것이다.

"구엑!"

레티시엘은 자신을 향해 똑바로 내지른 나이프를 흘려버리고, 나이프를 쥔 팔을 붙잡아 그대로 업어치기를 선사했다.

등부터 착지한 남성의 입에서 바위에 깔린 개구리와도 같은 소리가 흘러나왔다. 내심 미안하다고 생각하면서, 상대가 다시 움직이기 전에 재빨리 바닥에 손을 대고 마술을 발동했다.

그러자 돌바닥이 움직여 남자의 사지를 지면에 고정했다. 이걸로 적어도 움직임은 봉할 수 있었다.

'……응. 이거라면 마소를 그렇게 소모하지 않네.'

문제가 없는 것 같다고 확인을 한 뒤, 레티시엘은 남성이 떨어뜨린 나이프를 주워들었다.

일대 다수의 이 상황에서는 무기는 갖고 있는 편이 좋을 것이다.

죽일 생각은 털끝만큼도 없었지만, 다리 근육을 자르는 일도 인간을 무력화시키는 데에는 유효한 방법이었다. 바로 치료하면 후유증이 남는 일도 없었다.

물론, 그런 방법은 되도록 쓰고 싶지 않았지만.

참고로, 만에 하나 다른 사람들에게 짓밟히면 큰일이므로 레티시엘은 방금 전의 남성에게는 결계마술을 걸어두었다.

"구오오."

"가핫!"

차례차례 백발병들이 덤벼들었지만 레티시엘은 침착하게

한 사람씩 무력화시켰다.

정신을 차려보니, 돌문 안쪽에서 이 이상 병사들이 나오는 일은 없어졌다.

이제 증원은 없는 모양이었지만, 그 대신 방 안에는 상당히 많은 수의 인간이 밀집해 있었다.

무수한 검은 보옥이 둔탁한 빛을 내뿜고, 그들 주위에서는 아지랑이가 흔들리는 것처럼 검은 안개와도 같은 것이 떠나질 않았다.

'……! 이 상황…….'

레티시엘은 바로 기시감을 느꼈다. 영지의 별장터에서 가면의 수도사와 싸웠을 때, 이것과 비슷한 상황이 일어났다.

"……두 번 다시 같은 수에는 넘어가지 않아."

그 때에는 안개에 대해 아무 것도 몰랐으나, 지금은 달랐다.

레티시엘은 양손을 앞으로 내밀고 세 개의 술식을 동시에 공중에 전개했다.

그리고 그것들을 하나로 포개고는, 손에 들고 있던 나이프를 그대로 술식의 중심에 꽂아 넣었다.

쨍그랑!

그 순간, 나이프가 꽂힌 장소를 기점으로 술식이 깨지고 유리파편과 같은 자잘한 조각이 흩날렸다.

그것과 동시에 나이프를 중심으로 바람이 소용돌이쳤다. 레티시엘이 나이프에 바람마술을 부여했던 것이다.

사방으로 튄 조각들은 바람에 휩쓸려 순식간에 사방팔방으로 날아갔다.

레티시엘은 그것들이 균등하게 공간 안의 모든 장소에 고루고루 퍼진 그 순간을 놓치지 않고 작게 손가락을 튕겼다.

콰앙!

여기저기에 흩어진 술식 조각들이 그 신호 아래 일제히 폭발했다.

물론 불속성의 마술을 사용한 것은 아니었기 때문에 실제로 물건이 날아갈 만한 폭발이 일어난 것은 아니었다.

그러나 폭발과 함께 조각들은 하얀 안개로 형태를 바꾸어 아직도 효과가 지속되고 있는 바람 마술을 타고 공간 안을 조용히 순환했다.

하얀 안개에 닿은 검은 안개는 마치 눈이 녹듯이 조금씩 회색으로 바뀌더니, 마침내 새하얗게 변했다.

"으가아……."

"그으……."

검은 안개가 옅어지고 하얀 안개가 짙어짐에 따라 백발병들의 움직임도 명백히 느려졌다.

영지에서와는 다르게 레티시엘도 자기 나름대로 검은 힘을 분석해 대응할 수 있는 대책을 사용한 것이었다.

레티시엘이 사용한 것은 빛과 무속성의 복합마술. 예전에 로시포드에게 씌었던 괴물을 격퇴했을 때의 술법과 같은 것

이었다.

정확하게는 이번에는 합성 술식도 사용해 위력을 높였기 때문에, 그때의 강화판이라고 말하는 편이 옳을지도 몰랐다.

처음에는 무속성 마술이 효과를 보였기 때문에 계속 사용하던 방법이었다. 하지만 정령이 가르쳐 준 정보를 통해 이것이야말로 검은 안개에 대항할 방법이라고 확신했다.

안개의 효과로 백발병들의 움직임이 둔해진 지금이 기회이리라.

레티시엘은 곧바로 병사들의 무력화에 착수했다.

"끼에……."

그들이 레티시엘을 붙잡고자 팔을 뻗어왔다. 그러나 동작이 느렸기 때문에 상대하는 것은 간단했다.

수가 많은 것은 여전했지만, 방금 전까지와 비교해 현격하게 싸우기 쉬워졌다.

이윽고 하얀 안개가 흩어져 사라진 무렵에는 공간 안에 있던 백발병은 모두 바닥에 쓰러져 움직임을 봉해져 있었다.

레티시엘은 만일을 위해 주위를 구석구석 빠짐없이 관찰했다.

병사들이 나온 돌문은 이미 완전히 닫혀서 이 이상으로 백발병이 나올 기색은 없었다.

레티시엘은 한숨 돌린 뒤, 가장 가까이에 쓰러져 있는 백발병에게 시선을 주었다.

매개체가 된 남성은 이미 기절했으나, 그의 가슴에 박힌 검은 보옥은 변함없이 두근두근 맥동하고 있었다.

이 보옥이 힘의 원천이라면, 이것을 떼어내면 그들은 원래대로 돌아오는 것이 아닐까.

그렇게 생각해, 레티시엘은 검은 보옥을 떼어내고자 그것에 손을 뻗었다.

"……!"

그 순간, 등골이 오싹해져서 레티시엘은 반사적으로 그 자리에서 물러섰다.

파앙!

뒤를 돌아보니 지금 방금 전까지 레티시엘이 서 있던 장소에는 공만한 크기의 바람구멍이 뚫려 있었다. 피하는 것이 1초만 늦었더라면 직격 당했을 것이다.

"여전히 반사 신경이 좋군."

위쪽에서 어린 소년의 목소리가 흘러 내려왔다.

고개를 들어 목소리가 들린 방향을 올려다보자, 바닥과 천장의 중간 정도 위치에서 난간 같은 것이 보였다.

그 건너편에는 하얀 로브로 몸을 감싼 소년이 서 있었다. 후드를 뒤집어쓰고, 얼굴에는 은세공이 된 가면을 쓰고 있었다.

별장터에서 싸운 가면의 남자와 똑같은 차림이었으나…… 필시 다른 사람이었다.

그때의 남자와 비교해 명백히 키가 작았다. 레티시엘보다는 컸지만…… 지크와 비슷한 정도였다.

그 오른쪽에는 지금까지 몇 번이나 본 자쿠도가 헤실헤실 웃으면서 이쪽에 손을 흔들고 있었다.

한 순간, 갈색의 단안경 밑에서 붉게 물든 오른쪽 눈이 보인 것 같은 느낌이 들었다.

그리고 소년의 왼쪽에는 후드를 깊게 눌러 쓴 남자가 서 있었다. 그 손에 낀 장갑은 본 기억이 있었다. 영지에서 싸운 것은 아무래도 이쪽이었던 것 같았다.

"뭐, 이 정도는 피해주지 않으면 곤란하지만."

"……누구죠?"

묻지 않아도 그 정체는 어느 정도는 짐작이 갔다.

자쿠도와 영지에서 싸운 저 남자를 양옆에 거느리고 있는 시점에서, 이 소년이 아마도 백의 결사의 총수에 가까운 존재인 것이리라.

"누구? 네가 그걸 묻는 건가?"

레티시엘이 노려보아도 소년은 개의치 않고 이쪽을 내려다보면서 흥 코웃음을 쳤다.

"널 만나는 걸 줄곧 기다렸다. **레티시엘.**"

이 세계에서는 누구도 알지 못할 터인 이름을, 가면의 소년은 소리 내어 말했다.

5장 해후, 그리고

“건강해 보이는구나, 레티시엘. 안심했다.”

일굴은 가면으로 일부 가려져 있었지만, 후드 가장자리로 들여다보이는 소년의 입가는 초승달 형태로 양쪽 끝이 치켜 올라가 있었다.

“……왜.”

“응?”

반면, 레티시엘은 낯선 소년의 입에서 전생의 자신의 이름이 나온 것에 놀라움을 감추지 못했다.

전생의 기억이 있다는 사실은 이 시대에 전생한 뒤로 누군가에게 이야기한 적이 한 번도 없었다. 때문에 이 이름은 레티시엘 이외의 그 누구도 알지 못할 터였다.

천 년 전의 레티시엘을 아는 인간이 아니라면.

“아아. 혹시 내가 그 이름을 아는 것이 의아한건가?”

쿡쿡. 소년은 턱에 손을 갖다 대고 웃었다. 목소리의 성질이나 어조에서 남성이라는 것은 알 수 있었지만, 그 동작은 약간 여성적인 느낌이 들었다.

“딱히 나와 너는 초면이 아닌데 말이지.”

“……?”

"그런가. 그러고 보면 기억하지 못했지. 2년 전 파티날 밤이라고 하면 약간은 기억해주겠어?"

"!"

도와줘, 라고 빌면서 도망치던 소녀의 기억이 되살아났다.

분명히 도로셀의 기억이었을 터. 그 기억 속에서, 그녀는 달리면서 자신의 안에 있는 누군가…… 레티시엘에게 도움을 요청하고 있었다.

"설마……."

"그 설마다. 등에 손은 닿았지만, 방심했던 탓에 반격을 당해서 말이지."

등에 통증이 내달리는 것 같은 느낌이 들었다.

이전에, 니콜이 등에 멍 자국이 있다고 가르쳐 준 적이 있었다.

전생에서 자신의 가슴을 꿰뚫었을 때의 흔적이 남은 것 같아서 줄곧 기분 나쁘다고 생각하긴 했지만, 통증이 있는 것도 아니어서 크게 신경 쓰지는 않았다.

하지만 그 멍 자국을 남긴 것이, 눈 앞에 있는 이 자였다니…….

"왜 그런 일을……."

"왜냐고? 네가 귀중한 실험체였기 때문이다. 간단하잖아?"

소년은 별 일 아니라는 것처럼 그렇게 대답했다. 어디가 간단한지 전혀 이해할 수가 없었다.

"당신은 누구죠? 왜 나를 따라다니는 거죠?"

"……흐응? 그것도 잊어버렸구나."

한순간, 소년의 음색이 반음 정도 낮아졌다.

레티시엘을 보는 그의 눈에는 방금 전까지는 없었던 거무칙칙한 증오가 배어나와 있었다.

"그러니까 나는 네가 미운 거야, 레티시엘."

그의 정체를 특정하지 못해 곤혹스러워하는 레티시엘은 아랑곳하지 않고, 소년은 이쪽을 노려보면서 말을 쥐어짜냈다.

"아버지를 배신해서 죽여 놓고는, 잘도 그 일을 잊어버리고 천하태평하게 살고 있구나. 이 살인자."

"아버, 지……."

레티시엘의 뇌리에 한 인물의 모습이 떠올랐다. 전생에서 단 한 사람, 레티시엘에게 『살인자』의 낙인을 찍은 사람.

레티시엘의 마술스승의 외동딸. 과거 레티시엘과 선의의 라이벌 관계에 있던 소녀…….

"……사라?"

과거 소꿉친구였던 소녀의 이름이 레티시엘의 입에서 흘러 떨어졌다.

"사라야……?"

"그래. 겨우 기억이 난 거야?"

믿을 수 없었지만, 가면의 소년은 레티시엘의 질문에 선뜻 고개를 끄덕여 보였다.

레티시엘은 저도 모르게 그의 얼굴을 응시했다. 그러나 비록 가면으로 절반 이상 가려져 있긴 했지만, 사라의 면모는 어디에도 없었다.

하지만, 그렇다면 이전 저택을 습격해 온 가면의 인물이 전이마술을 사용한 이유도 설명이 되었다.

지금의 전이술식을 완성한 것은 나오를 만난 뒤였으나, 원형이 되는 술식은 레티시엘이 어렸을 때 생각해내었다.

그리고 그것을 선생님과 사라에게도 가르쳐주었다.

"어째서……? 어째서 이런 짓을 하는 거야?"

백보 양보해서, 저 소년이 사라라고 해도 왜 그…… 그녀는 이런 일을 하는 것일까.

선생님이 돌아가신 뒤 사라는 레티시엘의 앞, 더 나아가서는 리제네로제 왕국에서도 모습을 감추었다.

그래서 그 뒤의 소식은 알 수 없었지만, 레티시엘이 아는 사라는 결코 마술로 사람을 해치지 않았다.

"대답해, 사라!"

"그런 건, 복수인 게 당연하잖아?"

레티시엘이 저도 모르게 목소리를 높여도, 사라의 응답은 어디까지나 냉정했다.

"아버지를 죽인 네가, 태평하게 살다가 편안하게 죽는다니. 절대로 용서 못해. 영원히 이 세상을 떠돌면서 괴로워하도록 해."

"……."

"지금도 네가 내 칼로 자해했을 때의 일을 기억해. 그때 화살 한방으로 저주해주고 싶었는데, 그 남자가 끼어드는 바람에 죽이는데 쓸데없는 수고가 더 들었다. 하지만 천 년이 지난 뒤에도 네 혼이 아직 지상에 매여 있어서 안심했다."

"……윽!"

레티시엘은 낯빛을 바꾸었다.

이 전생이 사라가 꾸민 것이라는 사실을 알고 경악한 것이 아니었다.

레티시엘의 최후를 지켜본 그 병사가 남자였다는 사실을 떠올리고 당황한 것도 아니었다.

화살과 검. 저주를 방해한 남자. 짚이는 사람은, 단 한 명뿐이었다.

마지막 순간의 직전, 날아온 화살은 딱 하나.

그것에 맞고 목숨을 잃은 것은 레티시엘이 아니었다.

설마, 나오를 죽인 독화살은…….

"하하! 아하하하! 그 얼굴! 그 얼굴이 보고 싶었어!"

사라의 광기어린 웃음소리가 폐쇄된 공간 안에서 불규칙하게 메아리쳤다.

"어때? 괴로워? 미워? 너도 소중한 사람이 살해당한 괴로움을 맛보도록 해!"

레티시엘은 어떻게 숨을 쉬어야 할지 알 수 없었다. 다리에 의식을 집중하지 않으면 쓰러질 것만 같았다.

—나는 선생님을 죽이지 않았어.

그 말이 목까지 밀려 올라왔지만, 입 밖으로 나오기 전에 다시 삼켰다.

딱 한 번, 선생님의 집이 불타 무너졌을 때, 선생님은 도움을 바라지 않았다고 사라에게 말한 적이 있었다.

하지만 사라는 그 말을 믿지 않았다.

그리고 시간이 지나면서 레티시엘도 선생님을 구할 수 있지 않았을까 라며 사고가 안 좋은 쪽으로 기울어 그녀의 원망을 받아들이게 되었다.

"……."

레티시엘은 지금이라도 당장 사라를 죽여 버리고 싶은 충동에 휩싸여 자신의 팔에 스스로 손톱을 세웠다.

그런 짓을 해서는 안 된다. 격정에 이끌려 사라를 죽여도, 사태는 아무것도 해결되지 않는다. 오히려 사태가 악화될 가능성도 있었다.

원수를 갚았다고 해도, 지나간 시간은 돌아오지 않았다. 허무할 뿐이었다.

레티시엘은 피부가 찢어질 정도로 입술을 강하게 깨물었다. 여기서, 부정적인 감정에 휩쓸려서는 안 되었다.

"……그것만이 아니잖아?"

"뭐?"

"내게, 복수하기 위한 것만은 아니잖아? 목적이 그것뿐이었다면 너까지 천 년의 세월을 건너뛰어서 이곳에 있을 필요는 없어."

"……."

멀어서 소리는 들리지 않았지만, 입모양으로 보아 사라가 혀를 찬 것이 보였다.

왜인지는 알 수 없었지만, 어쩌면 레티시엘이 좀 더 흐트러질 것이라고 생각했던 것일지도 몰랐다.

"그렇게 통찰력이 좋은 점도 밉살스러워……."

"질문에 대답해."

"아아, 그래. 내게는 해야만 하는 사명이 있다. 그것을 위한 천년이었다."

사라는 두 손을 크게 펼치고 마치 연설이라도 하는 것처럼 레티시엘에게 그렇게 말했다.

"나는 마술을 근절할 자. 이 세계에서 진정으로 싸움의 근원을 없앨 자다!"

"……마술을?"

애초에 이미 이 시대에는 마술은 존재하지 않는데, 마술을 근절한다니. 무슨 말을 하는 것인지 이해할 수가 없었다.

"그런 엄청난 일을 어떻게……!"

"이 힘이 있으면 가능해……!"

"?!"

갑자기 검게 칠해지고 딱딱하게 굳혀진 칠흑의 탄알이 레티시엘을 향해 발사되었다.

레티시엘은 거의 반사적으로 머리 위에 결계마술을 전개했다. 물론, 무속성 마술로 위력을 강화하는 것도 잊지 않았다.

방금 전 백발병들을 무력화하기 위해 고정시켜 놓은 것이 화가 되었다. 움직이지 못하는 그들을 지키기 위해서는 결계를 공간 전체로 확대하는 수밖에 없었다.

"이 힘은……."

"새삼스럽게 놀랄 것도 없잖아? 주술을 상대하는 건 처음이 아니니까 말이야."

"주술……."

그것이, 레티시엘이 몇 번이나 싸워 온 검은 안개를 흩뿌리는 정체불명의 힘의 이름인 것 같았다.

"어떻게 이런 힘을……."

"상반되는 두 개의 힘을 억지로 하나로 집약하면, 그것만으로도 강력한 힘이 되지."

"설마!"

사라가 이야기하는 말의 의미를 바로 이해한 레티시엘은 눈을 부릅떴다.

"체내에서 마소와 마력을 융합시키고 있는 거야?!"

"융합시키면 안 된다는 규제라도 있었나? 반동만 극복할 수 있다면, 이것만큼 압도적인 힘은 없어."

"그러니까, 그 반동이……."

거기서 레티시엘은 깨달았다. 방금 전 싸웠던 백발병들은 누구 하나 반동을 일으킨 사람이 없었다.

마소와 마력의 융합에서 비롯되는 반동은 연구자들이 몇 백 년 동안 연구를 거듭해도 해결할 수 없었던 문제. 주술이 그것을 극복할 수 있으리라고는 생각되지 않았다.

그렇다면 남은 방법은 하나, 뭔가가 반동의 충격을 대신 떠맡는 것이었다.

"……보옥?"

어떤 효과가 감춰져 있는지 불명인 검은 보옥. 그것이 반동을 대신해서 떠맡고 있다고는 생각할 수는 없을까.

때문에 보옥을 갖고 있지 않았던 프리드나 로시포드는 안개의 힘을 견디지 못했던 것은 아닐까.

"몇 번을 봐도 진귀한 사례다……. 너는 주술을 한층 더 발전시키기 위한 지극히 희소한 실험샘플이다. 기뻐해."

"……."

"왜 그러지? 레티시엘. 방금 전까지의 기세는 어디로 간 거냐?"

"사라……."

레티시엘은 비웃는 사라를 날카롭게 노려보았다.

결계의 강도가 내려갔다는 것은 자각하고 있다. 공간 전체를 덮을 정도의 거대한 결계이니 필요한 마소의 양도 보통이 아니었다.

똑같이 마소를 소모하는 것이라도, 레티시엘 쪽이 힘이 바닥나는 속도가 훨씬 빠르다는 사실은 명백했다.

"……?"

한순간, 일렁이는 안개 너머로 기묘한 것이 살짝 엿보였다.

사라의 오른쪽 어깨 뒤쪽 언저리, 아무것도 없을 터인 공간에 어렴풋이 검은 그림자 같은 것이 떠올라 있었다.

암벽이 어두운 색을 띠고 있어서 잘 보이지는 않았지만, 왠지 모르게 그 그림자는 사라의 몸에서 나오는 것 같은 인상을 받았다.

저건 대체……?

"한눈을 팔다니, 여유가 넘치는군."

"……큭."

이쪽으로 발사되는 검은 탄알의 수가 단숨에 두 배로 늘었다.

레티시엘은 곧바로 결계의 강도를 올렸지만, 마소를 상당히 소비한 탓에 그다지 효과는 없었다. 레티시엘 쪽이 조금씩 밀리기 시작했다.

이윽고 탄알이 직격한 장소부터 결계에 금이 갔다. 이제 이 이상은 버틸 수 있을 것 같지 않았다.

어떻게든 공격을 막아낼 방법은 없을까하고 레티시엘은

필사적으로 머리를 굴려봤지만 이곳의 마소가 유한하고 검은 안개에 대한 대책이 달리 없는 이상, 어쩔 도리가 없었다.

결계에 새겨지는 균열의 수만이 점차 늘어났다. 이제는 한계가 다 된 것 같았다.

쾅!

그때 갑자기 암석을 폭파한 것 같은 굉음이 울려 퍼졌다.

그와 동시에 한바탕 바람이 불어 들어오고, 뭔가가 바람을 타고 레티시엘의 앞을 날아갔다.

"……!"

그것은 레티시엘이 전개하고 있는 마도술식에 사뿐히 달라붙었다.

그와 동시에 낯선 술식이 마도술식과 겹쳐지듯이 순백의 빛을 발하면서 공중에 떠올랐다.

멍하니 있을 수 있던 것도 한순간뿐으로, 곧바로 방대한 양의 뭔가가 레티시엘의 안으로 홍수처럼 흘러들어왔다.

'뭐, 뭐야?!'

영문을 알 수 없었으나, 두 개의 술식이 서로 상호반발하고 있다는 점만큼은 순간적으로 깨달았다.

아마도, 지금 레티시엘 안에 흘러들고 있는 것은 저 낯선 술식에 담긴 누군가의 마력이다.

각각 마력과 마소를 연료로 하는 술식이 반동현상을 일으키지 않을 리 없었다.

그러나 이대로는 어느 쪽의 술식도 폭발해 주위에 있는 민간인들도 말려들게 할 것이다.

좌우간, 어떻게든 해야 했다.

왼쪽 눈이 열기를 띠고, 나이프에 찔리기라도 한 것 같은 격통이 내달렸다.

그래도 한 걸음 한 걸음 더듬듯이, 레티시엘은 착실하게 두 개의 식을 융합시켰다. 앞으로 조금만 더 있으면 뭔가를 붙잡을 수 있을 것 같은 기분이 들었다.

순간, 왼쪽 눈의 통증이 사라졌다.

마침내 술식을 완전히 융합시키는 최후의 조각이 보인 것 같은 느낌이 들어서, 레티시엘은 감각에 의지해 그것을 손으로 긁어모았다.

쨍그랑!

"……윽!"

그리고 도자기가 깨지는 것 같은 소리와 함께 융합을 완료한 두 개의 술식이 폭발했다.

레티시엘의 제어가 실패한 것이 아니었다. 처음부터 융합하면 폭발하도록 설정되어 있던 것 같았다.

폭발과 동시에 폭심지를 중심으로 폭풍이 일어났다.

공간 안에 충만했던 검은 안개는 그것만으로도 모두 한 순간에 정화되었다.

무슨 일이 일어난 것인지 사태를 파악하지 못한 레티시엘의 시계에 공중에서 무엇인가 팔랑 떨어지는 것이 비쳤다.

잘 보니, 그것은 불타서 재가 되어가는 사각형의 종이였다.

가장자리에 붙은 작은 불은 천천히 종이 전체로 퍼져나가, 이윽고 지면에 떨어지는 것과 동시에 형체도 없이 재가 되었다.

"……연금술?"

종이를 매체로 해서 술식으로 발동되는 힘은 그것밖에 알지 못했다.

저택이 습격당했을 때 에디가 사용하는 것을 본 것이 처음으로, 그 이외에도 사용자가 있는 줄은 몰랐다.

"……도로셀!"

이어서 에델하르트가 병사를 이끌고 뛰어 들어왔다.

혹시, 연금술 술식이 적힌 이 종이를 던진 것은 그였던 것일까.

대체 어디로 들어온 것일까. 레티시엘은 한순간 당황했지만, 방금 전의 굉음으로 파괴된 것은 수많은 돌문 중 하나였다.

백발병과의 전투 때 딱 하나 굳게 닫혀 있던 문이었다. 안에는 희미했지만 계단 같은 것이 보였다.

"흐응? 생각한 것보다 빨리 도착했군."

"뭐하는 놈들이냐!"

"이름을 댈 필요가 있나? 잘 알고 있잖아?"

그 말 대로이리라.

수레바퀴십자의 문장이 있는 새하얀 로브를 걸치고 가면으로 얼굴을 가린 소년.

그것만으로도 에델하르트는 눈앞에 있는 세 사람이 백의 결사의 간부라는 것을 바로 알아차렸을 것이리라.

"뭘 꾸미고 있는지는 모르겠지만, 우리나라에서 이 이상 멋대로 행동하는 걸 용납할 수는 없다."

"하하. 힘껏 발버둥치도록 해. 어차피 너희가 무엇을 하든, 우리를 막을 수는 없을 테니까 말이지!"

"기다려!

곧바로 에델하르트가 추격지시를 내리려고 했으나, 궁병이 활을 발사했을 때에는 머리 위의 난간에는 이미 아무도 없었다.

에델하르트는 부아가 치민다는 듯이 얼굴을 일그러뜨렸다. 하지만, 추적은 불가능하다고 판단해 곧바로 병사들에게 다음 명령을 내렸다.

명령을 받은 병사들이 인명구조를 위해 움직이기 시작한 가운데, 에델하르트는 곧장 레티시엘에게 달려왔다.

"도로셀, 괜찮아?!"

"아, 예. 아무렇지도……."

몸은 아무렇지도 않았지만 마음이 아팠다. 사라가 던진 말은 아직 가슴에 박혀 있어서, 빠르게 두방망이질 치는 심장은 여전히 진정할 기미를 보이지 않았다.

"아무렇지도 않을 리 없잖아! 허세 부리지 마!"

"……으."

에델하르트가 레티시엘의 말을 가로막고 호통을 쳤다.

처음으로, 그것도 바로 정면에서 들은 그의 커다란 호통 소리에 레티시엘은 저도 모르게 몸을 움츠리고 말았다.

눈앞에는 레티시엘의 팔을 붙잡고 이쪽에 날카로운 시선을 보내는 에델하르트의 얼굴이 있었다.

아아…… 또, 이 얼굴이다.

별장터에서 레티시엘을 말렸을 때에도, 그는 마치 자신이 상처를 입은 것 같은 괴로운 얼굴을 하고 있었다.

"별장터에 있었을 때와 비슷할 정도로 얼굴빛이 좋지 않아. 당장에라도 죽을 것 같다고."

"……."

"어쨌든 이쪽으로 와. 제발 무리는 하지 말아 줘……."

에델하르트는 레티시엘의 손을 붙잡은 채 걷기 시작했다. 레티시엘은 그가 잡아끄는 대로 그의 뒤를 따라갔다.

도착한 곳은 그 넓은 공간의 한쪽에 있는 간이식 구호소였다.

난잡하게 쌓인 상자들은 아마도 이곳에 다친 사람이 있다는 것을 알고 위에서 병사들이 옮겨온 것이리라.

"자, 마셔."

"……고맙습니다."

에델하르트는 근처에 있는 튼튼해 보이는 나무상자에 레티시엘을 앉히고 병사들이 있 곳에서 따듯한 음료를 갖다 주었다.

앉아도 되는 것일까, 레티시엘은 한 순간 멈칫했으나 앉아도 되는 것 같았다.

에델하르트가 갖다 준 차를 한 모금 마시자 부드러운 벌꿀의 달달함이 은은하게 풍겼다.

온기가 몸속에서 천천히 번져나가는 것을 느끼고, 레티시엘은 비로소 자신의 몸이 차갑게 식었다는 것을 알아차렸다.

레티시엘은 차를 그대로 단숨에 절반 정도를 마셨다.

몸이 따뜻해진 덕분일까. 입에서 튀어나올 것 같을 정도로 빠르게 뛰던 심장은 조금씩 진정되기 시작했다.

"……저, 어째서 전하가 여기 계신 거죠?"

레티시엘은 이곳에 온다는 것을 당연하게도 에델하르트에게 알리지 않았다.

게다가 그 방의 숨겨진 출입구를 보건대, 이 장소는 외부에 존재가 알려져 있을 가능성이 매우 적었다.

그런데, 그는 어떻게 이 장소를 알아낸 것일까.

게다가 그들은 레티시엘이 들어온 내리막길이 아니라 전혀 다른 장소에 있는 계단으로 내려왔다.

레티시엘이 알지 못하는 다른 숨겨진 통로라도 있던 것일까.

"어째서라니, 그거야 소꿉친구를 구하기 위해서지."

"그건 압니다만……."

"감사인사는 너희 고용인들에게 해."

"……고용인?"

"그래. 방금 전 왕도의 경비대 주둔지에 네 고용인이라고 밝힌 남자 둘이 뛰어 들어왔어. 아가씨가 혼자서 납치범의 아지트에 뛰어들었다고."

레티시엘은 그 두 사람이 루빅과 클라우드라는 것을 바로 알아차렸다. 아무래도 빈민가에서 나간 다음 도움을 요청하러 가 준 모양이었다.

"이쪽도 비상사태라 뭔가의 정보가 있다면 무척 갖고 싶었으니까 말이지. 그래서 바로 움직인 거야.

"과연…… 그래서, 이곳을 발견한 건가요?"

"수상쩍은 장소는 몇 군데인가로 범위를 좁혔지만, 특정하기에는 결정적 증거가 부족했어."

그래서 이번에도 어쩔 수 없이 범위를 좁힌 장소들에 병력을 분산 파견했고, 그 중 한 부대가 당첨을 뽑은 것이었다고 에델하르트는 말했다.

"고맙습니다, 전하."

"신경 쓰지 마. 인명구조를 하러 움직인 것뿐이니까 말이지."

"전하. 지시를 내려주셨으면 하는 일이 있습니다만……."

"응? 알았다. 바로 가지. 그럼 나중에 또 봐."

"아, 예."

에델하르트는 한 마디 양해를 구한 뒤, 병사들과 뭔가를 이야기하며 사람장벽의 건너편으로 사라져갔다.

혼자 남겨진 레티시엘은 다시 사라와 백의 결사 간부들이 서 있던 안쪽의 난간을 올려다보았다.

사라의 웃음소리가 아직 귓가에 달라붙어 있는 것 같은 느낌이 들었다.

***

사라와 백의 결사 간부들이 모습을 감춘 뒤에도 병사들은 한동안 주위를 경계했지만, 이윽고 민간인의 구조를 시작했다.

차를 마신 덕분에 기분도 다소 진정되어 레티시엘도 구조 활동에 협력했다.

애초에 쓰러져 있는 사람들은 레티시엘이 마술로 구속했기 때문에 똑같이 마술로 풀어줄 필요가 있었다.

"이봐. 물을 좀 더 갖고 와!"

"누구 손이 비는 사람이 있으면 좀 도와 줘!"

어느 정도 지하에 있는 이 공간은 천장이 높은 것도 있어서 각각의 병사들의 목소리가 몹시 울려서 메아리쳤다.

들것으로 사람들을 옮기는 병사들과 함께 레티시엘도 나

선계단을 올랐다.

예의 검은 보옥이 힘의 원천이었기 때문에 그것이 제거된 지금, 병사들이 옮기는 사람들의 머리카락은 원래의 색으로 되돌아와 있었다.

계단을 올라간 끝에는 둔기 같은 것으로 파괴되어 구멍이 난 벽이 있었고, 그 건너편에는 작은 방이 보였다.

구멍을 빠져나가자 그곳은 나무로 만든 작은 오두막인 듯 포대니 널빤지니 하는 것들이 벽 쪽에 쌓여 있었다. 창고 같은 것이었을지도 몰랐다.

또, 구멍이 뚫린 장소는 원래 난로였던 것 같았다. 파괴되기 전에는 난로 안으로 오갔던 것일까.

"……아."

레티시엘이 오두막에서 나오자, 건물 앞에 설치된 간이 텐트 앞에 앉아 있던 루빅이 그녀의 모습을 발견하고 일어났다.

그렇게나 쏟아지던 비도 정신을 차리니 어느새 그쳐 있었다. 하늘은 여전히 회색이었지만, 군데군데 구름의 틈새로 희미하게 햇살이 비치고 있었다.

"루빅……."

"아, 저기……괘, 괜찮, 으십니까?"

"응. 아무렇지도 않아요."

"……."

"……."

거기서 대화가 끊어지고 말았다.

루빅 쪽이 아직 경계하고 있는 것도 있을지 몰랐지만, 어쩌면 스스로 대화를 이끌어가지 못하는 레티시엘에게도 잘못이 있는 것 같은 느낌이 들었다.

"……혹시, 루빅이었어요?"

"뭐가, 말입니까?"

"경비대 말이에요. 누군가가 부르지 않았다면, 그렇게 단시간에 이곳을 특정할 수 없잖아요?"

"아…… 예. 아가씨와 헤어진 뒤 가만히 있을 수가 없어서 클라우드와 만난 뒤 주둔지로 뛰어갔습니다."

루빅은 그렇게 말하고 힐끗힐끗 어딘가로 시선을 주었다.

그 시선을 따라간 끝에는 경비대원에게서 모포와 물 등을 받고 있는 클라우드의 모습이 있었다.

"그랬군요…… 고마워요, 루빅. 덕분에 살았어요."

"아…… 아뇨. 저는 당연한 일을 했을 뿐으로…… 게다가, 아가씨도 걱정이 되었기 때문에……."

"그래도 말이에요. 걱정해줘서 고마워요."

레티시엘은 고개를 가로저으며 루빅의 옆얼굴을 물끄러미 쳐다보았다.

역시 루빅은 근본적으로 레티시엘……도로셀이 싫어진 것은 아니었다.

그가 이쪽을 피하는 것은 아마도 레티시엘에 대해 뭔가의 불안을 안고 있기 때문에.

불안을 품게 하고 있는 것도 지금 와서 보니 어렴풋이 자각할 수 있었다.

"있죠, 루빅."

"예."

"나, 옛날 일을 거의 기억하지 못해요."

"예?"

갑자기 그런 일을 밝힌 레티시엘에게, 루빅은 눈을 동그랗게 뜨며 놀랐다.

루빅이 레티시엘에 대해 구체적으로 어떤 불안을 품고 있는지는 억측에 불과할 뿐 확실한 말은 할 수 없었다.

하지만 레티시엘이 루빅에게 감추고 있는 일이 많은 것은 사실. 마술도 마법이라고 속이고 이야기했을 정도였다.

그랬기에, 레티시엘은 결심을 하고 루빅에게 자신의 사정을 이야기하기로 했다.

상대의 경계를 풀기 위해서는 자신이 먼저 다가가야만 한다고 레티시엘은 생각하고 있었다.

게다가 루빅은 도로셀이 여섯 살 때부터 곁에 둔 집사. 두 사람의 유대의 힘을 믿기로 했다.

"내가 깨진 유리조각으로 목을 찌르려고 했던 날을 기억하나요? 그 날 아침, 눈을 떴더니 그날부터 이전의 기억이 완전히 사라져 있었어요."

다만 전생의 기억이 있다는 사실은 덮어두었다. 이야기해도 쓸데없이 혼란에 빠뜨릴 뿐일 테니까.

"처음에는 자신이 누구인지, 당신이 누구인지도 전혀 알 수 없어서 모르는 장소에 있다는 사실에 당황했어요. 하지만 하루하루가 지날수록 당신이 내게 소중한 사람이었다는 것을 알 수 있게 되었어요."

레티시엘은 루빅과의 첫 만남도 기억하지 못한다는 사실을 감추지 않고 전했다. 왜인지 견딜 수가 없어서 레티시엘은 루빅의 얼굴을 직시할 수 없었다.

"언젠가 말하려고 생각하긴 했지만, 이 이야기를 했다가 당신을 상처 입힐지도 모른다고 생각하니 말하지 않고 끝낼 수 있다면 이대로 잠자코 있는 편이 좋지 않을까 하고 멋대로 생각했어요."

처음에는 잘 알지 못하는 루빅을 완전히 신용할 수 없었기 때문에.

시간이 지난 뒤에는 지금의 관계가 부서지는 것이 무서웠기 때문에 터놓을 기회는 얼마든지 있었지만 레티시엘은 그러지 않았다.

"당신을 믿고, 좀 더 빨리 말했더라면 좋았어요. 그렇게 했다면 이렇게까지 불안하게 만드는 일도 없었을지도 모르는데……. 미안해요, 루빅."

"고, 고개를 들어주세요! 저 같은 것에게 고개를 숙이시면 안 됩니다!"

레티시엘이 루빅에게 깊이 머리를 숙이자, 곧바로 뒤집힌 목소리와 함께 어깨를 붙잡혀 억지로 원래의 자세로 되돌아갔다.

레티시엘은 이미 한참 전에 귀족이 아니게 되었으니, 상대가 고용인이니까 머리를 숙여서는 안 된다는 일은 없다고 생각하지만…….

"……아가씨."

"뭐죠?"

"이야기해 주셔서, 고맙습니다."

충격을 받을지도 모른다고 생각했지만, 의외로 루빅은 침착한 미소를 띠고 있었다.

"영지에서 돌아온 뒤로, 줄곧 아가씨가 정말로 제가 아는 아가씨가 맞는지 의심했습니다. 그럴 리 없다고 생각하면 생각할수록 자꾸 나쁜 쪽으로 기울어서……."

이번에는 루빅의 고백이 시작되었다.

그것은 지금까지 루빅의 속내를 알 수 없어서 줄곧 듣고 싶다고 생각했던, 저택에 돌아온 뒤의 루빅의 마음이었다.

"만약 정말로 다른 사람이면 어떻게 하나 하고 아가씨를 봬도 무서워서 도망치기만 했습니다. 정말로 무례를 저질렀습니다. 용서해 주십시오.

"사과하지 않아도 돼요. 원래는 내가 루빅에게 기억이 없다는 일을 줄곧 숨기고 있던 것이 원인이었으니까. 당신이 불안을 품는 건 당연한걸요."

"아뇨. 아가씨 탓이 아닙니다. 제가 혼자서 멋대로 폭주했기 때문입니다."

아무래도 영지에서 레티시엘이 의식을 잃은 사이, 루빅은 에델하르트와 한두 마디 대화를 나눌 기회가 있었다는 것 같았다.

지금까지 품고 있던 위화감도 있어서, 그때 에델하르트의 말을 듣고 사고가 점점 나쁜 방향으로 기울어졌다고 했다.

'역시 내가 원인이잖아…….'

레티시엘은 마음속으로 자신의 잘못을 확신했지만, 그 말을 하면 루빅이 한층 더 위축될 것 같아서 맹렬한 반성을 하는 것에서 멈추었다.

"저는, 과거에 지나치게 얽매여 있었는지도 모르겠습니다……."

"아뇨. 그렇지 않아요. 오히려 루빅에게는 옛날의 기억을 줄곧 소중히 해주었으면 좋겠다고 생각해요."

"……? 그건, 대체……."

루빅이 조금 당황한 것처럼 되물어왔다. 레티시엘은 회색 하늘을 멍하니 올려다보았다.

"나는 내 과거를 몰라요. 지금도 기억나는 일이 거의 없고, 앞으로도 기억날 것이라는 보장도 없어도 없어요."

레티시엘은 하늘을 올려다보던 시선을 거두고 루빅을 마주보며 그 눈을 지그시 응시했다.

"그러니까 당신이 나를 기억해줘요. 줄곧 옆에서 나를 봐온 건 루빅 뿐이라고 생각하니까."

"아가씨……."

"그리고…… 조금씩이라도 좋으니까 옛날 일을 가르쳐주지 않겠어요? 역시 아무것도 기억하지 못하는 건, 진정이 되지 않아요."

"……!"

루빅이 놀랐다는 사실은 얼굴을 보지 않아도 숨을 삼키는 소리로 알 수 있었다. 얼굴에 드러나지 않았기를 빌면서 무심하게 뺨을 긁적였다.

"아가씨께서 그런 부탁을 하실 줄은 예상하지 못했습니다. 뭐라고 할까요……. 지금의 아가씨께서는 옛날 일은 신경 쓰지 않는다고, 스스로 생각하신대로 걸어 나가실 것 같다고 생각했습니다만……."

"자신에 대해 스스로가 가장 모른다는 사실이 답답해요. ……부탁해도 될까요?"

"예. 저라도 좋으시다면, 얼마든지 이야기해 드리겠습니다. 아가씨."

"후후, 고마워요. 루빅만 믿겠어요."

레티시엘은 겨우 예전처럼 루빅과 이야기할 수 있게 된 일이 생각했던 것보다 훨씬 기뻤다.

"그 날 저택을 나간 뒤, 루빅은 마을에 가서 뭘 했나요?"

"아, 예. 장을 보기 전에 크로비스 수도원을 보러 가려고 했다가, 그곳에서……."

"……? 수도원에는 무슨 볼일이었죠?"

"크로비스 수도원은 제가 자란 곳입니다. 저는 고아였으니까요."

"어머. 그랬군요."

그것은 레티시엘이 처음 듣는 말이었다.

이야기를 들어본 바, 마음속에서 수많은 불안이 소용돌이쳐서 기분을 달래고자 수도원에 걸음을 했다고 했다.

"……아, 그러고 보니."

"?"

"수도원이라고 하니, 한 가지 기억나는 일이 있어요."

"그게 뭔가요?"

"언젯적 기억인지는 알 수 없지만, 어떤 남자를 봤어요. 그 수도원의 철문을 나온 바로 정면에 집이 있잖아요? 그 밑에서요. 그날은 마침 방금 전처럼 큰비가 내리는 날이었어요."

"……!"

옆에서 루빅이 숨을 삼켰지만, 동시에 두 사람 사이를 강한 돌풍이 빠져나가 레티시엘은 그의 반응을 알아차리지 못했다.

“루빅과 머리카락 색이 같은 사람으로, 아마도 레인이라는 이름이었던 것 같은데…… 그 사람, 지금 어떻게 지내고 있을까요?”

“……걱정하실 필요 없습니다.”

“응?”

“그 사람은 무척 행복하게 잘 지내고 있을 겁니다. 제가 보증하겠습니다.”

“……? 그래요? 그렇다면 다행이네요.”

기쁜 듯이 그렇게 말하는 루빅에게 고개를 살짝 갸우뚱하면서도 레티시엘은 납득하기로 했다. 분명히 루빅과 아는 사이인 것이리라.

“아, 도로셀.”

그 자리에 에델하르트가 얼굴을 내밀었다. 평소의 밝은 기색은 자취를 감추고, 그 표정은 여느 때와 달리 험악했다.

“잠깐 밖에서, 얘기를 하지 않겠어?”

“……알았습니다.”

그의 기색에서 심각한 이야기일 것이라고는 생각했다.

다만, 레티시엘에게는 심각한 일이 다수 있었기 때문에 그 중 어느 것을 먼저 꺼낼지는 예상되지 않았지만.

에델하르트는 건물 밖으로 나가도 발을 멈추지 않았다. 그대로 건물의 뒤쪽으로 돌아들어가서 거기서 겨우 멈춰 섰다.

건물 앞쪽에는 상당히 많은 수의 병사들이 오가고 있었지만, 뒤쪽은 완전히 달라져서 생물의 기척조차 없었다. 내밀한 이야기에는 안성맞춤이리라.

"……."

"……."

양자침묵. 레티시엘은 무엇을 이야기하면 좋을지 알 수 없어서 에델하르트가 이야기를 꺼내는 것을 가만히 기다렸다.

이윽고, 에델하르트는 망설이고 망설인 끝에 긴 한숨을 쉬고는 겨우 입을 열었다.

"……너는, 그 가면의 소년을 아는 거야?"

에델하르트의 시선이 똑바로 레티시엘을 응시했다. 마치 레티시엘의 반응을 주목하는 것 같았다.

"안다고 말할 수 있을지 어떨지는 모르겠습니다. 적어도 세간에서 말하는 지인과는 다르지 않을까 합니다."

"……그게 무슨 말이야?"

"그는 저를 잘 아는 것 같습니다만, 제 쪽은 그를 거의 기억하지 못합니다."

레티시엘은 방금 전 사라에게서 들은 이야기를 그대로 에델하르트에게 전했다.

2년 전 생일파티가 열리던 밤. 그는 공작가의 정원에서 도로셀과 접촉했고, 그때 불의의 반격을 당해 2년이나 활동을 정지해야만 하는 사태로까지 몰렸다.

그 이야기를 듣자, 에델하르트는 바로 얼굴색을 바꾸었다.

"그럼, 그 뒤로 네 성격이 변모한 건……."

"가장 중요한 제 기억이 없기 때문에 틀림없다고 단언할 수는 없습니다만, 아마도 그때 일이 원인이 아닐까 싶습니다."

"그런가……. 그가 네게 접촉한 이유는?"

"그것에 대해서는 저도 잘 알지 못합니다. 저는 지극히 보기 드문 특수체질로, 주술을 한층 더 발전시키기 위한 실험샘플이었다고 말했습니다만……."

"실험샘플이라니…… 네 어디가 보기 드문 거지?"

"그것까지는……."

"우—응……."

레티시엘의 얼굴을 보고는 몇 번을 봐도 보기 드문 사례다, 라고 중얼거리긴 했지만 이 얼굴의 어디가 보기 드문 것일까.

에델하르트는 이야기를 다 들은 뒤에도 여전히 심각한 얼굴을 하고 있었다.

지금까지 일절 화제에는 오르지 않았지만, 힐끗힐끗 레티시엘의 얼굴빛을 살피는 그가 무엇을 말하고 싶은지는 대충 상상할 수 있었다.

"전하."

"응?"

"달리 묻고 싶은 일이 있으신 것이 아닌가요?"

"……."

"뭔가를 말하고 싶은 것 같은 얼굴을 하고 계셔서요."

레티시엘 쪽이 먼저 그렇게 말을 꺼내자, 에델하르트가 한 순간 당황한 것처럼 눈을 크게 떴다.

설마 이쪽이 먼저 이야기를 시작하리라고는 상상도 하지 않았던 것이리라.

"……너는, 대체 누구지?"

잠시 시간이 지나고, 에델하르트는 레티시엘에게 그렇게 물었다.

방금 전과는 비교가 되지 않을 정도로 그의 눈빛은 날카로웠다. 오히려 이 질문이야말로 그가 진짜로 묻고 싶었던 일이었는지도 몰랐다.

"그 소년과 너의 대화를 조금 들었어. 그는 너를 『레티시엘』이라고 부르더군."

"……."

"너도 그를 『사라』라고 불렀다. 상대는 남자인데 여성의 이름으로 부르다니, 부자연스럽지 않아? 너도 그 녀석도 대체 뭐냐고……!"

이야기하는 사이, 점점 감정을 억누를 수 없게 된 것일까. 에델하르트의 마지막 말은 거의 내뱉는 것 같은 어조가 되어 있었다.

"감추기 없기야. 당신, 대체 정체가 뭐야?"

에델하르트는 지그시 이쪽을 노려보며 허리에 찬 검에 은근슬쩍 오른손을 올렸다.

대답여하에 따라서는 레티시엘을 베는 것도 마다하지 않으리라. 예를 들어, 실은 이쪽이 교묘하게 도로셀의 행세를 하는 가짜였을 때라든가.

"……때때로 전하께서 뭔가를 말하고 싶은 것처럼 절 보고 계셨던 것은, 역시 제게 의심을 품고 계셨기 때문이군요."

물론 그럴 것은 아니었지만.

영지에서 돌아온 뒤, 에델하르트가 때때로 이쪽을 관찰하는 것처럼 바라보던 사실은 이미 알아차리고 있었다.

단도직입적으로 추궁하고 들어온 이상, 이제는 계속 숨길 수는 없으리라. 레티시엘은 작게 미소를 짓고는 에델하르트의 눈을 똑바로 바라보았다.

"하늘에 맹세코 아무것도 감추지 않겠습니다. 그러니, 아무리 허무맹랑한 이야기라고 생각되어도 부디 믿어주세요."

"……?"

"저는 도로셀입니다. 얼마 전까지 공작가의 영애로, 아마도 전하가 옛날부터 알고계시던 도로셀과 동일인물입니다."

"하지만, 당신은……!"

"하오나. 저는 도로셀인 동시에 도로셀이 아닙니다."

"……뭐?"

"전생의 기억이 있다, 라고 말하는 편이 더 알기 쉬우시려나요?"

에델하르트는 어이가 없다는 듯 멍한 얼굴을 했다. 예상했던 반응이었기 때문에, 딱히 놀라지는 않았다.

"그건 이야기를 믿을 수 있을 리……."

"예. 갑자기는 믿을 수 없는 얘기라는 것은 알고 있습니다. 하지만, 맹세코 거짓말은 하지 않았습니다."

"……."

"저는 지금으로부터 천 년 전의 시대에 살았습니다. 당시에는 대륙력이나 마법, 플라티나 왕국도 없었습니다. 풍부한 자연과 생태계도 없는 모래와 돌뿐인 황폐한 세계였지요."

레티시엘은 고국인 리제네로제 왕국만으로 범위를 좁혀 간단하게 이야기했다.

전생의 자신의 출신까지 이야기하면 오히려 사태는 복잡해질 테니까.

이야기를 하는 사이, 이 시대에 와서 꽤 오랫동안 전생의 추억을 입에 담지 않았다는 사실을 새삼스럽게 깨달았다.

지금은 역사에도 전해지지 않는 리제네로제의 이야기를.

"제가 사용하는 마술이라는 힘도, 천 년 전…… 전생의 시대에서는 마법에 상응할 정도의 보편적인 힘이었습니다. 어떻게 된 영문인지 지금 시대에는 존재하지 않습니다만……. 마술을 사용하지 않는 전쟁은 없었고, 오히려 마력이 높은 사람들 쪽이 무능하다고 업신여김을 당했지요."

"……네가 지금 시대에는 존재하지 않는 힘을 갖고 있던 이유가 그건가?"

"예. 바라신다면 천 년 전의…… 지금은 아스트레아 대륙 전쟁이라고 불리는 시대의 일을 이야기해드리죠. 현존자료가 적기 때문에 증거가 될 수 있을지는 모르겠습니다만."

레티시엘의 뇌리에 전생한 직후 대도서실에서 조사했을 때의 기억이 되살아났다.

그때 발견할 수 있던 것은 천년전쟁 시에 특히 강력했던 나라들뿐이었다.

생활문화나 마술에 관한 자료도 전무했으니 이야기해도 분명히 확인할 수 있는 자료는 없을 터였다.

"그리고 도로셀로서의 기억도, 완전히 잊은 것은 아니랍니다."

"!"

"어릴 적에 전하께서 시계를 고쳐주셨던 일도, 알렉시아와 자주 놀았던 일도 기억하고 있습니다. 그 별장에서, 제 탓에 알렉시아가 숨을 거둔 일도……."

"그건 네 탓이 아니야!"

레티시엘의 말이 끝나기도 전에, 그 말을 덮어씌우듯이 에델하르트가 외쳤다.

그가 이렇게 목소리를 높이는 것을 듣는 것은 역시나 익숙하지 않기 때문일까. 레티시엘은 저도 모르게 입을 다물고 말았다.

깜짝 놀란 레티시엘을 알아차리고, 에델하르트는 퍼뜩 제 정신을 차리고는 거북스러운 듯이 시선을 돌렸다.

"아……미, 미안."

"아뇨. 전하에게 잘못은 없습니다. 그리고 제게 당시의 기억이 없는 것도, 최후에 별장에서 나온 것이 저라는 것도 사실이니까요."

그 사건이 원인이 되어 왕비님도 돌아가셨으니까, 라는 한마디는 마음속으로 중얼거리는 것에 그쳤다.

"꽤나 침착한걸."

"……옛날에도 비슷한 일이 있었으니까요."

망막에 붉게 불타오르는 작은 저택의 그림이 어렴풋하게 떠올랐다.

도로셀과 마찬가지로, 레티시엘에게도 살인자의 낙인이 찍혔다. 낙인을 찍은 것은 사라였지만, 레티시엘은 그것을 부정할 수 없었다.

적어도 돌아가신 선생님이 내세에서는 행복하셨으면, 하는 마음에…….

'……그 이야기……'

옛날 일을 회상하자, 문득 방금 전 사라와 이야기한 일이 머릿속에서 떠올랐다.

그때 독화살이 빗나갔기 때문에 그녀는 레티시엘의 전생에 꽤나 고생했다고 말했다.

그 말을 처음 들었을 때에는 사라가 나오를 죽이고 일련의 사건을 획책한 것인가 해서 충격이 너무 커서 신경 쓸 여력이 없었다.

"……하아."

떠올린 것만으로도 피가 거꾸로 솟는 것 같았지만, 레티시엘은 몇 번인가 깊게 숨을 들이마시는 것으로 겨우 감정을 진정시켰다.

만약 그 이야기가 진짜라면, 레티시엘 대신 예의 화살에 맞은 나오는 레티시엘과 마찬가지로 전생했다는 말이 되었다.

혹시 그도 이 시대 어딘가에 살아있는 것일까?

"……하지만 전생인가……. 그런 거, 알 수 있을 리 없잖아……."

"믿어주시는 건가요?"

"그래. 믿기 힘든 이야기이지만…… 믿겠어. 믿지 않으면 앞뒤가 맞지 않는 일이 있는 것 분명하니까 말이지."

에델하르트는 머리를 벅벅 긁으며 작게 한숨과 함께 말했다.

옛날의 도로셀을 아는 인간으로서, 레티시엘의 고백은 분명히 바로 받아들일 수 있는 것이 아니리라. 루빅에게도 이렇게까지 정보를 다 공개하지는 않았다.

그래도 손에 쥔 정보의 정합성을 우선해, 감정을 죽이고 레티시엘을 다시 받아들이는 그는 무척 왕족답다고 생각했다.

"그러고 보니까."

"?"

"나는 너를 뭐라고 부르면 되지?"

"……? 좋으실 대로 부르시면 되지 않을까요?"

약간 뜬금없게 들리는 에델하르트의 그 질문에, 레티시엘은 고개를 갸우뚱했다.

그는 이 나라의 제3왕자이니, 레티시엘의 호칭을 어떻게 할지는 본인에게 묻지 않아도 좋을 대로 하면 되지 않을까.

"……그렇다면 이제부터는 도로시라고 부르기로 하겠어."

"도로시……?"

"네 애칭이잖아. 예전에는 나도 알렉시아도 그렇게 불렀어."

"아뇨. 그건 압니다만……."

레티시엘은 그 이름을 지금의 자신에게 쓴다는 사실에 놀란 것이었다.

"그게 저는, 전하가 도로시라고 부르던 무렵의 도로셀과는 달라지고 말았답니다?"

"달라졌기 때문에 그렇게 부를 거야. 언동은 달라졌어도, 너는 지금도 옛날도 우리의 소꿉친구인 『도로셀』이잖아."

그러나, 그런 레티시엘의 의문에는 개의치 않고 에델하르트 본인은 지극히 진지했다. 그의 눈은 일체의 망설임 없이 레티시엘을 주시하고 있었다.

"내가 지금까지 너를 도로셀이라고 부른 것은 네가 바꿔치기를 한 가짜가 아니라 정말로 진짜 도로셀인 건가 의심했기 때문이다. 뭐, 어떤 의미로는 아이러니했는지도 모르지."

"……아이러니, 인가요."

"그래. 하지만 그것도 이제는 필요 없어. 나는 지금의 너를 도로셀이라고 인정하겠어. 누군가에게 강요받은 것이 아닌, 나 자신이 납득한 일이야."

에델하르트는 막힘없이 그렇게 딱 잘라 말하고 레티시엘의 앞에 자신의 손을 내밀었다.

"나는 너를 믿어, 도로시. 옛날과 달라졌다고 해도 상관없어. 지금의 너도 충분히 재미있고 신뢰할만해."

"재미있다니……."

"애초에 이만큼 세월이 흘렀으니까, 서로 변하는 게 당연하잖아? 그러니까 너도 나를 믿어 줘."

레티시엘을 옛날과 똑같은 이름으로 부른다는 것은 에델하르트가 레티시엘을 믿어주었다는 그 무엇보다도 알기 쉬운 의사표시였다.

"……알았습니다, 에델 님."

레티시엘은 그의 의사표시를 받아들여 고개를 끄떡이고는 에델하르트의 악수에 응했다.

그 이름을 들은 에델하르트가 작게 미소를 지었다. 기쁜 것 같기도 하고 슬픈 것 같기도 한, 그런 복잡한 표정이었다.

***

'그렇다 치더라도, 전생의 기억인가…….'

모르는 이름으로 불린 사실을 추궁했더니, 그녀에게서 예상 밖의 대답이 되돌아왔다.

분명히 그렇게 듣고 보니 모든 일이 앞뒤가 맞고, 에델하르트가 이때까지 도로셀에게 품었던 위화감도 씻어낼 수 있었다.

하지만 그런 초현실적인 일이 원인이었다고 대체 누가 예상할 수 있었을까.

"……."

"아. 딱히 믿지 않는건 아니야."

에델하르트는 물끄러미 이쪽을 주시하는 도로셀에게 그렇게 말했다.

황당무계한 것은 인정했다. 하지만 그것 외에 도로셀의 최근의 언동을 설명할 수 있는 것이 없으니 의심할 생각은 없었다.

"그럼 그 소년이 네 전생의 이름을 안다는 것은, 너희는 전생에서 아는 사이였다는 건가?"

"예. 용모는 바뀌어 지금은 소년의 모습을 하고 있습니다만, 제 소꿉친구였던 아이입니다."

"……그래서 『사라』인가."

소년을 소녀의 이름으로 부르던 것도 천 년 전의 그 자가 여성이었기 때문이리라. ……한 사람만으로도 복잡한데, 어째서 이렇게 몇 사람이나 전생한다는 성가신 일에 휘말린 것일까.

“하지만 분위기가 꽤나 험악했어.”

“……그 아이는 저를 증오하고 있으니까요.”

“왜지?”

그녀들의 대화는 그 이상 듣지 않았기 때문에 거기까지는 에델하르트도 파악하고 있지 않았다.

도로셀은 침묵했다. 천 년 전의 소꿉친구의 정보를 과연 에델하르트에게 이야기해야 하는지 망설이는 것 같았다.

하지만 에델하르트는 들을 마음으로 가득했다.

어떤 곳에 중요한 단서가 굴러다니고 있는지는 알 수 없으니, 도로셀이 가진 전생의 기억이 중요한 열쇠가 되어 줄 것이리라 믿고있었다.

게다가, 소꿉친구의 몸속에 동거하고 있는 얼굴도 모르는 소녀가 조금은 신경이 쓰이는 것도 있었다.

“……알렉시아의 사건은, 데자뷰였습니다.”

“?”

도로셀이 갑자기 그런 말을 꺼냈다. 에델하르트는 의아하다는 듯이 고개를 갸웃거렸다.

“저는 사라의 아버지를…… 제게 마술을 가르쳐 주신 선생님을 화재로 돌아가시게 만들었답니다."

생각지도 못한 고백에, 한순간 몸이 얼어붙었다.

혹시 과거의 트라우마를 추궁해버린 것인가. 에델하르트는 내심 당황했지만, 화재에 대해 이야기하는 도로셀의 목소리는 침착했고 표정은 평온했다.

"그 날, 저는 저녁 때 선생님의 저택을 나왔습니다만 밤이 되어 놓고 온 물건이 있다는 걸 알아차리고는 되돌아갔습니다."

에델하르트의 초조함을 알아차리지 못하고, 도로셀은 어딘가 먼 곳을 바라보는 눈을 하면서 더듬더듬 이야기를 시작했다.

그렇게 저택에 도착했을 때, 1층과 2층 창문에서 불길이 솟아오르고 있다는 것을 알아차리고 곧바로 선생님의 방으로 직행했다.

선생님의 방은 이미 불바다로, 선생님은 그녀가 왔다는 사실에 놀랐다는 것 같았다.

지금이라면 아직 늦지 않았다고, 천 년 전의 그녀는 어떻게든 선생님을 데리고 도망치려 했다는 것 같았다. 하지만, 선생님은 그 손을 거절했다고 한다.

—내 죄는 여기서 갚아야 한단다, 라고 말하면서.

"결국 저는 선생님에게 억지로 떠밀리는 것 같은 형태로 창문 밖으로 던져졌습니다. 물의 마술로 불을 끄려고도 했습니다만, 뭔가가 반발해서 마술을 쓸 수가 없었죠."

"……"

"그때에는 아직 어리고 마술실력도 선생님에게는 전혀 당해낼 수 없었으니까, 아마도 선생님이 마술을 무효화한 것이라고는 생각하지만요."

"……"

"밖에는 사라도 있어서 사라는 집이 불타 내려앉는 것을 보고 울면서 저를 살인자라고 불렀습니다. 왜 선생님의 집에 불이 났는지는 지금도 알 수 없지만, 부정할 수는 없었습니다. 제가 죽인 것이나 마찬가지였으니까."

"……미안."

방금 전, 그녀는 오랜 옛날에 똑같은 일이 있었다고 말했는데 분명히 이것은 알렉시아의 사건과 경위가 아주 비슷했다.

그녀는 알렉시아를 죽게 한 일과 선생님을 죽게 내버려 둔 일을 겹쳐보고 있었다.

양쪽 모두 그녀에게는 소중한 존재였을 것이다.

그럼 어째서 그렇게 침착하게 이야기할 수 있는가. 에델하르트는 그렇게 물으려다가 말았다.

그녀의 입가에 떠오른 체념의 빛이 배어나온 미소가, 그녀가 그 낙인을 받아들였다는 사실을 명백하게 이야기하고 있었다.

"전하께서 사죄하실 일은 아닙니다. 부디 신경 쓰지 마세요."

평소처럼 담담한 표정으로 도로셀은 고개를 가로저었다.

그러나 그 눈동자에서는 그늘이 보였다.

“그럼 그의 목적은 복수인 건가?”

에델하르트는 이야기를 바꾸고자 다른 화제를 꺼냈다.

도로셀도 화재 이야기를 질질 끄는 일 없이 그대로 이야기의 흐름을 따라와 주었다.

“사라는, 마술을 멸망시키겠다고 말했습니다.”

“마술을? 하지만 이미 이 시대에 마술은 없잖아.”

“어쩌면, 그녀가 말하면 말소는 그저 마술이 없어지면 된다는 의미가 아닌지도 모르겠습니다. ……혹은 제가 사용하고 있으니 불완전하다고 생각하는 것일지도…….”

말을 다 하고 나서 뭔가를 알아차린 것일까, 도로셀의 얼굴에서 사악 핏기가 가셨다.

그 이유는 에델하르트도 바로 예상할 수 있었다. 루크레치아 학원에 있는 그녀의 친구들이었다.

만약 그녀가 말한 이 가설이 옳다면, 그녀의 친구들도 백의 결사의 표적에 포함되었다. 친구들의 몸에 위기가 닥치는 것을 걱정하는 것이리라.

“학우들이 걱정돼?”

“……알고 계셨나요?”

“네 서클의 사정은 루카스를 경유해서 올라오는 보고서를 통해 알고 있어서 말이지.”

사실은 아버지에게 제출되는 것이지만, 이런저런 이유를

대서 읽고 있다는 것은 말하지 말자.

“그 건은 내 쪽에서 나중에 아바마마에게 호위를 요청해 볼게. 네 친구들이 절대로 상처 입게 놔두지 않을 테니까 안심해.”

“……고맙습니다.”

도로셀은 참고 있던 숨을 내뱉고 안도한 것처럼 수줍게 웃었다. 이야기를 시작하고 나서 그녀가 진심으로 웃은 것은 이것이 처음일지도 몰랐다.

“그러고 보니, 에델 님.”

“응?”

“『에디』라는 행상인을 아시나요?”

예기치 못한 질문이었다. 갑자기 치고 들어온 질문에 동요하지 않은 자신을 에델하르트는 지금만이라도 칭찬해주고 싶었다.

“그가, 왜?”

그 행상인은 바로 에델하르트 자신이었으나, 도로셀의 반응을 보는 한 에디의 정체가 자신이라는 것을 알아차린 것은 아닌 것 같았다.

때문에 에델하르트도 태연하게 모르는 척 하기로 했다.

그것은 여행지에서 변장하는 모습의 하나에 지나지 않았으니 일부러 밝힐 것까지의 일도 아닐 것이다.

“그게, 이전에 제 저택이 습격당했던 때 그 분이 연금술이라는 힘으로 도와주셨어요."

"흠흠. 그래?"

"그리고, 방금 전에도 그것으로 생각되는 힘…… 아니, 종이와 술식이 날아와서 덕분에 그 자리를 빠져나올 수 있었는데요."

"그랬구나."

"그건, 어쩌면 에델 님이 하신 것일까, 하고 생각해서 말이죠."

역시 눈치 채고 있었다. 아니, 총명한 그녀이니 눈치 챌 것이라고는 예상하고 있었다. 이래서 그녀는 재미있었다.

"맞아. 이야기하진 않았지만 우리 집안…… 아, 어머마마 쪽 가계 말이야. 그곳이 대대로 연금술을 활발하게 연구하는 집안이야."

"어머, 그러셨나요."

"그래서, 에디라는 행상인에게는 나도 꽤 신세를 져서 말이야. 연금술에 흥미가 있다고 말도 했겠다, 재능도 있는 것 같아서 나도 모르게 가르쳐버렸어."

"과연. 그러셨군요."

스스로 생각해도 이치가 닿는 설명인 것 같았다.

별로 중요한 일이 아니라는 사실을 알기 때문일까. 도로셀도 그 설명에 딱히 의문을 품지 않고 납득했다.

'……하지만, 그건 뭐였던 거지?'

조금 전 결계가 무너지려 하던 참에, 순간적으로 그녀의 마술에 연금술 술식을 보조로 던져 넣었던 때의 일이었다.

터무니없는 방법이라는 것은 알고 있었지만, 그 이외에 그 자리에서 할 수 있는 일이 떠오르지 않았다.

조금 위태로웠던 순간도 있었지만, 도로셀이 마지막 순간에 훌륭하게 마술과 연금술을 융합시켰을 때에는 휴우 안도의 한숨이 쏟아졌다.

하지만 융합이 완성되었을 때, 에델하르트는 그녀의 왼쪽 눈이 빛나던 것을 목격했다.

그녀의 붉은 왼쪽 눈은 마치 뭔가에 호응하듯이 붉은 빛을 내뿜었는데, 그것은 마치 불타오르는 불꽃처럼도 보였다.

그것은 대체 뭐였던 것일까?

"……! 전하, 여기 계셨습니까!"

마침 그때, 분주한 발소리와 함께 아샤가 건물 뒤쪽으로 뛰어왔다.

그녀는 오늘도 의료반으로서 와있었기 때문에 백의를 입고 있었는데, 격렬하게 위아래로 움직이는 어깨와 이마에 배어나온 땀으로 상당히 초조해하고 있다는 것을 알 수 있었다.

"아샹? 왜 그래? 그렇게 당황해서는."

아샤가 이렇게 동요하다니, 보기 드문 일이었다. 에델하르트는 곧바로 그녀의 곁으로 달려갔다.

"보, 보고가……."

"응응. 보고는 제대로 들을 테니까 우선은 진정해……."

"그럴 때가 아닙니다. 최악의, 보고입니다."

절박한 아샤의 말에 에델하르트와 도로셀은 서로 얼굴을 마주보았다. 대체 무슨 일이 일어나고 있는 것일까.

호흡이 약간 진정되어 번쩍 고개를 든 아샤는 이렇게 외쳤다.

"이리스 제국이, 우리나라와의 동맹을 파기하겠다고 선언했습니다!"

종장 태양의 유산

램프 빛만이 어두운 방안을 아련하게 비추고 있었다.

커다란 창가에 놓인 긴 소파에 한 남자가 손에 와인 잔을 들고 앉아서 달을 올려다보고 있었다.

그 바로 옆에는, 은색 머리카락에 푸른 눈동자를 가진 여성이 찰싹 달라붙어 있었다.

차가운 빛을 담은, 살짝 치켜 올라간 푸른 눈동자에 숨을 삼킬 정도의 미모. 정성스럽게 말린 아름다운 은색의 세로 컬이 인상적인 여성이었다.

"흥. 역시 그 우둔한 황제는 왕국과의 동맹을 파기했나."

"이걸로 분명히, 제국은 한층 더 혼란이 극에 달하지 않을까요."

"그렇겠지. 하지만 사태가 어떻게 굴러가도 내게 유리하게 진행될 거다."

플라티나 왕국과의 동맹은 국내에서도 찬성반대가 양분되어 있었다.

라피스 국이라는 미지의 위협에 대항하기 위해 손을 잡는 일이 필요하다는 주장과 남방의 풍요로운 토지를 얻는 것이 제국의 번영에 필요하다는 주장이었다.

그러나 황제가 독단으로 억지로 동맹파기를 결행한 것은 찬성파와 반대파의 비난과 불만을 한층 더 폭발시키는 결과가 되었다.

반대파는 지금 당장 플라티나 왕국으로 쳐들어가야 한다고 요란하게 떠들어댔고, 찬성파는 당장에라도 동맹파기를 철회해야 한다고 호소하고 있었다.

"황제폐하는 이렇게 될 것을 예상하지 못하셨던 건가요?"

"한 번 이거라고 생각하면, 그 열기가 식을 때까지는 잘못을 알아차리려고도 하지 않는 남자다. 모든 절차가 완료된 오늘도 허둥거리더군."

"어머나, 꼴사나워라."

여성은 그 상황이 즐겁다는 듯이 웃었다.

"그 남자는 타고난 바보다. 황제의 옥좌는 도저히 어울리지 않지. 그 늙은이들도 처음부터 어리석은 형 따위가 아니라……."

"총독님을 선택하셨더라면 좋았을 것을……. 그렇죠? 총독님."

"아아, 그래. 네 말 대로다. 하지만, 내 생각을 잘도 알았구나."

"어머. 총독님의 일이라면 저, 뭐든지 다 꿰뚫어볼 수 있답니다?"

"하하하."

여성은 며칠 전 이리스 제국과 플라티나 왕국의 국경 근처에서 보호되어 남성에게로 보내졌다.

그리고 그녀는 자신의 보호를 조건으로 남성에게 극상의 정보를 제공했다.

아무리 왕국의 속을 떠봐도 손에 넣을 수 없었던, 신의 힘을 다루는 붉은 눈동자의 소녀와 그 배후에 얽힌 하얀 그림자의 정보를…….

내부의 정보제공자와 그녀가 가져온 정보를 조합해 보았는데, 그 모든 것이 사실이라는 것이 증명되었다.

그러나 이 여자의 신원이 여전히 불명이라는 점도 있어서 그만 속을 떠보는 것 같은 어조로 질문을 하고 말았다.

"네가 가져온 정보, 정말로 신용할만한 것이겠지?"

"물론이에요, 총독님. 모두 총독님을 위해 일부러 왕국에서 가져온 정보인걸요."

"하하하. 그렇단 말이지."

남성도 그렇게 말하며 어리광을 부리는 여성이 싫지는 않은 것 같았다.

남자는 매우 기분이 좋은 모습으로 잔에 와인을 따라서 약간의 콧노래를 흘리며 단숨에 내용물을 들이켰다.

"총독님. 무척 기쁘신 것 같네요."

"당연하지. 네가 가져온 극비정보 덕분에 황제의 옥좌가 매우 가까워졌으니 말이다. 하하하. 칭찬해 주마, 세냐."

"후후, 기뻐라. 줄곧 곁에 두어주세요."

세냐라고 불린 여성은 입가를 가리며 기품 있게 미소 짓고는 남성의 어깨에 가만히 몸을 기댔다.

가면과도 같은 그 미소 안쪽에서, 그 눈동자에 어두운 불꽃이 일렁이는 것을 남성은 알아차리지 못했다.

***

창문이 하나도 없는 폐쇄적인 작은 방.

천장에서 늘어뜨려진 오렌지색 전구만이 실내를 밝히고 있었다.

데이비드는 방의 중심에서 벽을 올려다보면서 서 있었다. 그의 표정은 복슬복슬한 수염과 눈썹에 가려져 어떤 생각을 하고 있는지 짐작할 수가 없었다.

그 방의 좌우 벽에는 커다란 선반이 있고, 그곳에는 언뜻 봐서는 무엇인지 알 수 없는 잡동사니와도 같은 것들이 늘어놓아져 있었다.

데이비드는 그 중 하나를 손에 들었다.

정육면체의 작은 오르골이었다. 금색태엽이 달렸을 뿐인 간결한 디자인으로, 상자 뒤편에는 하얀 삼각형이 그려져 있었다.

다른 잡동사니들에도 몸체 어딘가에 색색의 도형이 그려

져 있었다. 그것은 붉은 원이기도 했고 녹색의 사각형이기도 하는 등 색과 모양이 다양했다.

"모으는 데 꽤 고생했다. 하여간에……."

선반을 바라보면서 데이비드는 후후 하고 작게 웃었다.

그 남자가 플라티나 왕국 내 여기저기에 숨겨두는 바람에 이 유산들을 수집하는데 긴 시간이 걸렸다.

데이비드는 이 장소를 지키기 위해 대도서실에서 움직일 수 없었다.

제3왕자가 협력해주지 않았더라면, 모으는데 좀 더 시간이 필요했을지도 몰랐다.

음유시인으로서 전 세계를 여행하던 그 청년과 만난 것은 지금으로부터 약 25년 전, 캘런포드의 시가지에서였다.

자신에 대해 많은 것을 말하지 않는 남자였지만, 과거에는 마법연구에 종사하던 연구자로 동료들 사이에서도 모르는 자가 없을 정도의 괴짜였다고 한다.

그래도 그가 하려던 일은 데이비드의 염원을 달성하는데 반드시 필요한 것이었다.

때문에 그의 소식이 끊어진 11년 전까지, 데이비드는 그 남자와 계속 연락을 주고받았다.

"……."

데이비드는 짧은 두 팔을 가슴 앞에 착 모으고는 가장 안쪽의 벽을 지그시 올려다보았다.

아무 것도 놓여있지 않은 안쪽 벽에는 태양을 닮은 형태의 컬러풀한 도형이 벽면 전체에 크게 그려져 있었다.

수집된 유산들에는 자잘하게 쪼개진 술식이 도형의 형태를 빌려 새겨져 봉인되어있었다.

그 술식을 빼내어 하나의 커다란 술식의 일부로서 끼워 넣어 재구축한 것이 이 도형이었다.

"앞으로 하나 남았는데 말이지……."

형형색색의 태양의 도형은 왼쪽 끄트머리의 한 부분만 부자연스럽게 비어 있었다.

이 술식이 완성되면 결사의 흉계를 막을 수 있었다. 데이비드는 이것을 발동시킬 수 있는 능력을 갖고 있지 못했지만, 맡길 수 있는 사람은 있었다.

그 때문에라도 총력을 기울여 최후의 조각을 찾아내야만 할 것이리라.

"……그 녀석들이 마침내 움직이기 시작했다. 우리도, 슬슬 움직여야 해."

잔혹한 인체실험을 반복하던 어머니를 죽인 지 400년. 언젠가 이때가 오는 것을 줄곧 기다리고 있었다.

데이비드에게 남겨진 수명은 이미 그리 길지 않았다. 그 사이, 그 소녀에게는 가능한 모든 수단을 전해두어야 할 필요가 있었다.

그 소녀가, 분명히 인류와 정령을 구할 수 있는 최후의 희망일 테니까.

"그렇지? 두닉스."

데이비드는 지금은 고인이 된 동지의 이름을 불렀다. 당연히 대답은 돌아오지 않았다.

데이비드는 방의 선반에 놓인 커다란 금고를 열었다.

그곳에는 11년 전, 스피리아 전쟁이 발발하기 직전에 두닉스가 맡긴 편지가 들어 있었다.

수신인은 모두 그의 아들. 때가 오면, 이것들을 반드시 아들에게 전해주었으면 한다고 데이비드에게 부탁했다.

때문에, 그 뜻에 따라 이전 결사의 문장을 기록한 편지를 두닉스로 가장해 그의 처에게 보냈다. 그것은 그의 아들과 도로셀에게 전달되었다.

"자네의 의지, 헛되이 하지는 않을 것이야. 내 동지여."

데이비드는 가장 위에 있던 편지를 손에 들고 봉투를 빙글 뒤집었다.

두닉스라는 이름은 그 남자가 음유시인으로 여기저기 떠돌던 적에 사람들이 편의상 부르던 것에 지나지 않는 통칭이었다.

편지 봉투의 뒤에는 발신인의 이름만이 쓰여 있었다.

롤랜드 비올리스.

그것이, 동지의 본명이었다.

■작가 후기

금번『왕녀전하는 화가 나셨나 봅니다』5권을 읽어주셔서 감사합니다. 야츠하시 코우입니다.

영지에서의 전투가 끝나고 이번 권부터 제2부에 돌입했습니다.

드디어 플라티나 왕국의 밖으로. 그리고 레티시엘의 전생(前生)에도 깊게 관여하는 가면의 소년과의 해후……. 여러분 덕분에 가까스로 여기까지 써나갈 수 있어서 안심했습니다.

이야기도 반환점에 들어섰습니다. 제2부에서는 다양한 세력의 의도와 음모에 휘말리면서도 자기 자신 및 도로셀과 마주해가는 레티시엘의 성장을 즐겁게 지켜봐 주신다면 기쁘겠습니다.

마지막으로 담당편집자 Y씨 및 졸저의 출판에 관여해주신 모든 분들, 일러스트를 그려주시는 나기시로 미토 씨, 만화를 담당해주고 계신 요츠바 네코 씨, 그리고 이 책을 읽어주신 독자여러분에 진심 어린 감사의 말씀을 드립니다.

그럼, 또 다음 권에서 뵐 수 있기를 빌겠습니다.

야츠하시 코우

■역자 후기

전생한 왕녀전하와 함께 찾아뵙니다. 안녕하세요, 역자입니다.

이번 5권에서는 작품 전체에 뿌려져 있던 수수께끼들이 조금씩 드러나려 하고 있습니다. 검은 안개와 하얀 로브를 입은 자들이 사용하는 정체불명의 힘, 그리고 레티시엘의 전생.

그렇지만, 새로운 사실이 밝혀지면서 그것과 관련된 의문이 또다시 투척됩니다.

그 대표적인 예가 어둠의 정령들과 성 레티시엘. 그리고 리제네로제 출신 4인방(레티시엘, 나오, 사라, 오른쪽 눈을 붕대로 가린 소년)의 향방입니다. 여기에 살짝 덤을 더하자면, 데이비드의 사정, 정도일까요.

어둠의 정령이 왜 정령계에서 추방되었는지는 설명이 나오지만, 그들이 왜 그런 행동을 했는지에 대해서는 아직 다 나오지 않았습니다. 또, 그들만의 독특한 생태도 그렇고요.

또, 구 피리아레기스 공작령 근처에서 믿는 성녀 레티시엘의 전설과 데이비드의 사정. 어느 쪽이나 작가님이 깔아둔 복선만이 드러난 상태입니다. 성 레티시엘이 누구고, 어떤 인물인지, 데이비드의 정체는 무엇이며, 그의 어머니는 누구인지는 밝혀지지 않았지요. 개인적으로 조금 섣부르게 추측을 해 본다면, 성 레티시엘의 이야기와 산타클로스 할아버지 같은 데이비드의 사정은 동전의 양면 같다는 생각이 듭니다만.

그리고, 서장과 메인 줄거리를 장식한 리제네로제 출신들. 두 이야기를 같이 놓고 보면, 서장의 결말이 참 궁금해집니다. 그 뒤, 소년과 소녀는 어떻게 되었는가. 또 섣부른 판단을 해 보자면 짚이는 사람이 있는 것 같기도 하지만요.

마지막으로 지크의 이야기를 해 보자면, 지크는 캐릭터의 내면에 얽혀있는 사정이 꽤나 복잡한 것 같습니다. 외모에서 가족관계까지. 외모는 외모대로 이미 복선이 또 나왔고, 가족관계는 에필로그의 마지막을 장식하면서 끝났습니다. 11년 전 무슨 일이 있었고, 무슨 연유에서 그렇게 됐을지 생각하면, 그 안에 또 매우 놀라운 이야기가 숨어 있는 것은 아닐까.

주인공인 레티시엘과 도로셀은 레티시엘이 도로셀의 기억과 접촉하면서 자기 자신을 잃어가는 것 같은 모습을 이전부터 조금씩 보여줬습니다. 이번 권에서는 도로셀의 기억이나 의식이 레티시엘의 감각에 영향을 미치고 있는 모습까지 보여주고 있습니다.

도처에 아로새겨진 수많은 복선들과 함께, 레티시엘과 도로셀 두 사람이 어떻게 될지 참으로 궁금합니다. 빨리 6권을 볼 수 있기를 기대하며, 이만 펜을 놓습니다. 총총총.

왕녀 전하는 화가 나셨나 봅니다 5

초판 1쇄 발행 2022년 3월 10일

지은이_ Kou Yatsuhashi
일러스트_ Mito Nagishiro
옮긴이_ 이진주

발행인_ 신현호
편집장_ 김승신
편집진행_ 권세라 · 최혁수 · 김경민 · 최정민
편집디자인_ 양우연
관리 · 영업_ 김민원

펴낸곳_ (주)디앤씨미디어
등록_ 2002년 4월 25일 제20-260호
주소_ 서울시 구로구 디지털로 26길 111 JnK디지털타워 503호
전화_ 02-333-2513(대표)
팩시밀리_ 02-333-2514
이메일_ lnovellove@naver.com
L노벨 공식 카페_ http://cafe.naver.com/lnovel11

ISBN 979-11-278-6386-9 04830
ISBN 979-11-278-5850-6 (세트)

값 7,800원